使命至上

王菁珩 著

中国原子能出版社
青海人民出版社

图书在版编目（CIP）数据

使命至上 / 王菁珩著 . -- 西宁 : 青海人民出版社 ;
北京：中国原子能出版社，2021. 12
ISBN 978-7-225-06297-6

Ⅰ . ①使… Ⅱ . ①王… Ⅲ . ①纪实文学 —中国—当代
Ⅳ . ① I25

中国版本图书馆 CIP 数据核字（2021）第 270017 号

使命至上

王菁珩　著

出 版 人　樊原成
出版发行　青海人民出版社有限责任公司
西宁市五四西路 71 号　邮政编码：810023　电话：（0971）6143426（总编室）
发行热线　（0971）6143516 / 6137730
网　　址　http://www.qhrmcbs.com
印　　刷　青海雅丰彩色印刷有限责任公司
经　　销　新华书店
开　　本　720mm × 1010 mm　1/16
印　　张　21.25
字　　数　220 千
版　　次　2022 年 2 月第 1 版　2022 年 2 月第 1 次印刷
书　　号　ISBN 978-7-225-06297-6
定　　价　78.00 元

使命至上

姜悦楷书

姜悦楷，1941 年 12 月生，山东乳山人，中共党员，高级工程师；中国工程物理研究院原党委书记（副部长级）。

谨以此书：

献给为我国“原子弹、氢弹”研制成功，默默奉献的221无名英雄们！

献给为我国第一个核武器研制基地完成历史使命，还金银滩草原一片蓝天与净土的221人和核工业系统的同仁们！

献给在完成国家“864工程”任务中，奉献、拼搏、成长的221核二代人！

作者的话

《使命至上》是一部纪实性文学作品，采取虚实结合的手法。主人公是在原型人物基础上虚构的，但发生在他们身上的故事却是真实的。故事讲述了二二一厂（原221[1]基地，中国工程物理研究院老家）在1986年完成核产品创优交付，企业实现扭亏为盈的艰辛历程。

1987年年初，厂又承担了国家急、险、特的“864工程”常规弹头的研制、试验、生产、交付、出口任务。正当全厂、矿的员工大力协同、奋力拼搏、技术攻关的时刻，二二一厂迎来了国家战略的调整，在完成了我国第一代核武器研制、生产的历史使命后，国务院办公厅、中央军委办公厅，批转了国家计委、国防科工委《关于撤销核工业部青海二二一厂的请示》（国办发〔1987〕40号文件），221人面临着一场利益调整的严峻考验。在双重压力下，全厂职工忍着内心的阵痛，站在国家战略调整的高度，梳理好情绪，在特殊

[1] 文中采用阿拉伯数字“221”和大写“二二一”两种不同的表述。“221”代表“221基地”“221人”，包含了“九院”（现中国工程物理研究院）和“二二一厂”两个群体，大写的“二二一”仅代表“二二一厂”。

困难的环境中，以高度的使命感再次凝聚力量，全身心地投入到国家“864工程”和厂撤点工作的三大任务中去。《使命至上》围绕谢国梁、邱强、谢小凡、姜波等221的核一代和核二代人，在完成国家“864工程”任务和厂撤点三大任务中发生的故事来展开，展现出221人那种奉献、担当、拼搏、创新、团结的精神，诠释了“两弹一星”精神和“四个一切”的核工业精神。

在王淦昌、陈能宽等老一辈科学家的带领下，以西北汉子谢国梁为代表的核工业人，在长城脚下条件艰苦、简陋的17号工地开始了为原子弹理论方案提供试验数据的爆轰试验。转战到高寒缺氧的221基地后，为原子弹最终理论设计定型提供了检验和修正数据。在656爆轰试验场，谢国梁等进行了X射线爆轰试验，为于敏等的新氢弹原理的理论设计提供了试验数据。其后，谢国梁带领爆轰试验室的同志进行了常规弹头起爆方式、测试方法、爆炸效应等的前瞻性试验研究，是厂常规弹头创新研发的带头人之一。在厂撤销中，又协助陈总工程师领导了具有开创性的核设施退役工程。

邱强是一位老工人，多次参加核产品的总装和国家场外试验，有时还与核产品同睡在一个工号里。他永不停息地追求卓越，进行装配的技术革新，将核产品装配做到了极致和完美，多次受到中央领导人的接见，曾列席中央专委会议。他与李觉将军结下了深厚的友谊。以谢国梁、邱强等为代表的221人，在核产品爆轰试验和总装的舞台上，舞出了绚丽多彩的人生。在共和国原子弹、氢弹研制突破的史册上，镌刻下了工人阶级的荣光。

核事业是一场无终点的接力赛。221 年轻人谭家声为保卫集体财产献出宝贵生命，大学毕业生王思明为火工产品的研制而牺牲。他们为铸强国梦，把热血洒在金银滩草原，他们头枕青山，俯瞰草原，与这片神奇的土地共存共荣。还有像谢小凡、姜波、小曹、小聂等一批 221 核二代人，他们尊敬师长、发扬雷锋精神、奉献他人、践行社会主义核心价值观。他们在国家“864 工程”任务中被推到科研、管理一线的风口浪尖，勇敢地挑起近炸引信技术的重任。在 221 核一代——厂长、陈总工程师、留苏归来的一分厂占云厂长和无线电系统研究室李主任的传帮带下，圆满地完成了研制、定型、试验、生产、出口任务。姜波从总厂机关团委书记的岗位上调至厂、矿调整工作办公室，和黄副主任一起，本着“高（原）、核（事业）、特（特事特办）”的原则，深入职工调研，把职工的要求融入国家的政策中，起草了职工安置文件。最后，姜波被调入青海省机关工作，继续为国家贡献着青春，挥洒着汗水。

在中央、部委的领导和全厂职工的共同努力下，二二一厂实现了撤销工作的软着陆，还金银滩草原一片蔚蓝宁静，交给祖国人民一份合格的答卷。经过战略调整后，厂职工转战到新的工作岗位，继续为我国的社会主义建设和国防建设服务。安置后的离退休人员，过上了有滋有味的晚年生活。曾经，他们燃烧了自己，强盛了伟大的中华民族。现在，他们仍然纵情挥洒“夕阳”，播撒“两弹一星”精神。他们的一生，充满阳光；他们的付出，不负使命！

一

等待。人生，总是在一个又一个的等待中度过。

等待了两年，常规军品项目姗姗来迟。二二一厂终于迎来了黎明前的曙光。

20世纪80年代，某国面对国外的威胁，需要一种能够提高武装部队和人民士气的武器，一种对敌对国家有威慑力的武器。在向西方求购碰壁后，该国把目光转向尚未建交的中国。经过多轮谈判，双方很快达成协议，最终以现金支付方式订购了一定数量的“东风-X号”常规弹头中程地对地弹道导弹，合同金额高达XX亿美元。

“十一”假期后，上班的第一天。

谢国梁副总工程师带领技术研究部环境实验室的刘主任、一分厂系统研究室的李主任、二分厂的杨副厂长前往北京，就常规军品出口事宜与军方洽谈。

隔日运行的西宁至北京的火车，谢国梁乘坐过无数次，可这次心情却不一般。

在软卧车厢里，大家围坐在一起，谈笑风生。

谢国梁一听大家在说到常规军品，精气神马上被调动起来。他的心情，一下子跨越了两年的光阴，那段往事清晰地重现在眼前。

谢国梁深深吸了一口气，兴奋地说：“那是 1985 年 7 月的一天下午，已临近下班时间，我和其他几名同志被叫到厂长办公室。厂长向我们传达了军用局刘杲局长在保密专线打来的紧急电话。”刘局长在电话中说：“国防科工委来电话说，某国急需一种装备常规弹头的导弹系统，要能形成一种威慑力量，你们能否在半年内交付？下班前给我一个答复！”

虽然只是简短的几句话，但对这突如其来的消息，大家掩饰不住内心的喜悦，连忙回答说：“好！我们马上回去研究，下班前答复您。”

谢国梁继续说：“半个小时后，我们回到厂长办公室，大家汇报了研究的意见。根据能形成一种威慑力量的要求，提出了初步战术指标和技术方案，利用核产品的科研成果，产品可在十个月内交付。”

机遇总是留给有准备的人。

从 1982 年起，苏耀光总工程师就多次提出：厂有独特的综合技术优势，是一般军工研究所和工厂不具备的。我们必须进行前瞻性常规弹头的预研，把结构设计、精密机械加工、火工、试验、无线电系统设计、研制、实验、生产等方面的优势充分发挥出来。

新领导班子组建后，为贯彻军民融合发展，厂成立了以厂长为组长的常规弹头开发领导小组，对常规弹头的研制进行超前规划和布局，相继开展了常规弹头起爆方式、测试和静炸威力效应等试验，参与海军子母穿甲弹头的投标，一举中标（由于对方原因未投入研制）和国防科技展览，引发国际的关注。引进国外 AA 仪，开展近炸引信的预研……

穿越时光凝聚到 1986 年 7 月 16 日，这个日子在刘主任心中激起阵阵暖流。他操着洪亮的嗓音，充满自信地说："在六厂区 623 工号进行的大装药量杀伤爆破效应试验的成功，是常规弹头设计、装药、起爆、测试和爆炸效应的一次集成汇报演验。在总参、二炮、国防科工委、航天部等 17 个单位的观摩代表中产生强烈的反响和好评，给厂的调整带来了新的希望。"

"对！正是有了这些技术贮备，厂长才敢于向上级立下军令状，保证十个月完成常规战斗部的研制、交付任务。火工分厂的难点，是如何保证大装药量生产的绝对安全。"老杨把他最担心的事吐露出来。

谢国梁听完老杨说出的苦衷后，鼓励道："你们有什么困难，尽管说出来！"

精明强干、头脑灵活的刘主任，思索了半天，犹豫着说："常规弹头研发，环境实验周期长，制约了交付的进度。我们想利用‘东风–X号’核产品研制中三个环境试验的成果，利用分析论证的旁证减少三项大型环境实验。”

“通过对AA仪的分析研究，摸索到其中的奥秘，为解决全新技术的近炸引信提供了启示。方案正在设计中，能否尽快地调试出来，现在还没有把握。”坐在一边沉默寡言的老李，一脸凝重，把心中的忧虑说了出来。

看来大家对这次任务太关心啦，一时的闲聊变成了讨论会，未来可能遇到的困难让每个人都感到巨大的压力。

谢国梁收敛起笑容，继续鼓励道：“大伙都说了说，看来困难不少，困难就是风险，就是压力，就是挑战。任何产品的自主创新都会面临巨大的风险，这个风险值得去冒，我们要把巨大的压力变成产品自主创新的动力。刘主任减少三项环境实验的想法，可以大胆去做。既然厂的决心已下，就要以釜底抽薪、背水一战的勇气和决心精心组织。实现十个月交付的目标，就靠大家的努力！”

第三天清晨，北京城曙色朦胧，寒气逼人，火车抵达北京站。

厂器材供应处驻京办事处派车接站。

汽车快速驶向市中心。北京，这座古老而现代化的大都市，十里长安街上壮观的自行车流、嘈杂的汽车声、电报大楼的钟声、饭馆里飘出的火烧香味，让每一个来到北京的人都感受到无比的亲切和温馨。

是啊！北京正在发生翻天覆地的变化，每天都给人耳目一新的感觉。

汽车驶入西四，谢国梁一行五人入住部队招待所。

安顿好住宿后，大家走出了房间。刘主任一看人到齐了，抬起手腕看了看“上海”牌手表，时针已指向了十二点。他突然恍然大悟地提议说：“杨副厂长的儿子‘十一’结了婚，中午他应该请大家撮一顿吧！你们说怎么样？”

没等大家反应过来，不愿因儿子的婚事而张扬的老杨，抢先说：“儿子又不是在厂结婚，我请大伙吃糖好啦！”“也好，那就按厂的规矩办，谁工资高谁请客。”老刘马上说出了一个让老杨下台阶的办法。

“行！”他的提议得到大家的响应。

谢国梁大方地说：“好！这顿饭我请了，算是谈判前为大家壮行。”

走出招待所，汇入川流不息的人群，如同徜徉在人海中。经过西单购物中心时，刘主任提议说：“杨副厂长说话算数，进去买糖。”老刘拉住杨副厂长的手，往商场走去。

杨副厂长爽快地说：“走！买什么糖，你们挑。”

刘主任从容地说：“当然买大白兔奶糖啦！”

望着柜台上五花八门的食品，见到货架上粉红纸包装的细面条时，刘主任触景生情地说：“记得60年代中，我每次到北京出差，都到西单商场捎些果丹皮、高粉细面条带回厂给小孩子吃。”

“当时，这里还有一种叫米糕的婴儿食品！”李主任想起自己第一个孩子在草原出生时，就是靠到北京出差的同志带回来的米糕喂养长大的，现在这种米糕已不见踪影了。

他们来到糖果柜台前，杨副厂长买了一斤大白兔奶糖，请大家分享。

走出商场，来到十字路口。

在凛冽的寒风里，冰冷的空气把刘主任的耳朵冻得发痛。在急切的等待中，绿灯终于亮了。他带头匆匆地跨过人流，穿过长安街，朝着前面不远的绒线胡同走去。

大家来到四川饭店，找到座位坐下。点了几个菜，品尝了川味的美食，分享着口味清鲜、醇浓并重、善用麻辣的四川饮食文化。

晚间，国家“864 工程”办公室游主任来到谢国梁等人下榻的招待所看望大家。商定第二天上午九点，在对面的机关办公楼二楼会议室交换意见。

第二天早上，天空微微地亮出了鱼肚白。

早晨六点，谢国梁起了床，倒了一杯温开水，一口气喝了下去。他长长地吸了一口气，感觉这里空气湿润，不像青海那样干燥。要是在青海的话，此时还是人们酣睡的时候。

谢国梁简单地洗漱后走出房间，来到楼下的小院，他仰望着天空，突然有了一种心旷神怡的感觉。

吃完早饭，谢国梁等拿着水杯和保密本，来到办公楼二楼会议室。

“864 工程”办公室游主任、张部长和郝参谋等人，已先期到达了会议室。

会议室不大，明亮洁净，温暖适宜。谢国梁等进入会议室，对方人员纷纷站了起来。谢国梁等有礼貌地走上前去，与游主任等领导一一握手。

九时，会谈准时开始。游主任简短地介绍了这次任务的背景，传达了军委首长的指示。

谢国梁意识到，他的发言既要实事求是，又要给对方以足够的信心。他胸有成竹地说：“感谢军方对二二一厂的信任。多年来，厂进行了常规弹头的预研,有着一定的技术贮备。虽然在总体设计、近炸引信、大的装药量和环境实验上还有不少困难，但我们厂有能力、有信心完成军委赋予的特殊任务。”谢国梁不想占用太多时间，很快把话题转入了有关细节的讨论。

根据外方提出的“能形成一种威慑力量”的要求，军方同意厂提出的战术技术指标。

导弹上消除核武器痕迹的工作，由军方负责。

交付进度和定型会的时间已定死。双方均未提出异议。

会议重点讨论了产品的几项环境试验和两次场外大型试验，很快达成了共识。唯独在谈判价格时，双方进行了几轮讨价还价的商谈，讨论一度陷入了僵局。

谢国梁思来想去，突然脑子里豁然一亮，对呀！出口产品，为什么不把报价改成美元？当他把所报价格退到人民币的底线，还未说出“美元”两个字时，眉宇间透着一股书卷气、头脑灵活的刘主任，想起在向军用局的汇报中，热衷于常规武器开发的孙处长曾提出，是出口产品，以 XX 万美元为报价是好的建议。刘主任灵机一动，冒出了一句“既然产品是出口，那就按美元计算”。

刘主任话音一落，众人惊讶的目光一齐投向他。

刘主任担心着，万一对方说出难以接受的话，他该如何收场？以至于他拿着笔的手，在微微地抖动着，觉得有点冒失了。没想到谢国梁紧跟了一句：“对，价格是每套产品 XX 万美元。”

谢国梁的一句话，让刘主任顿时释然了。他没想到自己的冒失，竟使两人的想法不谋而合。当时，美元的外汇额度还可换取人民币。这样的变化能为企业带来巨大的经济效益。

这一下子，让对方始料不及，卡壳了。因为要以美元议价，意向书签字一推再推，谢国梁他们不得不两次退了火车票。

谢国梁是一位善动脑筋、张弛有度、有的放矢、做事胸有成竹的人。为促使结果向好的方向发展，他来到军用局，向陈常宜副局长进行汇报。陈副局长非常赞同厂的意见，愿意与他一同找军方高层领导汇报。

对于这次汇报，谢国梁充满信心，有一种不容分说的力量。他找到了感觉，找到了一种强势的气场，他相信最好的结果一定会出现。

在向军方高层领导的汇报中，陈副局长和谢国梁一再强调任务的特殊性。从技术突破的难度，到交付时间的紧迫性等困难。本着高风险、高收益的原则，出口产品用美元结算是合理的。像二二一厂这样一个特大型企业，产品的生产成本包含着整个军品生产线的维持，其价格是难以用常规办法准确计算的。我方所报的美元价格，军方有很大的回旋空间，应该是能够接受的。军方高层听完两人的汇报后，表示理解。协商取得良好的进展。

谢国梁走出办公楼，夜色已经降临，冬季的北京，夜晚来得很早。街上已是流光溢彩，商场层层叠叠的灯光欢快地跳跃着，霓虹灯在夜色中星星般地闪烁着。望着寒风里首都的繁华之夜，谢国梁心中充满了希望。

两天后，即将返回青海的谢国梁一行，在车站候车室和对方又见面了，大家相互寒暄着。

谢国梁镇定自若地微笑着、应承着。

上了火车，当列车上的广播响起“送站的亲友请注意，列车即将开车，请送站的亲友尽快下车”时，郝参谋拿出已准备好的意向书，放在小茶几上，在价格上写上“美元”字样。谢国梁看了看意向书，自信地在上面签了字。

顿时，谢国梁的脸上流露出兴奋的神色，紧握着郝参谋的手说：“谢谢你们的理解和支持！”

随着意向书的签订，谢国梁一下子轻松了，随之而来的，是对工程实施的兴奋与期待。

二

有位哲人说过：命运就是这样公平，当它关上一扇大门时，会为你打开另一扇窗。

谢国梁记不清这是哪一位哲人讲过的话，可这句话，常常使他陷入对厂发展的思考中。

此时的二二一厂，核产品任务已经大大减少，而研制常规军品的任务纷至沓来。常规军品的研发，可能成为厂在逆境中的一个转折点。

必胜的信念主宰着 221 人背水一战。

常规武器谈判的汇报，准备提交到厂、矿办公会议讨论，以调动全厂、矿的力量和智慧，营造为任务让路、作贡献的环境，确保万无一失地完成任务。

谢国梁为准备将到北京谈判的情况向厂、矿办公会议汇报，便将几位一起出差的同志召集在一起进行研究。大家一致认为：汇报中特别要提出部科技委常委、厂原总工程师苏耀光的一段讲话。

年已 70 多岁的苏总工程师，仍不懈地忙碌着、思索着，宛如一匹不知疲倦的老马，勤奋地工作在部科技委常委的岗位上。

谢国梁清楚地记得，苏常委这位一向以严肃、严格著称的研究员高级工程师，听到厂承接了出口任务时，也露出了比杭州飞来峰“一线天”石隙中见到天光还难得的笑容，他兴奋地对谢国梁说：“听到厂承担了中央军委所赋予的特殊常规军品研制任务，心里特别高兴。希望厂把握好这次来之不易的产品创新机遇，一定要漂亮地完成。也许上级会对厂的调整作出新的思考。”

苏常委这句“也许上级会对厂的调整作出新思考”的谈话，在谢国梁等人心中产生了强烈的共鸣。

厂、矿办公会在办公楼二楼的小会议室进行。这间仅有 30 多平方米的房间，装饰虽然极为简单，却是厂里最好的会议室。

新班子上任后，这里仍保留着 60 年代的老式沙发，仅换了米黄色卡其布的新沙发套。

引人注目的是北面墙上悬挂着厂荣获的“原子弹突破及武器化”“氢弹突破和武器化”两项国家科技进步特等奖的奖章和奖状，和“东风-X号”核产品质量银质奖章。东西两面墙上，分别悬挂着廿六周年厂庆时，九院和五〇四厂送来的牌匾。

小小的会议室，还承载着氢弹突破中一段刻骨铭心的故事。

1965 年 12 月的一天，这里召开了九院 1966~1967 年科研生产规划会议。九院第一副院长兼二二一厂党委书记吴际霖主持会议。

刘西尧、李觉副部长、国防科委胡若嘏局长参加了会议。

理论部副主任于敏（1999年荣获“两弹一星功勋奖章”，2014年荣获“国家最高科技奖”，2018年，党中央、国务院授予改革先锋称号和奖章，2019年授予共和国勋章），在会上详尽地介绍了利用原子弹为“扳机”引爆“被扳机”的两级氢弹原理设想，实现氢弹自持热核聚变，形成从理论、材料到构型的完整的氢弹理论设计方案。

会议确认：于敏等提出的新理论方案合理、可行！

新方案技术起点高、体积小、威力比（单位重量的爆炸威力）和聚变比（聚变反应的能量在整个核反应中所占的份额）高，维修成本低，不同于美国的“T–U构型”，是中国特有的氢弹理论方案。这个方案为我国赶在法国之前成功爆炸氢弹，实现里程碑式的跨越，作出了重大贡献。

这小小的会议室，也承载了1964年6月6日，1∶1出中子冷试验，科学家王淦昌等在这里等待盼望爆轰试验后成功冲洗出胶片的喜悦时刻。

而在1987年1月的一天下午，厂在这里研究第一次接受的常规军品任务，大家的心里感到异常的兴奋。

谢国梁在会上详尽地汇报了草签协议的谈判过程和内容后，深有感触地说：“这次常规军品任务，是新的领导班子首次独立承担的新产品研发任务，也是对厂进军常规军品市场的一次中考。我们要不负使命，以国家利益为重，勇于担当，以敢于拼搏的科研团队精神，认真赴考，考出好成绩。这也许是厂走出调整低谷的一次转机。”

气质儒雅的陈总工程师，戴着一副精致的眼镜，一双深邃的眼睛透出平静的目光。他坐在会议室北边沙发上，平静地在保密本上记录着。

陈总工程师从浙江大学毕业，长期在航空发动机厂从事产品设计，是中央60年代初从中科院各部委调来的126名高中级技术人员之一。他不善言谈，沉着冷静，对技术却有着独到的见解和经验。先后在总装车间、总体研究室担任领导，最后接任苏耀光总工程师的工作，在新班子里担任总工程师。

他在听取汇报后第一个发言，带着坚定的语气说：“这次常规军品任务，正如军委首长指出，二二一厂研制的大装药量常规战斗部与近炸引控系统在该任务中具有特殊地位，是这次任务成败的关键。”

部领导也指出：“此项任务，是一项指令性强、时间性强、保密性强的国家核心机密。二二一厂又处于特殊的地位，要特事特办。厂长作为任务的第一责任人，厂要作为一项最重要的政治任务来抓。做到保质量，保保密，保进度交付。”

陈总最后加重语气说：“这项任务是国家赋予我们的一项特殊使命，使命就是责任。上级虽然指定厂长作为该任务的第一责任人，但这个责任是我们领导班子的集体责任。”

年轻的主管生产的任副厂长说：“在这次常规军品任务中，一定要打破分配上的大锅饭，要鼓励干得好、干得多的职工。”

张书记在会上表示："党委要在这次任务中发挥政治核心、保障监督作用。党群部门要深入研发第一线，把思想工作做到基层，发挥党员的模范带头作用和团员青年的突击队作用。全厂、矿一条心，完成军委交给我们的特殊任务。"

会议称赞了局领导和谢国梁等为产品价格取得满意的结果而作出的努力。

讨论进行得热烈、务实。强烈的使命感涌上221人的心头。

国家利益高于一切！

任务越是艰险，精神越是高昂，越是齐心向前冲。

最后，厂长自信地说："使命在肩，时不我待！这次特殊任务，是厂近十多年来面临的一次极大挑战。我们有一支敢于打硬仗的科研技术队伍和常规战斗部研制的技术贮备，只要我们用改革、创新的理念，采取超常规的措施，就一定能把挑战转变成一次发展的新机遇。"

会议确定了"一切为常规军品让路""安全第一、质量第一、特事特办"的研制、生产方针。

面临任务的巨大风险和压力，厂的前途又晦暗不明，职工陷入令人心悸的渺茫中，但厂的调整似乎被一缕强烈的阳光照亮了。憋在大家心头的愿望将要实现，而迸发出的劲头，一下子就覆盖了全厂、矿。

在错综复杂的矛盾心情里，厂拉开了打赢常规军品任务攻坚战的序幕，迈出了产品结构调整的步伐。

1987年1月初，军、厂召开了技术协调会。本着风险共担、成果共享的原则，签订了产品研制合同。紧接着，又签订了常规军品生产合同。

合同的签订，一时间把职工的情绪再一次充分地调动起来，各级领导和职工纷纷表示："中考面前见忠诚，我们将义无反顾，以国家利益为重，创造性地把常规军品任务和厂的战略调整做好，让国家放心，人民满意。"

谢国梁回到办公室，坐在办公桌前静静地沉思着。

时间过得真快！转眼间,从1984年10月新的厂领导班子成立，他已经在副总工程师岗位上拼搏了三个年头。

三年前的往事，像被激活了一样，断断续续的记忆一幕幕浮现在脑海，他的心陷入了对新班子工作的审视和思考……

1984年10月初，在部、省的企业整顿验收会上，宣布二二一厂为一类企业，任命了新厂长，宣布实行厂长负责制。

厂长在会上，作了《发展才是硬道理》的表态性发言，决心带领新班子，以开拓、创新的精神，点燃职工心中的希望之火，让职工看到希望，得到实惠。

年轻化、革命化、知识化的新政策引发了人事的大变动。通过严格考察，两名素质好、在重点车间和科室岗位锻炼的厂后备干部被越级提拔到总厂领导岗位上。

厂的行政领导班子，都是有着基层锻炼经历、知名大学毕业的年轻人。最年轻的副厂长仅35岁，厂长也只有46岁，班子平均年龄仅有45岁。当时，在这样重要的国防尖端企业，这样年轻的领导班子，令人耳目一新。

老、中、青三结合的班子，朝气蓬勃、奋发向上、充满活力。犹如一股清新的甘泉，在职工心中流淌着。

从经验丰富的老班子手中接过重担，从党委领导下的厂长负责制，转变到厂长负责制，形成了党委核心、保障、监督，工会民主管理的全新领导体制。

受命于危难之际的领导班子，面临着诸多的难题，老同志也为新班子捏了一把汗。

使命因艰巨而光荣，人生因拼搏而精彩。

1974年1月1日，院、厂正式分家，院迁往四川后，221基地冠以“国营二二一厂”名称，承担起核产品的批生产、延寿、退役、工艺研究、年度复检的重任。

新班子上任后，神秘的221基地，在保军转民的开放大潮中，揭开了她的面纱。第一次在厂办公楼门前，亮出了“国营二二一厂”的厂牌。与外商的谈判中，使用“西北昆仑工业公司”的名称。厂的面貌焕然一新，昂首阔步汇入国民经济发展的洪流中去。

抓住工改机会，大力推行厂、矿工资改革。通过“一近靠、二高套、三升级”的办法，理顺了厂、矿运行了多年的多种工资标准（有政府、文教、卫生、商业、铁路、核工业企业等），建立起核工业企业工资标准，实现了同岗同酬。职工的怨气荡然无存，心里充满着慰藉与舒畅。

抓住机遇，大胆迈开厂“向东转移”的步伐。

新班子上任的第二个月，在听取民品开发处的项目汇报会上，刘处长喜出望外，兴奋地说：“在沿海某开放城市，有一个地方的项目很有前途——引进德国大型工业空调机生产技术，苦于缺少资金和技术人员，急需寻求合作伙伴。现在就看哪家动作快，抢占这一商机。”

刘处长的话音刚落，大家的情绪一下子被调动起来。

知书达理的一分厂占云厂长，心情难以平复，激动地说：“项目属德国技术，起点高，有助于发挥厂的技术优势。可以投资！”

三分厂樊厂长抑制不住兴奋的情绪说：“此项目在沿海开放城市，对职工有一定吸引力，肯定有职工愿意去。”

四分厂柳厂长和动力处陈处长也抢着发言说：“这个项目，是厂开发民品以来，遇到的最有前途的项目之一，别错过这难得的机遇，应该尽快拍板。”

谢国梁紧接着说：“随着我国改革开放，工业空调将有很大发展空间，是个有发展前途的产品，项目内有很多可以延伸发展的子项目——如压缩机、冷凝器、蒸发器、风机……”

为了不放过这一难得的机遇，厂长临时在会上与陈总工程师、叶总会计师、任副厂长、谢国梁副总碰头。一合计，机遇难得，索性来个顺水推舟。厂长当即拍板，厂投入400万元，安置技术人员和工人100名。

这是实行厂长负责制以来，高效决策较为成功的第一个案例。

联营三年，产品打入了亚运会场馆的建设，销售收入达到3000多万元。这也为离退休人员回内地安置探索出一条新的途径。

此后，先后以厂和处的名义，在上海、烟台、潼关联营办厂，寻求转民经济和安置的双效益。

厂开发的6L电视台用发射天线，远销大连、济南、西安、西宁等省、市电视台。地面卫星接收机、变频电源系列产品、子午线轮胎模具、高原汽车增压器等一批民用产品也相继开发出来。一批批产品整装待发，走向市场。

正当其时，厂参加了青海省民品展销会。正在青海视察的胡耀邦总书记，神采奕奕，迈着稳健的步伐，在省委主要领导陪同下，兴致勃勃地参观了二二一厂民品展台。

胡总书记一边认真听取有关民品的介绍，一边饶有兴致地观看了展出的十多项军转民产品的实物和图片。看完后，他语重心长地对厂长说："你们军工企业的新课题，就是转民。"

厂长请胡总书记观看了厂研制的地对地导弹弹头的静态爆破试验纪录片。胡总书记饶有兴趣地坐下，不时对弹头的威力等提问，厂长一一做了回答。观看完后，总书记握着厂长的手连声说："好！不错！"

记得那是1983年7月22日，胡耀邦总书记视察二二一厂，为厂挥笔题词——"钻研新课题，更上一层楼"，他对厂的发展寄予厚望。这次，胡总书记对厂开发常规军品的充分肯定，是对二二一厂职工极大的鼓励和鞭策。

而长期以来，企业的“一老一小”[1]问题突出，共有1600多名离退休人员滞留在厂和西宁，等待回内地安置。

中央为照顾身体不适应高原气候、家庭确有困难的厂、矿职工，每年给予200名内调指标。其中内调的绝大部分是工程技术人员、医生和教师。而每年分配来的大学生能来报到的不足50名，厂面临技术人员后继乏人的困境。

厂登记在册的待业青年多达1400多名，每年还以300人的数字递增。

20世纪70年代中期，中央同意解决厂、矿职工两地分居问题，为近800户农村户籍家庭办了农转非。矿区人口陡然激增，带来住房、学校、商业供应的巨大压力。党委书记刘书林、厂长胡深阀不得不动员各分厂分片包干，在十厂区北边，突击自建了数十栋平房，解决了职工的住房。又从机关、分厂抽调部分技术人员，担任学校教师，保证学校扩充班级的需要。厂待业青年剧增，个别家庭多达3人，年龄达27岁。有的家庭因就业压力大，矛盾激化。

新的厂领导班子决心解放思想，实施“走出去战略”。支持内地企业技术改造，所需经费由厂拿大头，职工拿小头，由受益企业偿还，以此安排待业青年。与内地大学联合办学，安排高考落选学生上大学，毕业后安排在当地就业。

思路一变，效果大不一样。

三年中，厂安排了1000多名待业青年就业，解决了职工的后

[1] 一老，指离退休人员回内地安置；一小，指青年大学生补充、待业青年就业。

顾之忧，赢得了职工的信任。

厂、矿实行财务收支总会计师“一支笔”的审批制度。

厂长、总工、各副厂长不再审批财务收支批条，从烦琐的事务中解脱出来，用更多的时间深入基层，抓好科研、企业改革与发展。大额度财务收支审批，由总会计师与厂长商定或提交厂务会议审定。

为发扬中华民族的传统文化，厂从1986年起，在中国传统三大节日（端午节、中秋节、春节）时向职工发放补贴。

一些新理念、新举措的推行也深受职工的欢迎。

厂在改革开放大潮中，勇敢地迈出了改革的第一步，企业在保军转民的征途中开始焕发出青春的活力。

企业改革的进程，一路走来，并不是一帆风顺的。新的观念、新的思路付诸实施，总会与旧的传统习惯发生激烈碰撞。

新的领导班子刚一成立，迎来了职工上访的高潮。厂领导每天频繁接待职工和家属，有时晚上10点后才能休息。

为改变这种状况，厂实行了厂长接待日制度，取得了较好的效果，也引来不少人的非议。说什么：“哪有厂领导不接近群众的呢？还要限定日子接待来访职工。”这一有效的办法不得不停止。

为解决待业青年就业，动用了厂的一部分自由资金，也引来少数职工的非议，说什么：“把大家赚的利润用在部分人身上，不合理。”

而这次，厂领导认为这是关心职工切身利益、解决职工后顾之忧的实事，也关系到矿区社会稳定。没有被少数人的意见动摇，顶着压力坚持走下去。正如一位老领导所说："在二二一厂办好事，难呀！办成一件好事，领导身上要蜕一层皮……"

遥远的思绪久久挥之不去。

带着对历史沉淀的回味和思考，谢国梁审视着自己。看来路子我们走对了，赢得了职工的拥护，企业形成了凝聚力。他对常规军品任务的完成，充满了信心，企业萌发出新的希望。

下班回到家，老伴王工程师开了门，不解地说："怎么回来这么晚？饭菜快凉了，快去吃。"

谢国梁放下手中的文件，走到餐桌前，坐下边吃边说，把自己思考的新想法一一告诉了她。

王工程师中专毕业后，一直工作在分析化验的岗位上。她工作勤奋，家庭里里外外的事全由她操劳，是一位贤惠、能干、善良的母亲。为了这个家她牺牲了很多，正是有了她默默无闻的付出，甘当配角，才有谢国梁一家的幸福、温馨。这顿饭，他俩吃的时间很长，谈的话也很多。妻子听得兴奋，爽快地说："我会全力支持你！"

常规武器领导和改革领导小组雷厉风行，分别召开会议，落实厂、矿办公会议精神。

两年磨一剑，签了合同，就要做出新意，干得精彩。常规弹头的研发，厂排序为118。

厂长任命陈总工程师担任118总设计师，谢国梁为副总设计师。

两位总师提议：由研究员级高级工程师、技术研究部设计室刘主任担任弹头装置的主任设计师。控制系统主任设计师，由研究员级高级工程师、一分厂系统研究室李主任担任。

厂长决定在关键技术岗位上，大胆起用年轻的核二代。

设计部门确定了关键零部件，将内定创优技术指标层层分解下去，质量管理处组织关键零部件的技术攻关。

虽然118产品的装置结构与无线电引控系统比核产品简单，两位总设计师对118装置和系统的设计提出了更高的要求——产品设计达到最佳化。

正如陈总工程师与谢国梁在研究中指出：装置的结构设计，不但要选好参数，更重要的是在总装过程中，使杀伤件的排列和数量在与“东风-X号”重心一致的情况下，保证射程和杀伤效果的最佳化。118研制任务既要出物质成果，更要出精神成果——带出过硬的核二代，以激励大家向更高的目标迈进。

谢国梁还根据常规弹头起爆方式爆轰试验，提出了不同于过去的起爆方式。新的方式既利用了过去起爆中的技术又具有常规战斗部起爆的特点。增加了一个无线电系统控制部件，以保证弹头在未解除保险时产品的绝对安全，解除保险后能准确起爆。

厂、矿企业改革领导小组研究决定，推行118产品生产工时定额含奖金的奖励制度；加大分厂包、保、核以及经济责任制考核奖惩力度；创新分厂对机关职能处室的双向考核。

新举措一经公布实施，职工群情振奋。大家以新的精神面貌、新的工作状态，投入了118任务的攻坚战之中。

三

人生的成功，除个人才能和勤奋外，机遇、条件不仅不可缺失，而且往往更加重要。

老一代核工业人朴实的人生观，深深地感染了核二代人，使他们有着一种强烈的使命感和紧迫感。

221 基地 60 后的核二代，这样一群年轻人，正处于人生的活跃期。就像火山熔岩喷发，炽热横溢，在为事业的拼搏中，随时都可能喷出火焰。

他们把施展才华的希望寄托在 118 任务上。

邱琴、小齐、小李、小马等年轻人，为有机会担当起技术攻关的重任而鼓舞，他们朝着更高的目标奋勇进发了。

谢小凡就像是一匹志在千里的骏马，看准的方向，认准的事，一定会百折不挠，勇往直前。

等待中，他赢得了美满的爱情。

谢小凡大学毕业后被分配在北京某研究所工作，一个偶然的机会，他回到了神秘的金银滩草原。

金银滩草原，对他有着神奇的吸引力。

他在这片土地出生、成长，从初中到高中，都是在这里度过的。这里有他的初恋情人。他对自己和社会的深入认识，对未来生活的无数梦想，都是从这里开始的。

在他的记忆中，金银滩的“王府井”还是像往日一样，学校、街道、俱乐部、商店、运动场……尽管在记忆中是灰蒙蒙的，但依旧显出她诱人的魅力。他对这里的一切都是那么的熟悉！

而他工作的二二一厂一分厂，承担核装置中金属件的精密加工和表面处理；裂变材料部件的精加工，热核材料的粉末成型、机械加工、涂层和理化、检验、分析及中子源的生产，氢弹扳机内组件和被扳机的装配；无线电引控系统部件和地测设备的设计（系统室）、生产（103 车间）、装配（104 车间）和环境实验（一分厂质检科）。

系统室承担 118 弹头内无线电部件设计和调试，而无线电近炸引信就是 118 产品的眼睛，要求的爆高很低，且非常严格。爆炸点高了就放了礼花弹，低了只会在地面留下一个大坑。它完全不同于核产品的技术，需采取不同体制进行设计。

系统室的李主任（研究员高工）作为无线电引控系统的主任设计师，为尽快研制出满足战标要求的近炸引信，把希望寄托在年轻的核二代人身上。聘请谢小凡担任近炸引信中的关键部件——

发射机的研制负责人，下边的人员由他选定。

谢小凡深感责任重大、光荣。他充满着兴奋和自信，一种豪气在这个年轻人的身上汹涌澎湃起来。

他接受这个任务后，首先找到有过硬微波专业技术的小李。厂要撤销了，小李正为外地的研究院邀请他去工作而犹豫。当谢小凡邀请他参加这个任务时，他深感任务的重要，厂又大胆起用年轻技术人员，特别是近炸引信新技术的吸引，让小李思想上动摇了，表示愿意考虑。

谢小凡相信小李会参加到这个团队中来的。

他又请来了室里的小马、小高两位年轻技术人员，把这几位年轻人召集到一起，谢小凡详细地介绍了任务和引进的 AA 机分析的成果。大家越听精神越兴奋。

小马首先发言说："这任务过硬有干头，我参加。"

"这技术不同于核产品的无线电引信，我愿意参加这项新技术的开发。由于时间太紧，我们应尽量采用成熟的技术设计。"沉稳的小高说。

大家都表态愿意参加，此时的小李进行着激烈的思想斗争，考虑来思量去，他感到这项任务对青年人来说是一次难得的锻炼机会,不容错过。他最后把已在心里煮熟的话搬到嘴边上说了出来："我决定放弃外边单位应聘的机会，和大家一起干！"

小李的参加使讨论的气氛一下子被鼓动起来。你一言,我一语，对方案提出了不少好的建议，大家纷纷表示一定要尽快突破发射技术关，打造出产品技术的新亮点。

会后，谢小凡把大家的意见进行了梳理，形成一个较为完整的技术方案。

勤奋好学、勇于创新、具有独特逆向思维的发射团队的年轻人，以更开放的心态，在知识的海洋里，贪婪地吮吸着知识的琼浆玉液。新技术的诱惑，有一种无形的磁力，将他们吸引得不能自拔。

交付时间紧迫，一分厂占云厂长、李主任面临着精神上的巨大压力。室里大部分人员投入了近炸引信的攻关中，积极准备着设计方案。

他们夜以继日地拼搏着，正是因为有了目标，充满了巨大的希望，人就会产生工作的激情，就会义无反顾地为之而付出。在付出过程中，真正体会到人生的意义。

近炸引信的方案讨论会，在一分厂105大楼二楼会议室举行。一分厂占云厂长主持，陈总工程师、谢国梁参加了会议。主任设计师李主任介绍了整个弹头上各无线电系统的布局和技术要求以及无线电近炸引信的技术参数。

许高工谈了各系统组件具体技术指标的分配。

谢小凡显得非常兴奋，大胆地说出了团队的想法："根据弹头技术指标要求，近炸引信要求的爆高低，精度控制严，脉冲宽度提高了几个数量级，频率也提高了近一倍。必须采用不同于过去的体制，选用新的发射管与新调制器的调制方式，才能保证近炸引信的爆高精度。"

“对！根据弹头战标要求，近炸引信在技术上、元器件选用上无疑是一个飞跃。发射团队提出了一个新概念，为近炸引信的研制开了一个好头。”负责无线电系统设计的许高工，对小谢提出的设想给予充分肯定。

“谢小凡提出了很好的设想。为此，在宽带接收上只能采用‘XX接收’‘XXX谐振回路’……在元器件选用上，应该更加严格。”少言的张高工抑制不住激动的心情说。

李主任听了大家的发言说：“谢小凡的分析有道理。大家的补充也很好。现在是天时、地利、人和，再加上我们预研的成果，照此思路走下去，我看这事一定能成功。”

最后，陈总工程师、占云厂长肯定了此方案并指出：“难点在调试上，如何达到爆高精度控制。应尽快抓紧方案的实施。”

会后，发射团队的几个年轻人以强烈的责任感和使命感，如饥似渴的求知欲望，夜以继日地进行设计、制图、跑元器件、催加工零件、进行试验。晚上抓紧时间学习，钻研微波、雷达、模数电路、电真空器件知识。自己学，相互学，还请来发射管方面的专家朱教授来厂讲课。

会后第二天，一分厂占云厂长、系统部件装配车间的钱主任陪同陈总工程师、谢国梁，来到车间雷管组所在的109工号，找到负责技术的林高工。林高工曾参加过我国微秒级电雷管的研制，产品成功应用于我国第一颗原子弹、氢弹试验。

陈总工程师开门见山地对林高工说：“我们准备交给你一项新

的研制任务。根据常规弹头技术要求，该系统中需新增加一个特殊的bb部件，该部件平时保证弹头绝对安全，进入发射状态时能及时解保、起爆。”

一分厂占云厂长指出：“bb部件是一项全新的任务，要求的时间紧，分厂支持你们，相信你们发挥雷管小组的优势一定能完成。”

知识和经验的积累，拓宽了林高工的思路，他表示：“我们将全力以赴，完成任务。”并就有关技术细节和进度与陈总工程师交换了意见。

陈总工程师、谢国梁走出109工号，感到十分欣慰。弹头里的无线电引控系统中两个新部件的研制总算尘埃落定，他们感到离成功又近了一步。

阳光、开朗、充满活力的邱琴和小齐，参加了118弹头中装置主任设计师、刘研究员高工的设计团队。这个团队曾参加过多个型号核产品的结构设计，对此类产品的设计可以说是轻车熟路。

陈、谢两位总设计师对他们的设计提出了更高的要求：要将导弹的射程、弹头内装药量以及杀伤片大小组合与布局三个矛盾体，实现最佳组合。既有总体结构设计，也有装配中杀伤片大小的配比和排列布局，以及总装中重心的保证。

当人们遇到巨大的压力时，就变得敏锐起来，而女技术人员最擅长做的事，就是发现“蛛丝马迹”。

无论是那些“丝”和“迹”的点看起来多么散乱无章，邱琴都能把它们连到一起，描出想要的理想曲线。

邱琴在消化了“东风–X号”核产品装置的技术资料后，在讨论中，为保持118弹头重心与“东风–X号”核产品重心一致，她对高能炸药的装量和杀伤件大小的不同排列组合进行反复计算，一遍又一遍地分析比较，进行了优化设计，达到射程、装药、杀伤效果最佳化。是否真正达到了最佳化，还要在总装过程中进行调试，最后，只能看实弹发射的实际效果了。

四

谢国梁副总工程师，50 多岁，虽然已是满头白发，但总是红光满面，神采奕奕，是一位对事业有着强烈使命感的科研人员。

他执着地追求着、奋斗着、坚持着，无私、无怨、无悔，将全部的心血和才华倾注于他挚爱的核事业。

无论是在顺境或逆境，西北汉子热情奔放、敢爱敢恨的“一根筋”，是谢国梁一辈子的人生写照。

20 世纪 60 年代初，核工业部北京第九研究所（核武器研究所）从中科院、各部委、企业调入 126 名高、中级技术骨干，谢国梁和陈家圣总工程师就在其中。

来到北京第九研究所，一切都是那么陌生。副所长朱光亚找他谈话，征求他对工作的意见，对他说：“我们叫你来是从事原子能利用的。”

谢国梁一时不解，问道：“是和平利用？还是军事利用？”

朱副所长沉默了一会，语重心长地说："就是叫你来研制原子弹的，是郭永怀（当时中科院力学所副所长，后调到九所任副所长）推荐你到我们所，他对你的才学和能力十分赏识，我们相信你肯定有这个能力做好爆轰物理的。"当谢国梁听到是郭永怀副所长推荐他来的时候，一股强烈的信任感和使命感油然而生。

谢国梁语气坚定、充满自信地说："我虽然学的是冶金专业，不懂爆轰物理，但我可以从头学起，一切听从所里安排！"

"好！就安排在爆轰实验室，从事爆轰试验工作。"

从零开始学习，学习"爆轰理论"，对他来说意味着人生的又一个起点。

从此，他与核武器事业"焊接"在一起，把爆轰试验当作自己毕生的事业用心去做。

爆轰试验的诱惑，有一种无形的磁力。谢国梁喜欢动脑筋、找规律、想办法，形成了见新就学、见难就攻、刻苦勤奋的韧性。

在王淦昌、朱光亚、陈能宽等科学家领导下，在河北省怀来县长城脚下的 17 号工地开始了我国第一颗原子弹理论方案研究的爆轰试验。工地环境和条件十分艰苦，只能因陋就简，土法上马，边干边学。

谢国梁在摸索中形成了爆轰试验的"三部曲"。第一步写方案，为建立原子弹理论模型的爆轰试验，详细调研，通过论证，写出可行方案。第二步爆轰试验，装炸药，插雷管，安装测试电缆，有计划地开展爆轰试验。最后，进行数据的整理，写出有分析、有论据的技术总结。

谢国梁不停地在北京和17号工地之间往返穿梭。

当时，他的家庭生活条件异常的艰苦。他每月粮食定量只有27斤，工资62元，一家五口人挤在12平方米的房子里。他自己也由于营养不良得了浮肿病，但仍然坚持在工作岗位上。

爱人生小孩，组织给了他一周的假期让他照顾爱人。但因他负责的课题正处于理论与试验的关键时刻，他毅然放弃了假期，坚守在爆轰试验第一线，直到问题得到圆满解决。他第一次从爆轰试验中感受到成功的喜悦，受到所领导的表彰。

在王淦昌、陈能宽等科学家精心指导下，爆轰实验一天要打10多炮。进行了三百多个实验元件的爆轰试验，取得了大量宝贵的试验资料，为原子弹理论计算提供了可靠数据，使理论方案的计算趋于成熟。

转眼间，谢国梁已在17号工地默默奋斗了三个年头。

随着原子弹理论计算的深入和17号工地爆轰试验的完善和补充，原子弹内爆物理模型确定下来，但更大装药量的综合爆轰试验必须转移到221基地进行。

他开始思考更大装药量的综合试验方案。

核装置活性材料的次临界实验，通过摸索建立起理论实验方案。在全国大力协同，特别是在原子能研究所大力支援下，设计的物理测量系统和仪器已准备就绪。中子点火材料，由原子能研究所王方定试制小组研制成功。核工业部内的企业，铀的同位素分离技术取得突破、活性材料铀–235即将完成最后加工、铀–238裂变材料产品毛坯已准备完毕。

前方221基地（国营综合机械厂）的建设已基本竣工，各项生产准备就绪，已具备了221工程（原子弹）和以后氢弹工程的科学、技术最后总决战条件（草原大会战）。

张爱萍将军在动员大会上，满怀豪情地对九局、九所的同志说："'春风不度玉门关'已成为历史。现在是'春风已度玉门关'，你们将把和煦的春风带到玉门关，亲手放飞中国的原子弹。到那时，我们祖国各地将处处是春风……"

1963年年初，二机部[1]九局（核武器局）、北京第九研究所向青海221基地转移。1964年3月，局、所、国营综合机械厂合并成第九研究设计院和221分院。将局的行政管理与研究所的科研、厂的生产三者的职能优势有机整合。实现了核武器从理论设计、装置结构和无线电系统设计、生产、装配、实（试）验的全过程，组成了大的联合体。1965年4月，国务院批准成立青海省人民委员会驻矿区办事处（地区级），建成了院、分院、政府职能合一的核武器研究、试制、生产联合体。分院成立不到一年，又合并到九院。

1965年9月9日，在九院下设二二一厂，九院党委副书记、第一副院长吴际霖兼任二二一厂党委书记。二二一厂是实体，院、厂、政是三块牌子、三套领导班子、一套机构的联合体。

[1] 三机部1958年2月更名为二机部，1982年5月改名核工业部，1988年9月更名为中国核工业总公司，1999年6月改制为中国核工业集团公司。

国家！荣誉！忠诚！使命！献身核事业的使命感，把来自不同地区、不同经历、天南海北的科学家、工程技术人员、干部、工人、驻厂解放军等聚集到221基地。开始了原子弹、氢弹工程的科学、技术突破（“草原大会战”）。

谢国梁和爱人告别了生活条件优越的首都，来到青藏高原金银滩草原的221基地。

金银滩位于海晏盆地，地势平坦，草地广袤，是小溪淙淙、滋润肥美的草原。因此地水草丰美，万顷金、银露梅，竞相盛开，故名金银滩。

20世纪40年代，王洛宾的《在那遥远的地方》从金银滩传遍大江南北，风靡世界。

由凌子风执导，反映20世纪50年代金银滩农奴翻身得解放的电影《金银滩》的插曲唱道：“高山跑马啊云里穿，要找凤凰到金银滩。”

肩负我国核武器研制任务的221基地，像一只五彩斑斓的凤凰。1958年7月中旬，中共中央总书记邓小平批准了金银滩草原的选址报告，221基地成为我国核武器发展首先立功的地方、“两弹”精神的摇篮。

金银滩草原，221基地——国家禁区，占地1167平方公里（后缩小为573平方公里），境内最高峰海拔4025米，使用地区海拔3050~3690米，平均海拔3500米，年平均气温为零下0.4摄氏度。这里长冬无夏春秋少，高寒缺氧风沙多，自然条件十分恶劣。

核工业具有神秘色彩。原子弹研制属于国家最高机密之一，实施了严格的警卫保卫、保密防范措施。221基地各哨所、重要车间、工号均由手持步枪的重兵把守，并实行了严格的通行制度，并对职工进行了保密教育，有的还进行了保密宣誓。地址、性质、任务、工作内容等“上不告父母，下不告妻儿”。根据所从事的不同工种，发给不同数额的事业费（职工叫保密费，不同单位分别为每月18、13、10、5元）。人数最多时，九院、二二一厂聚集了18 000多名职工，连同基建队伍和驻厂部队共有几万人。

221基地不仅有公、检、法、司、民政等服务于核武器研究的社会服务系统，还自备热电厂、百货商场、菜市场、医院、学校等完整的配套生活设施，形成了一个自成体系的封闭小社会，有着极具特色的工作与生活氛围。221基地犹如一座与世隔离的世外桃源。

221人头顶青天，脚踏草原，在险峻的国际环境和恶劣的自然条件下，履行国家意志，担负起确保国家安全的重任，为建设中国特色的核武器发展道路，激发出持续不断的创造力。在全国人民大力协同攻关下，核工业30万职工，突破了铀矿地质勘探、矿石开采、水冶、铀浓缩等科学技术上的一道道难关，特别是兰州铀浓缩厂，提供了珍贵的武器级的六氟化铀装料，酒泉原子能联合企业提供了关键的活性材料成品部件，包头核燃料元件厂提供了裂变材料粗加工产品和聚变热核材料。在221，中国工程物理研究院、二二一厂突破了核物理、爆轰试验、高能炸药装药、精密机械加工、核材料工艺、无线电引控系统部件技术，创造了震惊世界的科技奇迹。在祖国的上空升起了中国第一颗原子弹、氢弹爆炸的蘑菇云。

第一颗原子弹、氢弹爆炸成功时，221基地没有庆功会，也没有号外。这里不少职工并不知道原子弹、氢弹是在221基地研制、总装并运往新疆罗布泊核基地进行核试验。

高原是221的徽章！

曾经有一位记者在采访中听到一个故事：地处海拔3500米的金银滩高原，紫外线强，人们的脸晒得很黑。因为保密工作需要，与家人通信时只能告诉一个邮箱号码。一位师傅回上海探亲，天真的孩子问道："爸爸你在哪里工作？"他回答说："在青海矿区（这里有青海省人民政府矿区办事处机构）。"孩子好奇地追问："是不是挖煤的？"这位师傅一时语塞，没有正面回答。这个故事常被大家传为笑话。

"爱国奉献、勇攀高峰"是221人的标志！是他们的第二个身份证！

为铸强国梦，221人的忠诚和奉献是凝聚在核武器上的寒光，是沉淀于岁月的拼搏创新。他们把对祖国的热爱和对核事业的执着追求，化为精益求精、一丝不苟的严谨工作作风和追求事业成功的持续动力。

中华人民共和国成立45周年的大阅兵仪式上，世人瞩目的核武器基本上是在221基地研制的第一代东风系列等中程、中远程、洲际地对地弹道战略导弹，它们雄姿威武，首次亮相，威武地通过天安门广场，接受了祖国和人民的检阅，惊艳世界，第一次揭开了它们神秘的面纱。

二二一厂完成了我国第一颗原子弹、核航弹、“两弹结合”、氢弹、地下第一次核试验等国家16次核试验，多型号、多批次核武器批量生产交付，核武器的退役、贮存延寿、工艺研究、年度复检，为我国核武器发展立下了不朽的历史功勋，在原子弹、氢弹工程的科学、技术突破中凝练出了：

自力更生，艰苦奋斗的创业精神；

不计名利，默默奉献的牺牲精神；

不畏艰险，勇于开拓的进取精神；

严细求实，科学民主的科学精神；

团结协作，集智攻关的团队精神的“两弹”精神。

她是221人的灵魂，是221人的基本行为准则；她是“两弹一星”精神、核工业“四个一切”精神的重要组成部分和原型之一；她也是一部鲜活的社会主义核心价值观的好教材。

221人打造出中国的核盾牌，铸起国防基石，挺起了民族脊梁，自立于世界民族之林。

干惊天动地事，做隐姓埋名人。中国知识分子自主创新的楷模——王淦昌、彭桓武、郭永怀、朱光亚、邓稼先、于敏、周光召、陈能宽等科学家，都曾在这里工作过、生活过。

他们用热血和忠诚构筑起历史的丰碑，也铸就起催人奋进、光照后人的精神高地。以“铸国防基石，做民族脊梁”的核心价值观，荣获了“两弹一星”功勋奖章。

谢国梁作为高压物态方程、测试技术的负责人，他忠诚于祖国，以“事业高于一切”的信念艰苦奋斗。通过理论计算和爆轰试验的紧密结合，他和同志们掌握了596（我国第一颗原子弹工程的代号）爆轰的规律。为内组件模型的建立获得较好的聚心冲击波，实现了活性材料达到临界状态，产生足够的中子，实现了裂变链式反应的核爆炸，找到了一个理想的结构。为596产品最终的理论设计定型提供了检验和修正数据。他是流体动力学试验学科的开拓者之一。

谢国梁在596国家试验中担任分队副队长，负责吊装、塔上插雷管工作。在预演时，他与分队陈常宜队长一同被卷扬机吊到塔上。

一望无垠的戈壁滩，没有一点绿意。真是“天上无飞鸟，地上不长草，千里无人烟，风吹石头跑”。沙漠中阴冷风寒，这不毛之地，满目的苍凉让人感受不到生命的存在。

突然间狂风大作，黄沙漫漫，人鸟俱绝。

卷扬机只能停止运行，两人在塔上待了人生最难忘的一天，仅靠一位工程兵战士冒着生命危险送来的一大包鸡蛋和两罐军用水壶的水维持着生命。

国家试验准备全面开始！

谢国梁再次坐在产品吊篮里，来到100米塔上。他与陈队长、

坚持！坚持！坚持了人生中最艰难的一天

老朱等8名工作队员，精益求精，一丝不苟，确保最危险的最后一道工序——插装雷管工作到位、牢靠。院长李觉将军仔细检查无误后才离开现场。

第九工作队设计部的韩技术员担任操作员，他神态自如，按照预定的程序，一个划时代的动作，准确地按下了操作控制按钮：30……15……10秒，与此同时，响起了女军人清脆的声音："9、8、7……起爆！"

他们用忠诚、用青春、用拼搏保证了我国第一颗原子弹装置爆炸试验的成功。这成功，震撼世界，让过去的"东亚病夫"挺起了民族自强的脊梁。

人活一生，风雨雷电和寒霜白雪，有时候会向你的头上倾倒下来！

"文革""二赵"[1]期间，由于国家政治生活极不正常，社会许多方面都处在非常动荡和混乱的状态中，谢国梁受到不公正的审查，有人说什么："副主任不突出政治，宣扬吴际霖的'响了就是最大政治'"。

一次批判会，谢国梁一进会场，室里的20多人全站了起来，在进行"批判"时，谢国梁说："185、195（青海盛产毛线的两种规格）热门商品我不关心，我只关心科学技术，我不知道我有什么问题。"当军代表一离开会场，批判会一下子变成了学术研讨会。大家一起讨论听取他对新型号产品爆轰试验中遇到的难题，会后

[1]"二赵"指：赵启民，海军原副司令员、国防科委副主任、二二一厂工作组组长；赵登程，空八军原副军长、公安部核心领导小组副组长、中央三办主任、二二一厂工作组副组长。

大家送他到楼道口。

时间是一只神奇的手，带走人们心中的仇恨，留下的是美好的记忆。

“九一三”事件后，职工紧绷的脸上绽开了笑容，被批判、审查、打倒的干部站了出来，担当起引领科研的重任。

人生因曲折而精彩！

1976年，国家灾难重重！一月，敬爱的周总理逝世，四月五日发生了“天安门事件”。谢国梁在北京的大儿子谢小天由于参加天安门悼念周恩来总理的活动，传抄《天安门广场诗抄》而受到审查。家庭在一瞬间又遭遇了“不幸”。

谢国梁出差去北京时，特意打听了有关事件的情况，觉得孩子做得对，做得好！他拿着仅有的一张纸上传抄的诗句：

欲悲闻鬼叫，我哭豺狼笑。
洒泪祭雄杰，扬眉剑出鞘！

谢国梁暗自佩服年轻人的勇气和智慧，写出了人民对周总理逝世的极度悲痛，对“四人帮”的愤恨以及与其坚决斗争的决心。

谢国梁沉浸在严肃的思考中。国家的不幸，社会的动荡，使大人更成熟，也让孩子经历了风雨。

他安慰在京的两位老人，充满自信地说：“雨后会天晴的！”

是的，天空不会永远阴暗，当乌云散尽的时候，蓝天上灿烂的阳光就会照亮大地，青草照样会鲜绿无比，花朵仍然会蓬勃绽放。

谢小天被平了反，也恢复了工作。

人经过苦难的磨炼，才能深刻理解苦难，这种苦难就成为难能可贵的财富，给人带来崇高感。

一切都已成为过去，等谢国梁归来时，这里已是春暖花开。谢国梁又恢复了那精神抖擞的容颜。年轻，是他人生长河中奋发向上的底气，而如今，正是他的事业如日中天的黄金时期。

对发展有着强烈意志的谢国梁，与研究室的同志，对“东风–X号”核产品退役中的炸药部件进行了一系列科学实验研究，取得炸药部件贮存多年后物理性能变化规律的科研成果。在新成立的技术研究部，担任副主任的谢国梁又带领爆轰试验室的同志，进行常规军品起爆方式、测试方法、爆炸效应的试验研究，在常规军品的开发进行前瞻性的研究中发挥了引领作用，是厂常规军工产品创新研发的带头人之一。

时光、生命、爱恨、恩怨……穿过历史与现实的沧海桑田。谢国梁无论是面对物质条件的匮乏，还是工作中的危险，他就像一名奥林匹克运动员，肩负着成功的使命，勇往直前，把拼搏、冲刺当作人生的境界。

当蘑菇云升腾在祖国湛蓝的天空，巨大的火球不断翻腾时，谢国梁想到的是，中国人是用精神的原子弹——忠诚、信念、意志、士气的精神力量，创造出了物质的原子弹。

五

金银滩的宁静是出了名的。

221 人远离都市的喧嚣、现代的繁华，过着舒心静谧、和谐包容、拼搏进取的生活。金银滩带给我们深邃的思想与谦和的心态，明亮、愉悦了我们的心田。上下班的人流、自行车流、班车、通勤火车，这些才能让人感受到 221 的生机和活力。自成系统的社会服务，加之休闲活动贫乏，让人不免有些简单、寂寞。人活得简单，就快乐！正如电视剧《国家命运》的主题曲所唱："你的路，注定要孤独寂寞地走完，岁月的沧桑，遮住了你的足迹，历史深处留下了你永恒的背影。" 221 人耐得住寂寞，甘于寂寞，把寂寞当作人生的一种境界。努力工作成为一种自然，全身心地去追求事业的成功。用青春、用智慧、用热血，百折不挠地创造科技上的辉煌。是的，221 人在这条道路上，隐姓埋名，不论在什么岗位上，都在奋斗，以苦为荣，写满奉献。

认真，是邱强人生最美丽的风景线。他是一位责任心强，工作极端认真，十分内秀的汉子。他和爱人是从东北某大型企业调来的技术工人骨干，来厂后一直从事核产品的总装工作。核产品总装工作要与高能炸药、贫铀-238 放射性部件打交道，不但危险，而且是一份慢火熬粥的工作。要求专心、细心、耐心，稍有疏忽，出现微小的差错，就会铸成大错。必须具备过硬的技术本领和临危不惧、专注执着的品格。邱强在操作上一丝不苟、精益求精，把总装工作干得圆满、极致。

邱强，就是用自己灵活的双手与核产品对话的人。

20 多年来，邱强在总装工作的坚持中，诠释了一种工匠精神——对核产品装配的精益求精、追求卓越。他的人生境界也因此而升华，在总装的舞台上，舞出了绚丽多彩的人生。

“596”（我国第一颗原子弹装置工程代号）出厂前夕，中央军委副秘书长张爱萍将军和二机部副部长刘西尧来到 221 第二生产部总装 215 车间，受到身着白大衣工装的职工们的热烈欢迎。

两位领导来到车间门口的黑板前，停了下来。看到欢迎标语上写着：“欣闻首长来车间，群情振奋喜开颜。”

张爱萍将军，神态从容，带着浓浓的四川口音说：“这欢迎标语蛮有意思，不如我们每人加一句，不就成为一首诗吗？”

刘副部长稍加思索后说：“好！我加一句，一丝不苟加油干。”张将军随即脱口而出说：“一声春雷震寰宇！”

顷刻间，车间宽敞明亮的装配大厅内外响起了热烈的掌声，温情洋溢，感动绽放。

这首车间李主任与两位首长共同写成的诗句，给596总装的技术人员、工人、干部带来极大的鼓舞。

张爱萍等穿上白大衣、戴着口罩、换上鞋，手摸入口处的竖立接地铜棒后（放去身上的静电），步入大厅。

正在进行装配的邱强、曹师傅、张技术员等，向领导挥手致意。领导们越过装配操作线，来到总装的产品前。车间李主任向领导一一介绍了产品部件和装配工序。张爱萍将军看到加工精致的待装配的零件，脸上露出了欣慰的笑容。

师傅们又开始了精益求精、一丝不苟的装配。

领导们看完装配的产品，满意地点了点头，离开了装配大厅。

由于是第一次参加国家核试验的产品，每一道装配工序都是在慎之又慎地进行着。

为保证在罗布泊国家试验场，原子弹装置万无一失地安全运输到铁塔上，厂领导决定在总装车间旁20多米处，筑建模拟核试验场的地下装配工号地面铺设运输轻便铁轨，进行了多次模拟产品吊装、运输演练，直到操作无瑕疵为止。

邱强在圆满完成总装、联试、产品分解装箱后，带着极其兴奋的心情，参加了由222人组成的第九作业队，前往罗布泊核试验基地。

张爱萍将军再次来到位于核试验场铁塔下的半地下装配车间，他走上前去，拍着操作吊车的曹师傅的肩膀嘱咐说："你们一定要牢记周总理‘严肃认真，周到细致，稳妥可靠，万无一失’的指示。”

大家齐声、响亮地回答：“一定！请首长放心。”

在完成总装后，邱强和第二生产部（后来的二分厂）蔡副主任以及曹、朱两位师傅，推着装有原子弹装置圆桶的平板车，迈着稳健的步伐，沿着轻轨将平板车推至102米高的铁塔下，用卷扬机将核装置吊升100米至铁塔14层的盖板上。铺设好电缆，插完雷管后，人员撤离现场。

1964年10月16日下午3时，我国第一颗原子弹装置爆炸成功。

当看到奔腾翻滚向上的蘑菇云时，邱强兴奋不已，赋诗一首：

百米铁塔入云天，手推核弹到塔前。
满怀豪情舒口气，专心只等神火现。
春雷一声震寰宇，戈壁升起蘑菇团。
欢呼跳跃流喜泪，成功载入青史篇。

事过两年后，1966年9月，邱强参加了我国“两弹”（原子弹和导弹）结合试验。

这次在我国本土上进行的实弹试验，中央领导极为重视。

周总理对此次试验提出要求，七机部要保证导弹在空中飞行过程中绝不能掉下来。二机部要做到万一导弹在中途掉下来，核装置绝不能爆炸。

在221基地，九院从1965年1月就开始了核武器小型化的研究和试验。研制小当量的核弹头，面临着它的体积和重量比第一颗原子弹装置大幅减少、运载导弹飞行中加速过载环境条件等要求，产品结构、强度有很大改变，元器件性能和质量都有很大提高。为此，进行了小当量核弹头的结构设计、工艺研究、起爆元件的爆轰试验等工作，并与七机部商定了弹头与导弹头部壳体的连接方案。

二机部、七机部分别进行了导弹定型和引爆系统飞行试验、原子弹的安全自毁“冷试验”，还进行了二次靶场合练。导弹研究院院长钱学森、核武器研究院院长李觉将军最后向中央保证，导弹中途绝不会掉下来，万一核弹头导弹中途掉下来，也不会在地面爆炸。

受周总理委托，聂荣臻副总理来到酒泉卫星发射基地，亲自坐镇指挥了这次试验。

在技术阵地，经过连日来的学习、练兵、合练，大家终于兴高采烈地盼来了10月24日这一天，指挥部下达了总装开始的命令。当这一天真的到来时，大家又不免有些胆怯和紧张。

在产品的装配中，邱强大胆提出的装配改进，得到技术人员的认同。上级批准后，经多次演练，邱强全神贯注，一人双腿叉开，站在翻转台上，双手提着专用吸具，将投篮装置中6~7公斤重的药柱塞，稳稳地装入药球。避免了天车吊装中产品晃动（后来改为无级变速）以致碰伤已装配好的药球的情况出现。

下午，在插雷管过程中，意外的情况出现了。练兵时，在雷管试插过程中，有一个雷管拔不出来了。

整个技术阵地的紧张气氛一下子冷凝到冰点。有同志小声劝告九院院长李觉将军，尽快离开现场，以免发生意外。李将军谢绝了。

李将军把目光投向总装车间的陈工程师（后来担任总厂总工程师），陈工程师领会到李将军希望他尽快派人排除故障的意图。他快步走出操作线，来到邱强跟前，带着指令性的语气对邱强说："老邱，你是一名老钳工，去试一试，把它安全地拔出来。"

"不行，不行，我从来没干过这种工作，"老邱急忙推辞说。

"不用怕，胆大心细是不会出问题的，去试一试。"陈工程师安慰地说。

李将军信任的目光与老邱对视了一下。这饱含凝重、希望的目光，顿时间给了邱强很大的勇气。他鼓起勇气，镇定自如，迈着稳健的步伐走到核装置前仔细地查看、盘算着，不时用手来回轻轻地松动松动，半个小时过去了，在场的职工急得满头冒冷汗。老邱灵机一动，莫非是零件表面不干净，发涩咬合在一起了？他把零件轻轻松动后，一次次地试拔，终于把雷管安全地卸了出来。

老邱紧张得额头冒出豆大的汗珠，连内衣都湿透了。徒弟小曹赶忙走过去，用毛巾擦去师傅额头上的汗水。大家脸上露出了笑容，李觉将军赞扬地说："好样的！好样的！"邱强受宠若惊地笑了笑，连忙说："谢谢！"

从此，老邱名声大振，成为职工羡慕的对象，就连车间领导也对他刮目相看。

邱强的内心依然是朴实的。他对核事业的执着，不论怎么样，都不会因为别人对他的赞扬而改变。

核产品顺利地完成了总装，为保证核试验产品绝对安全，领导叫邱强所在组留守，和原子弹同睡在一个工号里。得知这突如其来的决定，一种不安的情绪挂在大伙的脸上。

这种情绪，被李觉将军一眼看出。

李将军叫来技安人员，在另外一个办公室，讲授雷管性能与安全知识，并进行雷管引爆试验。让大家看到，没有给雷管加电信号或产生静电，核产品是安全的。亲眼看见实验后，大家的情绪慢慢稳定下来。

李觉将军如此关心职工安全、平易近人、和蔼可亲，邱强心中对李将军充满了敬意。

大家和原子弹平安地待了一夜。他们在度过了一个极其漫长的夜晚后，迎来了黎明的朝阳，又精神抖擞地投入了第二天的国家试验。

1966 年 10 月 27 日 9 时，当太阳升起的时候，邱强等人陆续登上一座小山坡，眼望着那雄伟壮观的发射塔，等待那振奋人心的时刻。大喇叭里传来倒计时的报读声。随着一声巨大的轰鸣，一条巨龙刺向苍穹，飞向新疆罗布泊，在 570 余米高空爆炸形成一朵蘑菇云，一枚核导弹在预定高度爆炸成功。人们欢呼着、拥抱着，相互伸出大拇指说 ：“中国人终于有了用于实战的核武器了！”

试验证明，我国实现了从原子弹装置到机载核弹、导弹发射核弹的“三级跳”。中国有了可用于实战的核导弹，改变了我国有枪无弹的历史。

试验成功后的第二天，喜欢喝点酒的李将军，拿着一瓶葡萄酒，来到邱强床前说："大邱，中秋节那天晚上要加班，没让你们喝上酒。今天，你和大家每人喝一口，这样睡觉香着呢！”

邱强和同志们拿着一瓶装满情谊和温暖的酒，一人喝了一大口。李觉将军祝大家睡个好觉。

1966年12月10日，邱强和装配小组全体人员由西宁乘坐专机，第二次飞到新疆核试验场地，参加氢弹装置原理的塔上爆炸试验。由于时间紧、任务重，到达试验基地的第二天，便开始在工房拆箱，检查产品零部件和地装等准备工作。

戈壁滩上的冬天气候恶劣、寒冷袭人，经常刮起狂风、扬沙飞石，使人难以睁开眼睛。特别是晚上，帐篷如同在大海里摇晃的小船，人在里面头昏脑涨，久久不能入睡。

夜深人静，邱强去方便，穿好衣裤，头戴棉帽，身裹军用大衣，望着狂风扬沙的天气，担心影响即将进行的试验，邱强不免有些心烦。他顶着狂风走到帐篷后头，一不小心撞倒了个空油桶，邱强狠狠地踢了一脚，那空桶被狂风吹跑了。邱强笑了，心里暗暗盘算着，相信天气会好起来的，跑回帐篷钻进被窝里又睡熟了。

大家焦急地等待装配核弹上塔进行试验的命令……

1966年12月28日上午，氢弹试验装置在百米高塔爆炸成功。新的先进的氢弹原理方案试验成功，表明于敏等人提出的氢弹结构的技术途径是正确的。

傍晚，总指挥部在马兰基地举行庆功酒宴。大厅里灯火辉煌，欢声笑语，喜气洋洋。

邱强作为221基地装配工人的代表，用一双粗糙的大手，装配了我国第一颗原子弹装置、两弹结合的原子弹、我国第一颗氢弹装置，还和聂荣臻元帅、张震寰将军、李觉将军以及钱学森、朱光亚等科学家，共同举杯庆贺，邱强心里感到无比荣幸和幸福。

1972年3月，邱强第三次来到新疆马兰基地，执行新型号空投试验的任务。

让他永远难以忘怀的是，那一天上午，突然接到队长的通知，邱强和其他三名同志将随国防科学技术委员会朱光亚副主任前往北京，向周恩来总理汇报。这突然降临的喜讯，让他激动得难以平静，恨不得马上飞向北京。

在马兰机场登上飞往北京的专机，银燕披着霞光，在万米高空平稳飞翔，望着机窗外的世界，邱强心中默默吟下了一首小诗：

头上是万里晴空，
脚下是云的海洋，
眼望着升起的红日，
心呀，在云霞里荡漾。

多少次醒来想念北京，
多少回梦里走进大会堂，
今天，是我最难忘的一天，
实现了金色的梦想。

幼苗在阳光下茁壮成长，
孩儿离不开亲爹娘，
披着霞光的银燕你快点飞，
我们工人把毛主席、周总理盼望
……

飞机降落在北京南苑机场，邱强等人被专车接到人民大会堂。

下午 5 点 50 分，周总理健步来到新疆厅。邱强见到敬爱的周总理，心中荡漾起一股温暖的激流。科学家周光召详尽汇报了新型号核武器的理论数据、结构设计、研制生产和试验准备工作，周总理、叶剑英副主席听得非常认真，并不时提问，周光召一一做了详细的回答。

万籁俱静的夜晚，大会堂新疆厅灯火通明。

汇报进行了三个半小时，周总理这时从沙发上站了起来，对大家说：“吃便饭去！”邱强等人高高兴兴地和周总理、叶副主席等中央首长一同吃了夜宵——蛋炒饭。

饭后，邱强作为一名总装配工人列席了中央专委会议。参加完会议，他们登上了飞机，夜航飞回马兰基地。邱强等带着周总理的关怀，圆满地完成了核产品的总装任务。

作为一名总装工人，参加向周总理的汇报，聆听到总理的指示，列席中央专委的会议，邱强感到莫大的荣幸和无上的光荣。一时在厂传为佳话。

不论大家怎么看他，邱强仍以一名工人的身份，默默无闻、勤奋地工作在总装工作的岗位上，人们都愿意称他“大邱”。

“大邱”，是李将军对邱强的简称。

无论是在221基地核产品的总装车间、中子爆轰试验场，还是在罗布泊核试验场的危险地点和时间，邱强总能见到李将军的身影。李将军总是一声不响地拿着一把椅子坐在产品总装车间围线的旁边，不时投以微笑，给大家壮胆。在221基地爆轰试验的608工号，李将军坐的小车总是紧跟在产品车后压阵。在罗布泊核试验场，李将军一定要亲自来到最危险的插完雷管的现场，看到雷管安全插完后，才最后离开现场。每次在产品总装配时，邱强总能见到李将军的身影，见面机会多了，久而久之李将军与邱强一见面，就叫着“大邱”。老邱也非常乐意接受这样的称呼。李将军深入一线、以身作则的领导风范，传递着时代的正能量，展现出老一辈革命家的革命情怀和价值观，深深印记在职工的心中，也是邱强心里非常敬佩的领导。

由于技术过硬、工作出色、深受工人的敬佩，邱强作为优秀工人的代表被提拔为总装车间副主任。他热心为职工办事，敢于反映职工意见，他还多才多艺，经常在厂《草原工人》报上发表作品。20 世纪 80 年代后期，他被选为二分厂工会主席。

正是因为有这样一批像邱强一样，忠诚党的事业，技术上过硬，敢于拼搏、善于创新的工人师傅，他们与科学家和技术人员通力合作，才使我们的核事业这朵鲜花开得更加鲜艳多彩。

六

一月的金银滩草原，寒风呼啸。草原被锁定在阴冷的严冬里。

核产品创优，全年实现盈利。连连喜讯拨响了221人内心中那根事业感情的琴弦，精神处于最有生气、最活跃的状态中。

二二一厂的春节，年复一年地过。

1987年的春节，却与往年不一样。辛劳了一年，终于有几天假期的放松，团聚、休闲、欢庆，可以好好快乐一把，大家盼望着春节的到来！

春节前十天，厂、矿召开了“军民迎春茶话会”。省军区副政委、省民政厅副厅长，还有二炮XX基地政委、驻厂军代表、驻厂部队和武警四支队，县里的党、政、军领导等都来了。他们的到来，表明这是一次公务性很强的茶话会。

这一点，谢国梁一走进会议室就感觉到了。让谢国梁万万没想到的是XX基地李政委也来了。谢国梁惊喜地握着李政委的手，激动地说:“李政委,感谢您当年在产品贮存中给我们的大力支持。”

李政委热情地握着谢国梁的手说:“听说核产品实现了创优交付,我真为你们高兴!”

座谈会气氛热烈,大家激情满怀,充满真诚友好。

厂长致以简短热情的欢迎词,来宾发表了热情洋溢的讲话。

茶话会的气氛,让谢国梁感到军方对核产品优质交付的赞许和对新任务的热切期盼,这让他对核事业有了一种强烈的归属感。

会后,与会人员在招待所食堂共进午餐。

席间,谢国梁与二炮驻厂王总代表坐在一起,两人抓住机会加紧沟通。

谢国梁说:“近炸引信正在调试中,有关技术可望近期获得突破,调试出产品。”

“有把握吗?”王总代表带着疑虑的口吻说。

“昨天,我与一分厂占云厂长到现场看了看,又与系统室李主任研究后,觉得是有把握的。”谢国梁满怀信心地说。

“那好!听说批生产所需的KK组件研制生产厂迟迟达不到技术要求,怎么解决?”王总代表紧接着又问。

“听一分厂占云厂长说,准备采用代用元器件,论证工作正在加紧进行中,我们会及时通气。”谢国梁镇定地把厂的想法说出来。

谢国梁提到的占云厂长,军代表对他是有信心的。

一分厂占云厂长是吃过面包加黄油,从苏联留学归来的,他对工作充满激情,有扎实的理论基础和实际经验,参加过多种型号核产品无线电引信的研制和定型。

同时，他又是一位幽默而风趣的人。有时为一些技术上的小事，他也会和同事争得面红耳赤。

不喝酒的谢国梁，听到军代表对采用代用件的信心，充满欣慰，毅然举起酒杯，王总代表也高兴地举起手中的酒杯说："祝你们取得成功！"双方豪饮了一杯。

顿时，谢国梁感到一股热浪在心中翻滚，他那白皙的面庞泛起兴奋的红晕。

"快吃点菜，压压酒劲！"王总代表在一边张罗着。

"没什么……"谢国梁的脸热烘烘的，腼腆地微笑着。

他把自己心中的感动吐露出来："我们打了十多年的交道，交往的历史就是情感，时间越久，情谊越深。"

"是！是！"王总代表连声说。

谢国梁感到这次沟通得到了军方的理解，心中泛起从未有过的舒畅！席间气氛热烈，洋溢着深深的情谊。

为让广大职工过一个好的春节，矿区商业局准备了凭票供应的黄花鱼、木耳、粉丝、好烟、好酒等，还从广东、山东、四川用火车皮发来了新鲜的蔬菜、水果、鸡蛋。

集贸市场上，个体经济也为节日增添了喜庆，提供了活禽和鲜蛋。矿区国营牧场，为职工提供了低于市场价、定量供应的牛羊肉。

热电厂利用热循环水养殖的罗非鱼，二分厂温室大棚生产的蘑菇，房屋修建处的大温室生产的黄瓜、西红柿、豆角、青辣椒等新鲜蔬菜供应职工，点缀了节日市场。

春节前，各食堂为单身职工举办了节日会餐。

单身宿舍楼住着富有朝气的中青年双职工。左邻右舍的老同事，眼皮底下发生的事都清楚，可以说是知根知底。在共用的盥洗室，大家天天见面，唠叨着各自车间、室、小组发生的事，拉近了各自情感的距离。

除夕夜的单身宿舍楼，走廊里各家房门口的电炉和照明灯把整个走廊照得通亮。各式各样的年夜饭飘出浓浓的清香，左邻右舍聊天搭话的说笑声，汇成节日里厨房喜庆、欢乐的交响乐章。

“朝阳沟”是自建在总厂通往三分厂马路东侧的半地下住房，冬暖夏凉。这里住着几十户人家，有部分河南籍职工。著名艺术家常香玉主演的豫剧《朝阳沟》一经在俱乐部放映播出，就有人把这里叫成了“朝阳沟”。劳资处调配科是与职工经常打交道的部门，又因调配科科长陆文堂同志是一位热心为职工办事的河南人，“朝阳沟”一时成为调配科科长的代名词。“朝阳沟”越传越响，成为没有在民政部门备案的街道地名了。

家住海晏县城犹如手枪造型的家属楼群的总厂职工，每天乘通勤火车上下班。冬天，天亮得晚，黑得早，他们上下班都是跟着月亮走，是最辛苦的上班族。

西宁市城东区杨家庄家属院，始建于20世纪60年代初，是来厂较早的老同志的家属居住地。住着厂西宁办事处职工，矿区文教局所属西宁市 17 中学教职员工，家属工厂员工。部分在厂上班的单职工，享受每周两天往返厂区的休假，他们是在一个城市上班，另一个城市居住的休假族。

按照中华民族的传统，每年春节大年三十的团聚，重新激活了那沉睡的记忆。大家回忆起艰苦创业的煎熬，“两弹”突破成功的喜悦，这些记忆承载着核事业浓浓的情结，有着说不完的故事。

贴上对联，包着饺子，全家团聚、三代同堂的欢乐喜庆，如同土法制作爆米花时飘出的阵阵浓香。有的请来老乡、朋友，叙旧话新，融入浓浓的乡情和友情；有的则是每天轮流，一家一户地享受着和谐温馨，品尝东西南北舌尖上的美食。

在我们的生活中，还有什么能比人与人之间心灵的融合更珍贵？尽管人们在职业、地域、生活习惯上存在着差异，可心灵却往往是相通的——这是深深镌刻在 221 人心底的核事业情结。

夜幕降临，田勇听到此起彼伏的“噼里啪啦”的鞭炮声，仿佛在提醒人们，真的是过年了，亲切而又遥远的记忆，让每个在厂过年的单身职工，此时此刻，加倍地思念亲人。

临近午夜十二点，礼花舞动着金银滩的夜空。顿时间，草原上鞭炮齐鸣，此起彼伏连成一片，烟花冲向夜空，把天空装扮得五彩缤纷。美丽的烟花寄托着 221 人对未来美好生活的期盼。

50 来岁的谢国梁和孩子们在阳台上燃放烟花和鞭炮，迎接新春的到来，相互祝福彼此在新的一年有新的愿望实现。

老伴王工程师煮好了饺子，一家人热热闹闹吃完饺子。谢国梁和老伴老王就步入卧室休息。孩子们还守在电视旁，嗑瓜子、吃花生，目不转睛地看着喜庆欢乐的“春节联欢晚会”，守年夜，等待新年的到来！

海晏盆地，西边的同宝山和北边的夏格尔山，形成南北的山口。西北方向的冷气流，驱散了燃放鞭炮后的烟雾，沁人心脾的冷空气，飘荡在金银滩上空。在北京、上海等大城市，是难以享受到这样清新芳香的高原空气的。这也许是上苍对221人的一种恩赐。

221人对生活的热爱，日子虽然过得简朴，但很充实、快乐，让他们念念不忘的是充满乡土气息、温馨和谐的金银滩草原生活。

为欢庆核产品创优，厂、矿全年财政收入实现了盈利目标，年前总厂工会组织了各分厂、处的文艺会演。春节的俱乐部被装扮得焕然一新，处处洋溢着欢乐、祥和的气氛。在这里将举行春节大型游园活动，放映免费电影，厂电视台放映录像片，矿区神剑协会举办的美术作品展，矿区集邮分会举办的集邮展。

金银滩上百货商店前的“王府井”大街上，川流不息的人群，职工们喜气洋洋地相互拜年问候。身着鲜艳羽绒服的小朋友，一边打闹一边燃放鞭炮，点缀了节日的欢乐气氛！

俱乐部西边新建的文化宫，大红灯笼高高挂，金银彩色的拉花布满大厅。身穿黑呢子大衣的谢国梁和老伴王工程师早早来到文化宫，在大门口遇上总装车间的邱主任，他们握手拜年寒暄后一同迈入大厅。映入眼帘的是悬挂在大厅前方醒目的“迎春团拜会”红色横幅。老邱感慨地说：“今年是第一次举办团拜会，过去的一年真不平凡，核产品创优，来之不易。”

“是啊！质量目标管理和历年的技术创新为核产品创优提供了有力支撑。”谢国梁说。

老邱一听到技术创新，想起引进的等静压设备运进二分厂的那天，马路两旁挤满了职工，大家以兴奋、期待的心情，盼望这台设备能带来炸药生产的变革。

邱强忘记了与前来的人员拜年，仍滔滔不绝地念道 :“它的成功应用批生产，实现了高能炸药生产的安全、高效、高质，圆了职工的梦想，填补了我国装药史上的一项空白。是分厂继研制出10号高能炸药，建立生产线后又一个骄人的业绩，也是分厂几届领导班子技术创新的成果。”谢国梁一边与同志们拜年，一边听着老邱的诉说。

中层以上干部和职工代表二百多人参加了团拜会。每个人的脸上都洋溢着喜悦，充满着对新一年的期盼和祝福。

团拜会开始，书记宣读了核工业部、省政府、二炮技装部对厂主产品优质交付发来的热情洋溢的贺电、贺词。

厂长致贺辞 :“首先向大家拜年！新春快乐、家庭幸福、身体健康！

“过去的一年，可以说是喜事连连，是厂保军转民亮点纷呈的一年。是推行厂长负责制，领导班子集体智慧、谋略，党委的核心、保障、监督，工会民主管理有效融合的一年。

“在核产品创优中，推行质量目标的精细化管理，实施技术创新战略。一批新设备、新技术、新材料的应用，为核产品创优，提供了强有力的技术支撑。

“生产经营、管理有新的突破。火工分厂全年生产实现‘零事故’的目标。厂的节能工作荣获核工业部先进单位称号。厂、矿社会主义劳动竞赛，其深度、广度超过了以往任何一年。沿海两个开放城市联营企业，销售收入稳步增长，为厂的向东转移、离退休人员安置探索出一条新路。

“118 研制稳步推进！”

厂长充满信心地说：“厂正处于保军转民的十字路口，面临调整的最大考验。今年，常规武器的研发，吹响了厂变革的号角。可以说是华山一条路，只能成功，别无其他选择。

“221 人正以未雨绸缪的心态，迎接挑战。最后，祝大家在新的一年里，在保军转民上取得新胜利。”

大家不约而同地向厂长投去鼓励的目光。厂长望着台下各路“战将”和“诸侯”，心里却对厂的未来有一种说不出来的惆怅和忧虑。

团拜会后，一分厂占云厂长找到谢国梁说：“明天系统研究室的同志加班调试，我们一同去看看。”

“好啊！”

“明天 9：30 小车到你楼下接你。”

“好，就这么定。”

这时，厂长走到他们跟前，一边与大家握手恭贺春节一边说：

“等待你们近炸引信的好消息！”

“我们会全力以赴。”占云厂长坚定地回答。

谢国梁充满信任地看着占云，放心地点点头。

七

根据厂、矿职工住房的规定，具有高级技术职称的张老师一家住在黄楼。

张老师年轻时眉目俊朗，英气逼人，20年后仍然面目清和，风度从容文雅，与爱人章老师及孩子住在六号黄楼二楼的一套三居室里。

张老师是位年过半百的矿区高级中学的优秀高级教师。1963年从南开大学化学专业毕业就来到这里，一直从事化学教学和教学科研工作，把美好的青春年华献给了三尺讲台。

张老师的启发式教学，让学生勤动脑、善动脑，课堂气氛活跃。在教材选用上，不断进行改进，一点就通，效果良好，这些独具匠心的教学方法，深受同学们的喜爱。他教过的学生，经常参加省的化学比赛，取得过好的名次。

张老师待人亲切、自然、朴实，总是十分谦和地与学生娓娓而谈，平等待人，笑容可掬，和蔼可亲。让学生感受到一种师生之间的信任和友爱。同他的接触不会使你失望，总会有收获的。

而且，张老师心胸开阔，爽朗敦厚，公而忘私不计个人恩怨的品德，在矿区高级中学广为传颂。

张老师的爱人章老师是矿区高级中学的数学老师，是一名优秀的班主任。

谢小凡、邱琴与在合肥上大学的小秦、苏州的小查、矿区高级中学毕业的小聂（小聂是顶替在炸药加工中不幸因公牺牲的父亲，在车间从事炸药生产）回厂过年碰到一起，谈起张老师时，从内心深处感谢中学老师的教诲，约定去张老师家拜年。

同学们聚在一起，有说有笑。邱琴每次看到谢小凡都会感到十分亲切，她喜欢这种积极进取有事业心的人。而谢小凡呢，在他心目中，邱琴清秀、文静，喜欢独立思考，有独立见解，从不随波逐流。

邱琴那条红艳艳的围巾分外醒目，深紫色的羽绒服衬托着她那动人的面容，一双水汪汪的眼睛在凛冽的寒风里闪现出青春的光彩。谢小凡在寒风中走着，冰冷的空气冻得他耳朵发红，但仍不时对邱琴投过爱慕的眼神，更是心动不已。

谢小凡和同学们在谈笑中，不知不觉来到由 10 栋黄楼围成的长方形黄楼群。望着楼群中用废砖砌起的一群贮菜地窖和鸡窝，喜欢逗乐、快言快语的小查大声谈起给张老师家挖菜窖时造成局部塌方，从菜窖爬出来变成泥沙人的趣事。

来到六号黄楼东单元，上到二楼张老师家门口，几个人停了下来。

小查敲响了张老师家的门，开门的是章老师。大家齐声说："两位张（章）老师，给你们拜年啦！"

张、章两位老师一见到长大成人的在外地上大学的学生们从外地归来，心中油然升起一种成就感，令他们十分骄傲。

"同学们快进来！"章老师拉着邱琴的手，请他们进入稍大的一个房间。这是两位老师的备课房，室内明亮洁净，温暖如春，摆设简单，两张书桌、几把靠背椅、一张茶几，茶几上摆放着花生、瓜子、糖果、香烟等。

正在张老师家拜年的矿办文教局孙局长，曾经担任过他们的校长，见到同学们也站了起来。同学们齐声说："孙校长好！给您拜年啦！"

孙校长说："同学们新年好！"见到这些优秀学生已经在工作岗位上担当起重任，他心里十分高兴，拉着小查的手让他坐在自己的身边。张老师看着坐在身旁的邱琴和小秦是那么青春，像是两朵散发着芬芳的花朵。她们身旁的小查也充满生命力，像一株在阳光下茁壮成长的绿油油的铁树。

同学们紧紧靠着张老师坐下。在孙校长和张老师身上，有一种凝聚人气的魅力，凡是有他们的地方，总是一派热闹景象。

"昨晚燃放了鞭炮烟花？"张老师首先开口问。

"看完春节联欢晚会，临近十二点，我们几个同学在马路上尽情燃放烟花。两点后才睡。”小查有声有色地说。

“在燃放爆竹的马路上碰上了王燕，他刚从沈阳来厂与父母一同过年。他大学毕业后在飞机厂工作。”小秦插话说。

当听到王燕在国防战线上工作，一股温馨的暖流在孙校长和张老师心间荡漾。

“你们几个谁成家了？”章老师看着成长为大小伙和大姑娘的他们，不禁问道。

“我！准备今年‘十一’结婚。”小聂首先汇报说。

小聂从矿区高级中学毕业后，考入厂电大，毕业后分配在二分厂从事高能炸药等静压成型工作。

“对象是哪个分厂的？”孙校长紧接着问。

“也是孙校长和张老师的学生——叫任小芳。厂电大毕业的，分在四分厂（热电厂）调度室工作。”小聂回答道。

谈起小任，小聂心里油然升起美滋滋的感觉。

“就是初三班里的小班长吧！”章老师一时回忆起说。

“是。”小聂受宠若惊般笑了，一种甜蜜情感涌上心头。

“那真不错啊！”张老师赞美地说。

“小查，多年不见，你在哪里工作？”张老师看到坐在孙校长旁的小查说。

“我从南京大学毕业后，考入美国一所大学，毕业后回到南京，在一家合资公司工作。”小查自豪地说，

小查在校是出了名的快嘴。从矿区高级中学考入南京大学。

而谢小凡则考入清华大学，邱琴考入西安交通大学。在矿区高级中学，那年高考录取的60多名学生中，他们几人在年级四个班的同学中鹤立鸡群，学习上你追我赶，同一年考入大学。

小查这次回到矿区，告诫着自己，一定要珍惜这来之不易的机会，实现自己的假期计划：看望老师、与老同学聚会、游览七厂大桥、去冰场滑冰、与同学们交流中外学校的生活和工作。

他们各自汇报了学习和工作，得到善解人意的孙校长和张老师的肯定。看着几个过去的学生，今日的栋梁，心里对他们充满期待。

同学们怀着感激的心情，恋恋不舍地离开了张老师的家。

像孙校长和张老师那样育人子弟，诲人不倦，成为桃李满天下受社会尊重的人，这让职工们羡慕。

谢小凡至今还记得，教物理的张老师、教化学的李老师、教语文的秦老师当每夸起自己的学生时，他们的脸上无不流露出欣慰和自豪，这大概是辛勤的园丁们最大的夙愿。

在金银滩草原，师生之间的情谊朴实而诚挚深厚，老师的学生遍布全国，真是“桃李满天下”。那些从矿区高级中学、矿区一中、矿区文教局所属海晏县九一中学、西宁市杨家庄的西宁十七中学走出来的，在各条战线上做出成绩的学子们，是老师们这一生中最大的骄傲。

八

金银滩得天独厚的地形地貌，有它独特的自然条件。而人的成长和完善也需要良好的社会环境。

在221基地这片沃土，核事业精神，老一辈革命家、科学家、技术人员、工人艰苦奋斗、无私奉献、求实创新的工作环境，核二代人从小耳濡目染，他们从中受到的熏陶，铸就了核二代人与众不同的品格与个性。

一方水土养一方人。这片神秘而神圣的核事业净土，也净化了核二代人的心灵。

1987年，正是被理想和热情照耀的年代。

那时候，谢小凡与邱琴，就像树上刚刚结出的两颗果实，青涩、饱满、生机勃勃。作为一名理工科大学生，谢小凡有激情、有上进心，对未来充满抱负，他有信心规划好未来。也许是命运的相近，对未来共同的执着信念，使两人的关系产生了无比微妙的化学反应，谢小凡和邱琴走得更近了。

从张老师家出来，同学们一路上有说有笑，路过金银滩的“王府井大街”，来到俱乐部大厅的游艺室。先是猜灯谜，小查找到一条“大红灯笼高高挂，火焰般胖娃娃（打一水果）”，他想考考邱琴，哪知没能难倒她，邱琴脱口而出说：“是柿子”。他们又猜了几条，兴高采烈玩了摸大象鼻子、套圈、投篮等游戏。玩够了游戏，小聂提出去滑冰，有的说去看电影，回家看录像……他们怀着快乐和收获的心情，各自回家去了。谢小凡和邱琴商定去看电影。两人高兴地从俱乐部东边的侧门进入剧场，找到后排一处角落坐下，进入二人世界，尽情地畅谈起来。

谢小凡把埋在心里的计划一一说出来：“我和妈商量过，想在今年把我俩的婚事办了，你觉得怎么样？”

面对这突如其来的话题，邱琴不知所措，她沉思了一下，小声地说：“我要跟父母商量。”

“我们谈恋爱已经两年了，也该结婚了。”谢小凡进一步地说。

“是啊！”邱琴含情脉脉地应声道。

这一声“是啊”，一下将谢小凡拉进了那段青涩的回忆中。

“记得在上高三时，有一次考试，钢笔没水了，坐在旁边的你借给我一支笔，解决了我的燃眉之急。从那一刻起，我就喜欢上了你。”谢小凡沉浸在美妙的回忆中。

谢小凡当时的第一感觉是邱琴端庄、大方、彬彬有礼，眉目间洋溢着清纯。她是一个善良的女孩，适合做朋友。想到这些的时候，谢小凡的视线悄悄移开了。他知道这想法有些大胆，有些仓促。

“是有那么一次。”邱琴说。

“考入大学，学习忙，又不在一座城市，我们就像断了线的风筝，就没再联系。”谢小凡的话勾起他俩美好的回忆。

“我们来自西北的大学生，与内地学生在学习上有差距，只想尽快追上去。学业为重嘛，哪有心思谈个人问题。”邱琴进一步解释说。

“毕业后，听说你在二二一厂，才联系上你，最后我从北京调回厂。”谢小凡把他对邱琴的情感一一吐露出来。

“是的，我也喜欢你的。”邱琴给予肯定。

“好，喜欢就好。那我等待你的回音。”顿时，谢小凡心花怒放了，脸上禁不住浮现出痴痴的笑意，对未来充满了憧憬。他轻轻地把邱琴的手放在自己的腿上。两人畅谈着，无拘无束，让邱琴感到温馨和美好。这次单独跟邱琴谈天，他的心情是那么愉悦。热情使他变得才思敏捷，出口成章。邱琴一直安静地聆听着，她是那么耐心、那么包容、那么温柔。

中午开始，铅灰色的天空飘起了小雪。

两人走出俱乐部，谢小凡提议去滑冰，邱琴兴奋地说：“好，在雪花纷飞中滑个痛快！”

他们沿着俱乐部前广场，走在南北向主干道上，来到了总厂工会大楼西边的滑冰场。

在雪花纷飞中，故人相聚分外热闹，溜冰场上欢腾的气氛驱走了冬日的严寒，年轻人的心中流淌着阵阵暖流。

为了与邱琴共舞，谢小凡放弃了借用跑刀，而选择了花样刀。与心爱的人一同在雪中滑冰，是件让人羡慕又浪漫的事。两人牵着手，尽情在冰场上共舞，一直玩到筋疲力尽，才各自回家。

草原夜幕临近，零零星星的鞭炮声，打破了深夜的沉静，灰蒙蒙的天空又飘起雪花。

谢小凡这一天激动不已。他躺在床上，寂静的夜空，让他感到一种真正美好的情感，像酒一样，在坛子里酿的时间越长，味道也许更醇香。他从枕头底下，取出夹在书中的邱琴的照片，紧紧贴在脸上，邱琴牵动了他内心中那根情感的琴弦，心头泛起一层温热的波澜。为什么常常渴望和她待在一起？甚至多时不见面，一种想念之情就会油然而生？这就是爱情！他的生活中已经不能没有邱琴了。

此时，他内心似乎有千言万语，他真想跟她说“我爱你”，但瞬间产生的冲动，又刹那间消失了，他遏制了自己的冲动。此时，感到一阵强烈的思念之情涌上心头。

此刻，邱琴在做什么呢，她是否也一样思念着自己呢？越想思绪越多，不可收拾。当一想到明天还要加班时，他毅然起身，脱下衣服，摊开被子，钻入被窝蒙上了头，心慢慢平静下来，进入梦乡。

九

开弓没有回头箭，118 产品吹响了厂变革的号角。春节长假一晃而过，人们又投入了紧张的工作。

随着金银滩草原春天的到来，人们开始活跃起来。

谢国梁的心被这春天的温馨所感染。阳光暖洋洋地照耀着金银滩草原，淡黄嫩绿的青草芽子从一片片枯草中冒了出来，渐渐呈现出一派盎然生机。

党、政、工、团拧成一股劲，齐心协力，努力拼搏，以崭新的面貌和姿态投入 118 产品的研制中。

科研生产部门冲锋在前，采用科学管理，排出研制生产网络进度。

科研部门全力以赴，共同开创一片新天地。

辅助生产、服务部门紧跟其后主动出击，提前做好服务。每个部门都在释放自己的能量，为 118 产品贡献自己的力量。

兵马未动，粮草先行。118 产品的研制、环境实验、定型批生产、实弹发射试验、飞行试验等，伴随着大量的器材、外协件、电子组件的供应，特别是专用器材、外协件、高可靠性电子组件的定点、定量、定质、定时的协作供应，在改革大潮的推动中，过去按要求生产，能做到“生产不断线，协作不解体，定点不转厂”的严格标准受到冲击。关键电子器件的专用产品（专门生产工厂、研究所、车间、生产线、人员、原材料、工艺），在建立社会主义市场经济初期，任务不多的专用高可靠电子器件，保留生产线遇到困难，器材供应处的领导就跑上级部门请求协调解决，经多方努力终于把急需的器材落实送到车间。

推行工时含奖金的办法，调动了生产工人的积极性和创造性。主生产车间工人任务饱满，安全质量做得好的，一月的奖金比工资拿得还多；有的工人奖金却很少，没有任务的奖金为零。各分厂对机关处、室的月考核推动了机关作风的改进。

陈总工程师和主管生产的任副厂长、谢国梁副总工程师带领业务处，深入车间、科室现场办公，解决问题。

质量管理处制定了关键零部组件质量考核指标和 118 产品验收细则，组织关键部件与关键工序的“QC”小组攻关。

无线电系统组件加工车间，春节前，就以最快的速度，最好的质量加工出近炸引信部件。

在腔体加工中，103 车间的陈师傅拿出了过硬的本领，把腔体内腔加工得光亮照人，精度达到优质品。

系统室的宇文工程师找到从事真空电子束焊接的姚工程师，在真空电子束焊机上，精益求精地完成了发射腔体功率输出头的焊接。

系统组件装配的女工人师傅们，却是慢工出细活，她们组装出的近炸引信，顺利地通过检验。

自主创新的繁星，让青春闪耀，是年轻技术人员人生最美的风景。

近炸引信，调试脉冲的宽度是纳秒级。当时国内还没有生产出这类测试仪器，从国外引进，时间上不允许，怎么办？

谢小凡急中生智，猛然想出一个好主意——自己动手研制测试仪器。他的想法得到发射团队同志们的积极响应。他急急忙忙来到李主任办公室，上气不接下气地对李主任说："主任，我们想自己动手研制组装脉冲调试仪器，你说行吗？"李主任稍加思索后说："好啊！"语气里饱含着对小凡的理解和支持。

谢小凡把团队构思好的方案在办公桌上的一张白纸上画了出来，有着扎实理论基础和丰富经验的李主任对谢小凡的方案进行了必要的指点。又将蔡、陈、张三位高工找来一同研究，一个可行的调试仪器方案形成了。经李主任批准，方案开始实施。经设计、工艺、器材、车间加工努力，发射团队开始了调试仪器的组装，在仪表组的支持下，研制的调试仪器终于在较短时间获得成功。

看着摆在实验室里自制的调试仪器，谢小凡和团队年轻人的心里荡漾着难以言表的快乐。

谢小凡发射团队的年轻人，他们默默地奉献，创造的不只是财富，而是用自己的智慧和汗水，诠释了人生的价值。

十

近炸引信调试工作，紧张而有序地进行。近炸引信的调试现场像抢救垂危病人的手术室，不同的是他们手中拿着的不是手术刀，而是自制的调试仪器。

近炸引信调试一开始，信号异常混乱。

谢小凡他们就在各个元器件上找原因，经过一段时间的摸索，不断改进，找到了调试的内在规律。

一个问题解决了，另一个问题接踵而来，这也是任何新生事物不断迈向成功的规律。

调试过程中，发射框体时有信号漏出，他们采取简单的滤波办法，让某波长开线路变成了短路，信号就出不来了。

调试中又遇上近炸引信接收机振动试验误动，请来了仪表组的谢师傅一同参加调试，凭借他丰富的经验圆满地解决了这个难题。

宇文工程师和老师傅们一起研究，解决了近炸引信高压电源电压的不稳定。

为争分夺秒与时间赛跑，早日调试出近炸引信，发射团队的年轻人在突击技术攻关的一年时间里，几乎没有看过电视和电影。每天晚上都是十点以后才下班，吃完晚饭还要根据白天发现的问题查找资料、考虑解决方案，到凌晨一两点才能睡觉。

静悄悄的深夜，天空布满星星，月光朦胧地照耀着大地，影影绰绰的，充满一种神秘的气氛。唯有小马家的灯还亮着，他刚刚躺下，白天调试中的问题，不停地在脑海里回荡，临近半夜两点左右，突然萌发出解决问题的新线索。他纵身起了床，穿上衣服，骑着自行车，披星戴月地从总厂赶到一分厂的实验室进行调试试验，以验证解决问题的新想法。果然不出所料，调试工作又前进了一步。

发射团队的年轻人精神高度集中地投入到调试工作中，遇到的问题总是深深地印记在脑海里，有时会在梦中得到启发后通过实验解决。

谢小凡发射团队的小伙子们聚精会神地进行调试，当仪器指针进入理想指标范围时，一股兴奋的激流刹那间漫上心头，疲惫的身体像被电击一般，立刻兴奋起来。

连续不断高强度的集中工作，到下午时不免有些疲乏。谢小凡和团队的年轻人会走出实验室，登上 105 大楼楼顶。他们远望北边的山脉，放松一下心情，相互鼓励着：“我们有信心把最佳参数调试出来。”

几天后，登上 105 楼楼顶活动仍不能缓解过度疲劳，为保持清醒的头脑，不苟言笑、性格内向的小李又想出新招，大胆提出一个奇异的想法："干脆剃个光头爽快。"

话音刚落，几个年轻人齐声说："好！"

虽然面临即将到来的严冬，没几天，发射团队的 4 个小伙子就都剃了光头。剃完了光头，头脑爽快清醒许多，却引来个别团队技术员的爱人不满。她生气了，不满他我行我素，不爱惜自己的身体。

一位团队年轻人的爱人生小孩，他没有请过一天假照顾妻子和孩子。反而是爱人深知任务的重大，孩子满月后，妻子看到心爱的人经常加班到深夜，她心疼自己的丈夫，每天从总厂骑着自行车到一分厂，将热腾腾的可口的饭菜送到实验室。小伙子们见了乐呵呵地赞扬说："嫂子真是好后勤！还是有老婆的好。"

李主任为了尽快调试出产品，提出放弃春节的休息，自愿加班。

大年初二，谢小凡骑着自行车，赶到 105 大楼的四楼实验室，开始近炸引信的调试。

一呼百应，团队的年轻人都赶到实验室。

谢国梁、一分厂占云厂长也来到实验室，看望正在加紧调试的技术人员。实验室一派热气腾腾，上下协作攻关的景象。

家住海晏县城家属区的高级工程师、室党支部杨书记，坐上通勤火车赶来实验室为大家鼓劲儿。他作为党的基层干部，善于掌握科研过程中技术人员的心理和思想动态，总是在关键时刻、关键地点出现，务实、得体、有效地做好思想工作，有时还参与技术人员对技术问题的研究讨论。

上面千条线，下面一根针。

作为室的主任、支部书记，除了落实党委、行政、总师、科技委等布置下来的工作任务，还要应付繁杂琐碎的行政事务，上面千丝万缕都要通过基层车间、科室的这个“针孔”去落实。

李主任与杨书记是一对好搭档，有着共同的理念和情怀，党政配合得非常默契、有效。正如杨书记评价李主任的一句话：“看他一天忙忙碌碌的样子，从没有一句怨言，他总是说只有工作着、忙碌着，人生才有意义。”

有了这种默契的工作关系，李主任组织科研生产很顺利。他们学会了“弹钢琴”，把主要的精力用在科研生产上。他们巧妙安排，始终不忘把室里的奖金用活，向科研一线倾斜，调动了科技人员的积极性，年年出色地完成科研生产任务。去年在核产品创优活动中，核产品中无线电控制系统部件优质品率达到98.3%，无线电控制系统联试一次通过，创历史最好业绩。

为加快近炸引信的调试，李主任、杨书记决定开辟第二调试场，抽调陈、张等多名高工投入调试，加快技术上的突破。

同时，在四楼的微波屏蔽室进行前期调试，先过滤波，再到大型微波暗室调试。

沉浸在技术创新中，从不服输的谢小凡心中有一股激情在奔腾。有时，发射团队的年轻人在工作室连续工作两天两夜，吃的是方便面，困了乏了就在办公桌上将就睡两三个小时。

功夫不负有心人，在李主任和室内同志的大力协助下，历经4个多月紧张地工作，近炸引信调试终于在3月取得技术上的突破，联机取得初步成果。大家的心中荡漾起从未有过的自信。

虽然技术上还不够完善，但解决了“有”和“无”的问题，让领导心里有了底。

在分厂召开的技术小结会上，谢国梁、占云与大家一同总结调试的经验，查找问题和不足。决心发扬不怕疲劳、连续作战的精神，实现产品性能、可靠性进一步完善和武器化的批生产。

党群系统的同志，深入基层，把思想工作融入科研生产中，充分发挥党员的模范带头作用和团员的突击队作用。

总厂工会带着慰问品，深入科研生产第一线，看望深夜加班的职工。食堂为夜班职工准备了可口的饭菜送到车间。

同志们感慨地说：“1964年原子弹攻关、草原大会战的劲头又回来了。”

十一

3 月中旬，近炸引信转入批生产的准备。

为提高无线电各部件抽检合格率，谢小凡深入分厂器材、检查部门，查看元器件进厂后的再次检验，以提高系统部件的整体合格率。

就在近炸引信取得技术突破的 3 月。受张爱萍的委托，二炮栗副参谋长来厂考察，听听厂对调整的想法和建议。

在汇报会上，厂领导表示将利用 118 常规军品任务的研发，进一步拓宽常规军品市场。形成生产一批、研发一批、跟踪一批的能力，继续为国防建设服务。

栗副参谋长察看了各研究生产单位。在四厂区环境实验工号，栗副参谋长遇见了谢国梁副总工程师。谢国梁向栗副参谋长详细介绍了正在紧张进行中的 118 产品高温和辐射热传导计算实验的过程。

谢国梁满怀希望地对栗副参谋长说："在这次厂的调整中，希望中央考虑，尽可能保存这支来之不易的技术力量！"

技术研究部环境实验室的刘主任，急忙走上前去向栗副参谋长诉说了自己的烦恼："我们这些与核产品打了大半辈子交道的人，担心下了山难以发挥技术专长，让人十分纠结。"

栗副参谋长听后，提高声音说："你们的技术专长，会有用武之地的。军方对与你们厂联合建设综合仪器仪表厂很有兴趣，你们可以研究。"

军方愿与厂在河北省廊坊市联合兴建仪器仪表厂的消息，在长期从事核产品的一线技术人员中，引发强烈共鸣！

栗副参谋长临走时，厂领导请他给时任中央军委主席的邓小平带去一封长信。信中寄托着二二一厂近万名职工和离退休人员对核事业难以割舍的情结，充满对保军转民的信心。

谢国梁盼望这封长长的信，能给厂的调整带来希望。

不久，栗副参谋长转告厂，邓小平同志认真看完你们的信，沉思了一会儿说："可惜是可惜。15 年打不起仗来，就是要压缩，也只能这样办。"

听到邓小平同志也发了话，厂、矿领导对 118 产品完成得漂亮，可能带来保留厂的想法不再有什么幻想了。心里只有一个信念：一心一意按中央的部署，搞好厂的调整，把调整办成让职工满意、领导满意、中央满意的系统工程。

十二

在 118 产品科研攻关的浪潮中，工作在后勤战线上的职工，有多少朴素的生命之花，悄悄地开放而不为我们所知。

这一朵花，散发出自身的芳香，引人注目。

1986 年 5 月，221 核二代谭家声同志，为保卫集体财产被杀害的消息传遍厂、矿的每一个角落。人们传颂着他的美德，特别是在分厂年轻人中，赞扬他是在平凡工作岗位上，做出了不平凡成绩的优秀核二代。

谭家声同志，生前是二分厂总务科食堂炊事员，敢于坚持原则，与不良现象做斗争。小谭近来发现，每隔半个月，食堂的肉、面、米等食物就出现丢失的情况。对工作极度负责的小谭，决心要在深夜查个究竟。

草原的深夜静悄悄，漆黑的夜空，繁星满天，月光朦胧地辉映着大地，人们早已进入梦乡。43 号楼楼道幽暗，白天无法察觉的声音，夜间被无限放大。

夜色更深了。

凌晨 2∶30 左右，小谭早早爬了起来，穿好衣服，带着手电筒，轻手轻脚地下了楼，近来厨房多次丢失食物，必须查个水落石出的想法，促使他向食堂大步走去。

他走进食堂大厅，拿着手电筒向前照去，发现一个黑影在活动。

有人！小谭马上警觉起来。是不是有人在偷东西？他加快步伐，走近一看，有人正打开冰柜，往口袋里装东西。再走近一看，原来是那个姓张的。他大声喊道："住手！"并予以制止。紧接着连声说道："走，到科长那里去。"小谭决定报告总务科领导，好好说道说道这个人。张犯哀声求饶，小谭不依。

张犯连忙从上衣口袋里，拿出一沓钞票，递给他，请求不要去报告领导。小谭不为金钱所动，坚持要告发他。小谭转过身，急忙往食堂外走去，张犯从后面紧追上来，在食堂大厅两人拉扯起来。不满 20 岁的小谭，使尽全身的力气，挣脱出来，拔腿往食堂外跑去，张犯紧追不舍。看到追上无望，穷凶极恶的张犯从路边拾起一块大石头，向小谭扔去。石头打在小谭头部，顿时鲜血直流。

此时，倒在 43 号楼后血泊中的小谭已精疲力尽，但仍大声地呼叫："抓小偷！抓小偷！救命！"

住在楼上的梁、徐两位师傅听到呼救声后急忙穿好衣服，跑下楼赶到了现场。此时，小谭因流血过多，已无生命迹象。

梁、徐二人马上跑到公安局报了案。

凶手偷走了10多种食物逃离了现场，回到家马上销毁了罪证。

公安局很快将凶手捉拿归案，罪犯受到严惩。

不满20岁的谭家声同志为保护集体财产献出了宝贵的生命。

谢国梁、机关团委书记姜波，以及邱琴、小曹等二二一厂的核二代，迈着沉重的步伐进入俱乐部，参加在这里隆重举行的谭家声同志追悼大会。

谭家声同志自参加工作以来，热爱本职工作，工作勤奋，作风正派，关心集体，仗义执言，团结同志。他以英雄人物为榜样，奉行“人生的价值在奉献”的格言。先后两次被评为总厂团委“新长征突击手”，并荣获“优秀共青团员”称号。

追悼大会的召开，震慑了一切邪恶势力，弘扬了社会的正能量。小曹代表年轻一代在大会上发言。

党委、团委号召全体职工和团员、青年向谭家声同志学习。

走出俱乐部大门，沉浸于悲痛之中的谢国梁，向谢小平、小曹说：“谭家声同志的优秀品德，值得我们好好学习，他是核二代的表率！”

姜波紧接着说：“小谭的事迹，曾多次在总厂优秀共青团员评比会上宣讲。他是一位在平凡工作岗位上勤奋工作、尊重师傅，虚心学习，敢于与不良现象作斗争的好同志，他用生命和鲜血谱写了一曲当代青年维护法制的赞歌。”

小曹深情地回忆说：“我和小谭相处了两年，见证了他的成长。

小谭的父亲，和我爸是同一时期从东北大型国防企业调来厂的技术工人，分配在不同分厂工作。有一次我们在一起议论，个别青年在背地里说：‘小谭白天黑夜没完没了地工作，敢于对不良现象作斗争也引来非议。何苦呢？得罪那么多人！’小谭却理直气壮地说：‘对不良现象的容忍，就是纵容歪风邪气。青年人要有正确的是非观。’”

“青年人要有正确的是非观”，这短短的一句话，是对小谭积极向上人生的写照，深深铭刻在小曹的心里。

谢小凡称赞谭家声说：“真是好样的！”

青海省人民政府授予勇斗行盗犯罪分子而光荣牺牲的二分厂青年工人谭家声同志“革命烈士”称号。

共青团青海省委授予谭家声“模范共青团员”光荣称号。

十三

谢小平的母亲王工程师生下小平后不久就返回单位，把她留给在北京的爷爷奶奶抚养。

在懵懂的童年里，小平常陪着哥哥在塔院院子里玩，父亲的模样总是浮在她的脑海里，与在金银滩 221 工作的父母远隔千里，只能通过电话与父母嘘寒问暖。她只记得爷爷收到父亲的来信，信封上仅有西宁市某某号信箱，信里也没有说在干什么。她在塔院小区里只听到一位叔叔神秘地讲，在九所有一位副所长叫郭永怀，是著名力学家，来九所前曾任中科院力学所副所长，是他推荐在力学所工作的父亲到九所工作的。她也未从爸妈嘴里听到些什么。

倔强的谢小平，一直陪着爷爷奶奶生活在一起，在那艰难辛苦的日子里，孤独的寒夜磨炼了她的意志。

1968 年，谢小平初中毕业，“文革”早已开始。

赶上知青上山下乡的热潮，满怀一腔热血的谢小平选择了去祖国遥远艰苦的北大荒接受贫下中农再教育，经历艰苦生活、劳动的锻炼。

1971 年“九一三”林彪折戟沉沙。上了贼船陷得很深的二二一厂中央工作小组组长赵启民，被隔离审查解除一切职务，作了降级处理。林彪死党赵登程，被送上军事法庭。

历经“文革”“二赵”的劫难。221 基地的历史长河，在拐了一个弯后又回到故道上来。

以梁步庭为组长、赵振清、刘书林为副组长的中央联络组进厂。为被冤、假、错案迫害的大批领导和职工平反昭雪。被打倒的众多干部像一棵棵芳草，从厚厚的泥土里钻了出来。

谢国梁又重新走上领导岗位。

职工压抑在心头的喜悦，一时喷发出来，大声地欢呼，纵情地高歌。于是韩伟作词、施光南作曲的《祝酒歌》应运而生，随着关牧村、李光曦的演唱，这首歌迅速传遍华夏大地。

科研生产得到恢复。厂迎来科研生产恢复后的招工，一些职工上山下乡的子女被招进厂。谢小平有幸来到厂，在一分厂动力科当了一名电气修理工，她的人生又翻开了新的一页。

性格开朗的谢小平，上山下乡让她学会了忍耐，理解了后悔，真正尝到了做人的滋味。一来到维修科，她特别珍惜工作的机会。与工人老师傅劳动在一起，让她感到十分亲切，她很快就融入这个集体中。谢小平的勤学与努力得到老师傅的喜爱。

在工作单位绰号“黑牡丹”的谢小平，工作干练、泼辣，模样端庄、大方，走起路来昂首挺胸、朝气蓬勃。特别是在篮球场上精彩投篮的风姿，让她成为不少男青年追求的对象。

从她第一次来到 105 车间的那一刻起，从事数控技术的田勇就喜欢上了她。

总厂第五届“草原杯”女子篮球决赛在俱乐部前广场举行。中午时分，田勇特意从分厂骑着自行车赶到俱乐部前广场，观看有谢小平参加的女子篮球决赛。

谢小平看见田勇站在醒目位置，两人的眼睛瞬间对视了一下，她意识到田勇是来为她们加油的，心里感到特别高兴。谢小平身轻如燕，肢体柔美，脑后高高束起的马尾辫随着她在场上的积极争抢、敏捷灵活的带球穿插有节奏地摇摆起来，给田勇留下深刻印象。田勇尤其欣赏她远距离投篮的命中率，临近结束前三分钟，只见小平果断出手，投篮命中，她所在的一分厂球队反败为胜，以一分优势夺取了第五届“草原杯”冠军。

谢小平秀丽的面庞，甜甜的眼睛，得体的衣着就像一颗宝石，已深深地镶嵌在田勇的心灵深处。

田勇与谢小平都意识到感情的萌芽和发展。而在爱情之花初开之前，前奏往往是由男主角扮演的。

强烈的爱慕之心，激励着该出手时就出手的田勇。

田勇找到曾与他同在一个车间工作过，现在已是动力科副科长的孙师傅，一五一十地诉说他内心深处对谢小平的爱慕，希望孙师傅给自己牵线。

热心的孙师傅是一位文武双全的电工老师傅，不仅有一手好手艺，而且还有好口才、好人品。他觉得田勇这小伙子，积极向上、踏实肯干、待人诚恳，眉宇间透着一股书生气。孙师傅曾向田勇介绍过谢小平，但当时田勇心里有顾虑，觉得两家地位悬殊，谢小平的父亲是总厂副总工程师，而自己是一名来自农村的工农兵大学生，是佝偻着脊背的父亲和满手老茧的母亲，用在老家卖猪卖羊卖粮食的钱支撑他大学毕业的。田勇觉得配不上她，没有表态。这一次重提，孙师傅爽快地答应下来，几经撮合，谢小平表示可以先接触。田勇得到这个消息后，有几个晚上，他在床上翻来覆去，总是琢磨着谢小平。他不断地问自己，谢小平是不是他合适的朋友？他一次一次肯定，她的直爽、麻利、为人都深深地烙在他的记忆里。

想起谢小平，他心中一暖，于是有了想给她写信的冲动。决心把过去的恋情、家庭身世一五一十地向她倾诉。

这一天，宿舍的同事都出去了，田勇一个人坐在桌前开始给谢小平写信。他写了几行，默默读了一遍，感觉不满意，就将纸揉搓扔了。然后想一想，再重新提笔写起来。一写就不可收拾，一封长长的信写完了。他站了起来，舒展一下自己的身体。他感到十分满意。字里行间凝聚了他对谢小平的情真意切，浓缩了他真挚的情怀，充满着深情和期望。对于未来，他深信会幸福的。

他决定第二天上班，给谢小平打电话，约她见面将信亲手交给她。

第二天，田勇早早来到办公室，他拨通了谢小平单位的电话，接电话的恰好是谢小平的师傅——孙师傅，一听是田勇打来的电话，打趣地说 :“是不是找谢小平？”

“是！请她接电话。”

“小平！电话。”

谢小平急忙走到电话机旁，从师傅手中接过电话说 :“是田勇吗？有什么事？”

她的声音亲切入耳，让田勇感到既熟悉又陌生。

“我想今天下班后，在分厂门口等你。”田勇握紧电话，他的心开始“咚咚”地狂跳。

“行。”谢小平没有拒绝他。田勇那躁动不安的心，一下子平静下来。

下班后，来往于一分厂与总厂间的通勤班车从一分厂开出后，田勇急忙来到分厂大门口，在分厂大门东边的警卫连二层小楼外等候。这时，谢小平迈着轻快的步伐从科里走出来。田勇望着她心里如同打鼓似的有些紧张。田勇欣赏着她，至于怎么向她表白，他没有主意，难以启齿。

这一次单独在厂和一个女孩子见面，更让他忐忑不安。

田勇望着比自己小两岁的谢小平。她的微笑和美丽，让他又一次感受到了青春的萌动。虽然马路上没有行人，但他们二人并排走在悄无声息的马路上，仍保持着一尺远的距离。

田勇打破了沉默，匆忙地从自己的衣袋里掏出一封信，一把塞到谢小平的手里。谢小平目光闪亮地看着他，接过信，正欲急忙打开信时，田勇马上挡住她的手说："不用急，你回去慢慢看。"

田勇滔滔不绝地把信中的内容说了出来，特别坦诚地把他大学里的一段恋情向谢小平吐露出来，以求得她的理解。这也许是田勇特别喜欢谢小平的一种真情表白，一心一意愿彼此的感情尽快地得到升华。

田勇慢慢地诉说："记得那是在大学四年级，我与同班同学小陈相恋。一年后由于工作分配上的问题，她要留在西安父母身边，而我被组织选中,来到金银滩上的二二一厂。从此,两人分道扬镳。"

谢小平倾心听着，一路思量着，深深感到田勇的纯朴、真诚所带来的温暖。田勇最后说："我们能做朋友吗？"

谢小平早有准备，她毫不犹豫地说："行！"田勇长长舒了一口气。爱情的萌芽，在阳光雨露中绽放了。他突然被一缕强烈的阳光照亮了，他梦寐以求的就是像谢小平这样的人。

田勇感到一种被接纳后的喜悦。

他们不知不觉地来到黄楼小平家门口，谢小平低着头，用温柔的声音说了一句："我会给你一个回音。"就登上黄楼的台阶，进入楼内。

田勇望着向屋里走去的小平的背影，从内心感到这姑娘的可爱。

谢小平关上了房门，坐在床沿上，她打开了田勇给她的信，快速默读起来。她反反复复，一遍又一遍读着信，那字里行间充满了纯洁又炽烈的爱的表白，谢小平的心里甜得像灌了蜜似的。

她决定把与田勇的关系和他的家庭情况告诉爸妈。

那是一个星期日，谢小平用完晚餐后，来到爸妈的房间，看到爸爸正要准备周一开会的资料。她对爸妈说："我有一件事给你们说，想听听爸妈的意见。"

"有什么事，你说。"谢国梁转过身来。

"我谈恋爱了。"谢小平大大方方地说。

"好呀！男朋友是哪个单位的？"妈妈一听闺女谈恋爱了，兴奋地走到女儿面前，拉着她的手说。

情窦迟开的谢小平，心在"咚咚"地跳。她控制好自己的情绪，平静一下心情，说："是我们分厂的，在车间从事数控机床技术的一位技术员。"

"老家在哪儿？"母亲问。

"老家在陕北农村，父母都是面朝黄土背朝天的农民，他是一名工农兵大学生。"小平回答道。

"是不是102车间，姓田的技术员？"父亲问道。

"是。"小平回答。

"去年核产品创优活动中，他为解决数控机床的编程简化提出了控制系统的改造，与李主任进行了长时间的讨论。"小平继续说道。

"人是不错的，只要你们双方满意，我们没意见。至于家在农村，这不是问题，你爸就出生在农村，有什么不好。"妈妈把女儿拉到床头坐下，细说起妈妈和爸爸走到一块的故事。

父母听到谢小平找到如意的男朋友，都喜上眉梢。

谢小凡得知姐姐心中的男朋友是田勇，他双手赞成。田勇曾为改变数控机床的某个程序来到系统室，他与田勇有过一面之交，这一面给他留下了良好的印象。

全家人对田勇的认同和喜爱使谢小平心里非常高兴，恨不得马上飞到田勇身边，把这消息告诉他。她一夜没睡好觉。第二天很早上班，电话约定中午在分厂食堂与田勇见面。

这两天，急切等待谢小平答复的田勇，刻骨铭心地意识到——人生就是在等待，等待中就会有希望。

时间一晃就到了中午，谢小平拿起饭盒，早早来到分厂食堂，买了一份红烧肉和一个青菜，田勇从保健食堂买了一条油炸黄花鱼，他来到谢小平身旁坐下，对她说："你们动力科距餐厅近，比我来得早。"

"是啊！"谢小平看到身边没有人，她的脸上泛出兴奋的红晕，腼腆地微笑着说："我把我俩的事给爸妈说了，他们没意见。"

"我家情况说了吗？"田勇感激地望着小平。

谢小平也看了看他，他们对视着笑了，小平含情脉脉地说："爸爸说他也是农村出身的，没什么不好。"

对于这个含蓄且意味深长的答复田勇非常满意，小平甜甜的声音犹如一阵春风吹来，让他渴盼而焦急的心灵有了无限的慰藉。

从此以后，田勇忘不了谢小平的笑脸，她笑得真诚，笑得率直，笑得甜美。在那之后的日子里，每当他独处时，便时时回味着她的笑脸，她就是“兴奋剂”。

“没意见就好。这个星期日我到你家去，欢迎吗？”田勇憨厚地笑了笑说。

“当然，欢迎！我想报考厂的电大，你觉得怎么样？”面对小平情真意切的回答，田勇心头涌来一阵幸福的感动。小平的话以及充满理想光芒的目光，让田勇热血沸腾，他用热情而鼓励的目光，望着充满激情的谢小平坚定地说："一百个支持！"

“我一定会加倍地努力！”谢小平听到这样的回答非常开心。

这一次见面，他俩在言谈话语之间，仿佛跨越了时光的隔膜，一下子就像亲人般地熟稔起来。

十四

清明时节的高原，随着天气渐渐转暖，大地完全解冻。

金银滩草原小溪两旁，青青的嫩芽顶破潮润的地皮要出头露脸了。总厂办公楼前的树林，已经萌发出惹人喜爱的绿意，枝条上鼓起了青春的苞蕾，阳光暖暖地照耀着大地，带给人一种盎然的生机。

为发扬革命传统，五四青年节前夕的一个星期日，在俱乐部前广场，总厂团委组织厂、矿和武警四支队团员青年开展“学习雷锋，奉献他人”的便民活动。七百多名团员和青年，踊跃参加了这一活动。

俱乐部广场前，人们熙熙攘攘，摩肩接踵，川流不息，一派热闹繁忙的景象。

无数个“雷锋”在鲜红的团旗下忙碌着，给人们送去温暖。他们也在点缀生命的壮丽青春，谱写精神文明的篇章。

这些核二代中，有在北京、西宁、金银滩草原出生的；有从北大荒、内蒙古草原、云南边陲、青海民和来的知青；有刚刚走出大学、厂电大、技校的学生；也有矿区中学在读的学生。他们的精神正处于最活跃、最有生气的状态，人生无私奉献的主旋律，从他们身上喷发出来。

1985年年底，从西宁刮到厂“在青海省退休的待遇，可能发生变化”引发的退休风，让近千名职工从关键的生产、技术、管理岗位上退下来。伴随着父辈们托起的蘑菇云成长起来的221核二代，被推到关键的生产、技术、管理岗位。

姜波带领机关团委委员邱琴、小齐和其他青年人高举团旗，迎着朝阳，搬着桌椅、板凳，首先来到广场，搭起便民服务平台。

文教局团委范书记，带领青年教师和学生团员拿着面盆、打气筒等，布置修理自行车、裁剪、锁边、缝补衣服的服务点。

各分厂团委的青年团员，搬来示波器、万用表、焊接工具，搭建起维修电视机、收音机和手表的“为您修理点”。

身轻如燕、肢体健美的邱琴正在为自行车修理服务点忙碌着，她端着一盆水，路过谢小凡所在的电视机修理点，看见谢小凡正低着头用万用表检查电视机，邱琴向谢小凡所在的方向叫了一声：“加油！”

谢小凡抬头看了看，点了点头，两人同时抿着嘴笑了，他大声说：“好的。”

医院的年轻大夫和护士，忙着为职工量身高、称体重、量血压、验视力。

邱琴望着医院的小蔡大夫，心灵一下子回到原始的坐标点。

听妈妈说，刚出生的她出现高原呼吸困难、皮肤发紫、肺血管循环加速的“亚急性儿童高原症”。是小蔡大夫护送她和母亲一同去西宁就诊。一到海拔较低的西宁,症状就得到完全好转和康复。

邱琴回忆着,在懵懵懂懂的童年里,常常是托儿所的年轻老师,带着她们手牵手地走在俱乐部前广场唱着儿歌的情景：

我在马路边捡到一分钱，
把它交到警察叔叔手里边，
叔叔拿着钱对我把头点，
我高兴地说了声“叔叔！再见！”

这熟悉又亲切的歌声仿佛又在耳边回响。

有一手修理无线电的好手艺、热心为大家服务的李德安师傅也放弃了休假来到电视机修理点，指导小凡他们检查和修理。当看到排队的人越来越多时，李师傅也亲自动手修理起电视机。

以从事热工仪表修理的张师傅为首的手表修理点，是三分厂团委组织的，吸引了不少职工。

团委梁书记陪同厂长、书记和谢国梁等人，前来看望大家。来到谢小凡所在修理点前，书记关切地问道：“修了几台电视机？”

“在李师傅指导帮助下,已修了两台,桌上还有三台等待修理。”

谢小凡说。

“看来你这个点挺受欢迎啊！”厂长赞扬地说。

“参加电视机修理的人员不多，我们只能抓紧时间修。”谢小凡停下万用表检查，应声说。

劳动服务公司所属修理门市部的青年团员，带来了焊补铝壶、铝锅、磨剪刀的工具，引来不少老人拿着待磨剪刀和待焊的水壶排起了队。

劳动服务公司的义务理发点和武警四支队的青年团员，带来理发工具为职工义务理发。

便民服务的场面热闹非凡，几张座椅上坐着老同志，穿着白大衣的年轻理发员，正在全神贯注地忙碌着。

理发店的赵师傅也赶来帮忙。

赵师傅是从宝鸡市调来的一位老师傅，他不但手艺娴熟而且热心，助人为乐，还喜欢唱上几段京剧老生唱腔。

他年底要退休了，他舍不得离开这个大集体，在离厂之前他总想多为职工理发，他特意调休前来参加青年人组织的活动。

武警四支队团员的自行车修理点处排队的人最多。他们有的用水检查内胎漏气点，有的补内胎，有的在调钢圈。十多辆自行车等待修理，负责修理的青年中午也没顾上休息，便民活动从上午十点一直持续到下午两点才结束。

大家看见，孩子们理发后的活泼可爱，老人测完血压后的爽朗欢笑，家庭主妇们对修补好的锅盆的赞许，青年抱着修好的电视机的微笑……

爱心的暖流漫过了精神上的冻土地带，勃发出新的生机。

老一辈开拓者看到，核二代那青春的闪光充满生命力。他们正踏着前辈的足迹，继承发扬221人的优良传统，弘扬221人无私奉献的美德，让人心里有说不出的高兴。

家属们感慨地说："便民活动，解决了职工很多小而难的困难，也培养了年轻人的美德，做得好。"

职工们称赞道："221的核二代是好样的！""雷锋精神在这里发扬光大，源远流长！"

邱琴和谢小凡忙了一上午，心里有说不出的高兴。

谢小凡走到邱琴的自行车修理点，他们收拾好工具送到办公楼后，两人一同回到邱琴家。老邱两口子早就包好了饺子等待他们归来。

老邱的爱人陈师傅首先开了口说："今天累了吧！"

"不累！"小凡和邱琴一起回答。

"修了几台电视？"陈师傅问。

"先是李师傅指导，后来李师傅也动手修起来，共修了五台。"小凡说。

"修多少不重要，重要的是对你们青年人的锻炼，青年人对社会要有爱心。"站在一旁的老邱开了腔。

吃完饺子，谢小凡来到邱琴的卧室。双方谈起室里发生的有趣的故事。

过去那些向往和追求的意念，又逐渐在小凡心中复活，他触景生情，一种爱的暖流刹那间像无声的春雨悄悄地洒落在他焦躁的心田上。小凡一下子紧紧地抱住邱琴，两人默默地依偎在一起，像牵牛花绕着向日葵，幸福的泪水从邱琴脸上刷刷地淌下来……

谢小凡告别了邱琴回到家。有了邱琴爱情的滋润，谢小凡的精神世界是充实的，回到家的他又埋头进行代用无线电元器件资料的分析。

十五

7 月初，元器件告急。

由于研制方承接的某二极管迟迟达不到技术要求，批生产告急，国外求援无望。

军方非常关心首次产品交付进度和 118–12 飞行试验。这两个进度已定死，可以说为期 10 个月的交付任务到了十分紧迫的关键时刻。

上面又传来不同的声音说："你们改线路，要重新定型。10 个月交不出产品，你们直接给中央打报告。"厂一时处于十分尴尬的境地。

谢国梁果断地提出：抓紧论证！改用其他元器件代替。

为了防止重新召开定型会议造成交付进度的滞后，厂务会议决定：立足于厂，在产品定型会议之前，尽快改用其他代用器件。

器材供应处又一次被推上了风口浪尖。

系统室进行了大量前期调研、查阅资料的工作。器材部门频频对外联系，代用元器件终于有了眉目。

代用元器件的论证会议，在总厂二楼会议室召开。

谢国梁、占云与器材供应处领导、分厂质管科、系统室的同志参加了会议。器材供应处的领导汇报了对外联系情况，系统室李主任介绍资料查阅情况，分析比较后提出了改用器件的意见。经充分讨论，一致同意改用大连某元件厂生产的 XX 电子器件。

最后谢国梁、占云分别说："电子器件的代用论证是充分可行的，同意采用 XX 电子元器件。"

器材处协作科与厂家再次联系，大连某元件厂同意接受研制任务，表示尽快投产试制，并作出了保证供应的承诺。

一分厂占云厂长却对未能研制成功的厂家表示了强烈不满，他要求对方赔偿损失，并与器材处领导发生了争执。

最后，经厂技术委员会研究同意采用 XX 电子器件，并得到军代表的认同。

一个问题解决了，另一个问题又冒了出来。

谢国梁没有想到，一直让他担心的事情真的发生了，而且来得这么快。这是新产品研制时间短与其后批生产紧紧相连，时间太紧出现的问题。

北京某研究所研制的 cc 发射管迟迟不能定型，影响到该产品尽快投入使用。

谢国梁拿起电话，对占云厂长说："现在已到了关键时刻，分厂尽快派强有力的人员驻所，协同攻关。”

占云厂长毫不含糊地说：“行，马上就办！”

说干就干，一分厂第二天就派出质管科苏科长随器材处陆副处长、谢小凡等进驻该所。研制与使用单位相结合，加快了研制定型的进度。

研究所技术人员夜以继日精心地试制。苏科长、张高工、谢小凡天天蹲在所的研究室里，与技术人员研究分析发射管测试数据，结合厂反馈使用中出现的问题及时提出改进意见。

厂与研究所在 cc 发射管联合攻关的 40 天时间里，器材处陆副处长多次往返北京和二二一厂，沟通双方信息。

所、厂联合反复试验，研究所终于解决了某个技术指标不稳定的难题，研制出符合技术指标的产品，并很快定了型，转入批生产。

发射团队的小李，大年初一告别了春节欢聚的家人，乘飞机到北京取回 cc 发射管。小李抱着 cc 发射管的包装盒来到实验室，李主任和团队年轻人一同将 cc 发射管装到发射机上，反复调试达到技术指标。

二炮驻厂王总军代表，看到使用 cc 发射管测试的结果后表示：“不错！同意使用！”

谢小凡又投入到近炸引信的批量生产调试工作中。

十六

金银滩草原夏季的傍晚，太阳刚刚落山，西边的天空飞来了一大片红色云霞。同宝山的山尖上染上了淡淡的橘黄色光芒。远处的山坡上，羊群正在下坡，绿草丛中呈现出移动的点点白色。金银滩草原的大地，在傍晚显得格外宁静而庄重。东边的青稞都吐出了穗，蚕豆作物都竞相开花，空气中弥漫着一股清淡的芳香。这时有人报告，在厂西北方向的麻皮寺，有时能看到空中有火光闪烁，疑似“信号弹”。

瞬时间，“信号弹之谜”给厂的撤销增加了一点神秘的色彩。

此事惊动了矿区公安局陶局长。

这位早期从上海公安战线调入厂，曾多次参加国家核试验保卫工作、有着职业警觉的老局长这时有点心神不安起来。他早早吃完晚饭，快步来到党委高副书记家，把报告中的情况一五一十地说了一遍。

高副书记认真听取了陶局长的报告，沉默了一会，对他说：“厂要撤了，进厂的条件比以前大大放宽了，还需要打信号弹与外边联络吗？”疑惑中的高副书记，觉得厂也曾闹腾过信号弹之谜，这次他并没有在意，只是叫公安部门了解一下情况。

离开了高副书记家，陶局长一路琢磨着，越想越觉得蹊跷。

为什么每次报告打信号弹，总是在厂西部的地区？作为一个公安人员，他陷入了沉思，他一定要弄个明白。

陶局长决定就此事在局内广泛听取意见。

又出现“信号弹”的传闻，在局里大伙的议论异常热烈。

曾参加第一次蹲守观察“信号弹”的王科长，一边比画着，一边对大伙说：“那是70年代中期，我在保卫部保密科工作。8月的一天夜里，保卫部刁部长带领我们4名同志，备足了水和干粮，蹲守在六厂区的一个山包上。”他换了一口气，喝了一口水继续说：“那天，月朗星稀的夜空是那么清澈明净，我们双眼紧盯着草原的秋夜。从晚上7点，一直蹲守了4个小时。偌大的草原，就像退了潮的海滩那般宁静，没有发现什么信号弹。第二班接过班，也没有发现什么异常。”

暮色中的天空，远处袅袅的炊烟在广阔草原的牧工帐篷升起，挂在天边的星星在闪烁，一点动静都没有。

蹲守一周后，一无所获。

有的同志说，第二天又接到同样的报告。

这次领导改变了侦破方式。兵分两路南北合围，向发现火光的方向进行拉网式的搜索。

几天下来，仍未发现可疑的线索。两次搜索给了他们启示，照此下去是不会有任何收获的。

有人提出不如走访一下牧工、哨所的战士，听听他们是怎么说的。

在走访中，牧工们说，只有在草原气温较高的夏秋之际，才能看到野外有亮光闪烁。

走访了 2、3 号哨所（均在海拔 4000 米以上）的警卫战士，他们说，从高向低处看草原，只能看到亮光点，而看不到亮光的升空。从较低位置的一、二、六厂区平视看远处草原，就好像亮光在升空。

一位来自南方的战士说出了原委，他说：“我家乡后边有一片荒野坟地。每年夏季发大水，经常受到洪水的侵袭。洪水退去后，夏天的夜晚，常常看到有火光闪动。一位中学化学老师对我说，这是一种自燃现象。人和野生动物体内含有很多磷，尸骨腐烂生成一种叫磷化氢的气体。夏天温度高，容易达到磷化氢气体的燃点而燃烧，称之为磷光。火焰呈淡绿色，只因白天日光很强，看不到磷火。燃烧的磷化氢随风飘动，形成升在空中的亮光。”

夏秋两季深夜，在厂西部草原发现的“信号弹”之谜终于解开。这是草原上动物的尸骨年久腐化产生的磷火，是一种自燃现象。

陶局长心中的疑团解开了，他又一次感到身心的轻松和舒畅。

十七

金银滩的夏天，阳光明媚，蔚蓝色的天空飘着白云，一望无际的草原花草茂密，远山是一片片绿油油的灌木丛，这种人与自然和谐的景象是城市里很少看到的。

118产品即将定型。厂办公室丁毅主任接到原兰州军区空军司令部打来的电话，军区空军司令部即将派参谋来厂，商谈总参首长来厂视察事宜。

自1964年221基地建成后，由兰州军区空军高炮13师驻厂，负责空中警卫。20世纪60年代后期，空中警卫改由兰州空军导弹团承担。厂与原兰州军区空军司令部一直保持着良好的关系。

按原来的基地建设方案，为做好禁区保卫工作，拟在东部高垅开阔的平地修建一座直升机机场，以保持与外界的联系。

1961年初，342厂、直升机机场停建。

接到电话的第三天，兰州军区原空军司令部刘参谋等3人进厂，总参首长将乘直升机来厂视察 118 任务，刘参谋等人来厂落实降落地点事宜。

厂长、副书记，武装部、公安局等有关部门领导来到南操场，与刘参谋等察看有关地形和周围建筑，最后双方一致同意，为避开科技图书馆大楼，确定直升机降落地点选在南操场的东南角，以白石灰的十字为降落标识，并就总参首长在厂的活动安排进行了协商。

然而由于某种原因，总参首长不来了。二炮首长来厂视察。

二炮副司令员杨国梁、技装部总工程师葛文眉等一行 12 人，从 XX 基地驻地驱车来厂。

那天，天空格外高远而深邃，云朵像新棉花一般洁白。小溪的流水清澈如镜，映照出同宝山的山色秋光。

在总厂二楼小会议室，厂长汇报了近炸引信研制、产品定型、厂外两次大型试验和首次产品交付的安排意见。

随后，厂长、书记、陈总、谢国梁等领导陪同二炮首长参观。

汽车离开了办公楼，路过矿区办事处、黄楼群、七厂大桥，向北进入六厂区大道，来到厂东南的四厂区（核装置环境实验厂区），参观了正在进行的 118 产品高温实验，查看了高温和太阳辐射传导实验过程和模拟计算结果，葛总工程师满意地点头说："实验和数据的处理搞得不错！"

汽车离开了四厂区，往北进入六厂区主干道，再向东行驶，进入二分厂主干道，来到二分厂。

一座座相距百米的半掩体车间错落有致。车队进入东边总装车间。在高大明亮的厂房里，技术人员和工人们，正聚精会神、紧张有序地进行118产品装配。二分厂陈厂长和车间邱主任等人，热情地向首长介绍了正在进行装配的产品。特别介绍了在杀伤片装配调试中，主任设计师刘研究员高工和邱琴、小齐等年轻技术人员，边计算边调整装量和排序，以达到射程和杀伤效果最佳化。

二炮首长对同志们精益求精、一丝不苟的工作精神给予了赞赏。

汽车驶出二分厂进入主干道,来到一分厂标志性建筑105大楼，它曾经是设计部和一生产部的办公、科研大楼。过去为保密，曾用105大楼为背景的照片作为西北核武器研制基地的标志。现在大楼内集中了无线电系统部件的设计、调试部门。

一行人员乘电梯来到四楼的系统室，察看了正在进行的各无线电系统部件的前期调试，又来到105大楼延伸的东边大型微波暗室现场，仔细察看了近炸引信的调试过程和数据处理。

在大型微波暗室，二炮首长的眼神停留在一位面容清秀的小伙子身上，他正低着头全神贯注地操作。陈总工程师走上前去，介绍说："这是近炸引信的主研制人员谢小凡。"谢小凡抬起了头，给首长报以会心的微笑。葛总工程师问道："小伙子，调试得怎么样？"

"没问题。"谢小凡胸有成竹地说道。

谢小凡的精神状态和回答，给二炮首长留下了良好的印象。

在系统装配的104车间地下室，大家观看了分厂质检科进行的近炸引信离心环境实验。

他们又来到104车间109工号（雷管实验室），仔细了解研制中的bb装置技术指标和实验。

紧张的参观已到下午时分，他们对近炸引信、bb装置担忧的心情一时平静下来，全身轻松了很多。

之后，二炮首长和厂领导愉快地在招待所食堂共进午餐。

郝参谋与谢国梁可以说是老朋友相见，他们有更多的话要说。自意向书签订后，那沉甸甸的责任就把两人紧紧地联系在一起了。谢国梁详尽地介绍了起爆方式、结构设计、杀伤片与炸药的布局、如何做到装量最多、射程最远、杀伤效果最大的优化计算。

老郝是一位经验丰富、勤于思考、善于分析总结的参谋。他介绍了二炮去除核产品痕迹的工作，两人进行着真诚、和谐、友善的交谈。

二炮首长耳闻目睹了撤销中的二二一厂，一切是那么平静、有序，工人工作是那么认真。敢于担当、善打硬仗的221人，以国家利益为重，取得了骄人的成绩，让人刮目相看。二二一厂在较短的时间突破近炸引信等关键技术，真不容易！

葛总工程师当即表示："厂在较短时间突破关键技术，同意定型会议如期在厂召开。"

谢国梁听到定型会可以如期召开时，脸上露出了笑容，笑得那么自信。葛总工程师也笑了，这笑容中包含着合作愉快、成果丰硕的深情谢意。

葛总工程师等用完餐，部分同志回到总厂二楼小会议室，听取了陈总、谢国梁有关定型会议准备情况的汇报，并就联合建立仪器仪表厂事宜交换了意见。

在联合筹建仪器仪表厂的洽谈中，二炮领导表示，看到 221 这支技术队伍在撤销工作的动荡环境里表现出的敢于担当、勇于创新的良好素质，更加坚定了要保存这支技术队伍、与厂联合办厂的决心与信心。

1987 年 7 月底和 8 月初,先后在北京召开了近炸引信的定型会。在厂召开了 118 产品部级技术鉴定会。

会议认为 118 产品（包含近炸引信）各项战术技术指标已经达到规定要求，同意通过技术鉴定，产品可正式投入批生产。

这无疑让 221 人看到了胜利的曙光，但更大的考验正等待着他们。

十八

1987 年初，青海省省长宋瑞祥约见了厂长、书记和陈总工程师。宋省长传达了张爱萍对厂的报告的批示，殷切地对他们说："你们厂的固定资产占了全省的十分之一。省对厂的态度就是一个字——留！希望把你们那里办成省技术密集的特区，汽车、电子产业、盐化工都可以搞。经济政策上特事特办，职工的工资福利待遇不变，归省政府领导。当然欢迎你们几人留下来，带领他们一起干！"并询问了每个人的老家在哪里，所学专业……

厂领导还需对张爱萍的批示进行深入的思考，没有直接回答个人去留的问题。

厂长只是委婉地说了一句话："留下来，没有军品任务，技术队伍难以稳定。"

宋省长一听，看来难以留下来。最后说："希望你们回去后，做好职工的稳定工作，把职工安置好，把基地利用好。"

经李鹏副总理批示，胡耀邦、赵紫阳圈阅，1987 年 6 月 24 日，国务院办公厅、中央军委办公厅批转了国家计委、国防科工委《关于撤销核工业部青海二二一厂的请示》(国办发〔1987〕40 号文件，简称 40 号文件)。

二二一厂撤销的消息不胫而走，从省传到矿区，一时间成为厂、矿区大街小巷的头条爆炸新闻。

正当全厂职工为 118 产品努力拼搏、大力协同攻关的时刻，厂发生如此急剧性的转折，职工没有一点思想准备，整个金银滩草原像炸开了锅似的，各种传言沸沸扬扬，像疾风暴雨般袭来。失落、伤感、惋惜、埋怨的情绪笼罩在草原上空。

各种传闻满天飞，厂、矿的每一个角落，每一个人都在谈论这件事。人们怀着不同的心情奔走相告。有的职工闻讯,久久不语，不愿相信这是真的。更多的情况是失望者有之，埋怨者有之，悲观者有之，发牢骚者有之……

不信者说："一度是中国人民利益所在的单位，会撤销吗？"

失落者说："过去，221 是全国人民勒紧裤腰带建起来的，为国家作出了重大贡献的特大功勋厂，今天日子富足了，却要撤掉厂？真让人心寒。"

悲观者说："建厂时期没有饿死，'二赵'时期没被整死，厂的撤销工作会折腾死。"

担心者说："基地创建时，虽然面临三年自然灾害艰苦的生活环境，企业是一个'上马'，精神上有支柱，人心齐，工作有奔头。

现在企业是个‘下马’，拆庙搬神，人心散了，是各自找水吃的时候，厂难免不出大纰漏！一字之差真是天壤之别。”

埋怨者说：“过去是搞两弹（原子弹、氢弹），现在是完蛋、滚蛋。”

发牢骚者说：“现在是卸磨杀驴！”

有着强烈使命感和荣誉感的221人，本着对核事业的执着追求和坚持，在气候恶劣的金银滩上坚持工作了几十年，现在作出了历史贡献的厂却要撤销。他们热爱、习惯了这里的工作和生活，突然要离开这里，换到一个不同的工作生活环境，心里的落差太大了。而撤厂后，离退休人员交由地方民政部门管理，更激起职工强烈的不满。职工心里一时失去了平衡，跌入了失落的深谷。

矛盾的错综交织，利益的现实碰撞，思想的剧烈冲突，都会在战略调整的考验中展现得淋漓尽致。

厂、矿领导以极为焦虑的心情，担心厂的权威性不够，厂的形势失控，出现“文革”“二赵”期间，院、厂分家时“三大案件”的重演，沦为人民的罪人。希望上级派工作组进厂领导厂、矿撤销工作。

领导存在着种种担心：

担心职工难以安置好，长期挂起来；

担心基地难以利用，成为一片废墟；

担心在我们这届领导班子把厂给撤了，如何向后人交代？

而上级却偏偏委托厂长全权代理上级在厂进行撤销的领导工作。

职工和领导干部的忧心忡忡和种种不解，在厂撤销的大振荡前夕喷发出来，让厂领导捏了一把冷汗。撤销工作前景不明，会是什么样的结局？

离退休职工强烈要求安置后留在核工业系统内，与 40 号文件精神相抵触，让厂领导十分困惑和迷茫。

在议论中，各种情绪汇聚到一点：厂不该向上级打报告。一时间，把厂长推上舆论的风口浪尖。

消息传到谢国梁的耳朵里,他感到无比的诧异。如果真是这样，那厂的弯子转得太猛了。

第二天，在上班的路上，谢国梁远远看到厂长走在前面，他加快了步伐赶到厂长身边，忙着问道：“已离休的刘处长在省委办公厅工作的儿子说，他看到了文件，厂要撤销了。搞得人心惶惶，到底是咋回事？”

“有这么回事，军用局刘局长给省办公厅打了招呼，等部领导来厂时文件再下发到矿区。先听听职工有什么反应，等部长来后再传达。”厂长不愿多说，只是点了点头，简单地说。

谢国梁理解厂长的意思，就没有继续问下去。

走着走着，谢国梁想起去年九院来这里进行厂外爆轰试验，在去往爆轰试验场的汽车上，曾经问过坐在身旁的国防科工委董参谋：“厂多次向国防科工委伍绍祖政委汇报过，二二一厂怎么调整？”董参谋毫不犹豫地说：“二二一厂将会自生自灭。”

谢国梁听后感到十分诧异，急忙辩解说：“厂又不是自生的，怎么能自灭呢？”

“近几年厂的待业青年就业有了大的改观，核产品实现创优交付，厂在沿海开放城市的东移转民已初见成效。怎么就要灭掉呢？”谢国梁不解地继续问道。

“新基地已建成，具备了承担核产品研制和生产任务的能力。厂承担的第一代核产品任务即将完成，厂完成了历史使命，将退出历史舞台。”董参谋慢慢地解释说。

谢国梁一听话已经说到了头，不再继续追问下去。

谢国梁默默承受着来自各方面的巨大压力。

他思索着，逆境或许对每一个强者来说是财富，成功永远属于那些敢于面对挑战的人。

他在心中呐喊着各种激励自己的话。

“站直了，别趴下！”

新时期核工业战略调整改革的重大决策，势如破竹的历史潮流，将身在其中的221人也卷进这一波风浪中。

二二一厂已光荣完成其历史使命，221人将面临一场利益调整的重大考验。受命于危难之际的厂、矿领导，这是他们一生中遇到的最痛苦、最艰辛、最不愿看到而又必将面对的事情。种种的担心、忐忑不安的困惑和迷茫、重大的责任，一下子压得领导班子成员喘不过气来。

厂长把职工反映的意见向主管局刘局长进行了汇报。

此时，厂长坐在办公室里，抬头向窗外望去，科技大楼似乎在晃动，天地一起像飞轮般旋转起来。职工中失望、伤感、惋惜、埋怨的情绪在金银滩上空弥漫，他心里的滋味比打翻了的五味瓶还复杂。

事情还要从厂向中央打报告开始说起。

221基地的撤销，是中央经过调查研究、长期酝酿、反复论证，慎重做出的战略决策。

早在1977年10月，青海省、核工业部就联合上报了《关于二二一厂不适合高寒地区工作的职工安置和队伍更新的报告》，中央领导做了批示,但后因“文革”后国家百废待兴,三千职工的调出、在江西农垦场修建离退休人员安置点难以实施而搁浅。

1983年1月,厂党委上报了《关于二二一厂几个问题的请示》,提出调出多余人员，更新队伍，实行职工轮换制；更新设备，增加任务；妥善安置离退休职工，建立安置点，厂对分散安置的职工给予资助；解决待业青年就业问题，恢复厂的事业单位性质。

1984年5月,核工业部下发了《关于二二一厂几个问题的通知》,是对厂党委1983年报告的回复。通知指出：“遵照张爱萍同志关于‘二二一厂是发展核武器首先立功的地方，问题要解决好’的指示，根据现在可以预测到的任务，二二一厂承担的第一代核武器的生产，大体上只能维持到XXXX年左右。”“从现在起，对该厂就应采取逐步收缩的方针。”“该厂地处高寒，职工离退后，必须异地安置，宜采取分散和集中相结合的办法进行安置。分散安置离退休人员异地安家，凡自建住房的，实行自建公助、产权归己的办法。”“根据‘集中安置，主要建设西宁市杨家庄安置基地’

的要求，厂提出具体实施方案上报。”

这个通知对恢复事业单位性质，没有回复。离退休人员安置办法中，分散安置的，厂给予补助（即每户补助五、七、九千元不等），而集中建点对西宁市杨家庄的平房改建成单元楼。但如何精干收缩，队伍收缩后干什么，需由厂提出方案。

1984 年新领导班子成立后，长期积累的“一老一小”问题突显出来。厂上报了《二二一厂保军转民，精干收缩几个问题的报告》，因地制宜地提出了就地转产与东移并举，逐步形成内外结合开拓性企业发展新思路。在保军中，提出了继续研发国防需要的大型常规弹头武器和大型盐化工产业，向沿海开放城市与地方联营发展民用产业，实现经济效益与安置效益的新思路。但上级迟迟没有回复。厂领导又多次向国防科工委、部党组、国家计委国防司汇报。部主要领导指出：“军是靠不住的，早晚要挨这一刀。要彻底转民，下决心转民。”新班子感到困惑，地处偏远的高寒地区，无军品，技术队伍不稳，而彻底转民，民品两头在外（原材料、市场在内地），没有竞争力，难以走出困境。再次找到主管部领导，部领导说：“4 月 30 日，国防科工委领导表示，二二一厂一部分转到 903 厂，然后撤点。”这是厂领导第一次听到撤厂，当时谁都没有在意，也不相信中国人民利益所在的厂会撤销？在厂党委常委会汇报会上，委托厂长组织党委、厂、矿三个办公室主任研究，提出了五个可供选择的方案，提请党委常委会研究。在常委会研究中，一位上级领导对厂领导说：“不报两个方案，我们不收报告。”

1985 年 8 月，厂党委以绝密件上报了《关于二二一厂今后去向的请示》，常委会倾向第一方案。同时用简短的文字，提出在 XXX 任务完成后，撤销二二一厂建制。

1985 年 10 月，全国人大常委会委员段苏权、吴仲华、胡荣贵来厂视察，党委再次将请示报告交由他们带给中央领导。

1985 年 11 月 8 日，中共中央总书记胡耀邦在报告上批示："我不懂这一行，是否要考虑他们提出的问题，请爱萍酌处。"

事隔 13 天后，曾经主管核武器研制事业的国务委员兼国防部长张爱萍将军，做了长达 927 个字的批示。这长长的批示，凝聚了张爱萍将军对国防科技和对 221 的一片深情！

批示首先指出："二二一厂在我国核武器的研制和生产工作中，在科学家们的共同努力下，作出了特大的贡献，在发展我国核武器方面建立了历史功勋。""但在目前，由于九院已早迁四川绵阳地区，特别是目前及今后，中央对核武器的发展方针和该厂由于是历史特定条件下的产物等情况，及今后的发展方向不能不根据新情况，采取新对策。""我个人的意见，同意采取第二方案[1]所提的原则。这也是 1983 年我们在绵阳地区的长卿山下，九院研究新址问题时一并提出的原则。而当时的国防科工委、核工业部及九院领导同志都是同意的，并决定请核工业部与该厂和青海省委研究，提出实施方案。"

"既照顾了作出过特殊贡献的人（只此一次！）又同留下青

[1] 撤点方案。

海高原金银滩现地区的经费相差无几。而好处是一次彻底解决了问题。”

谢小凡也从年轻人中听到撤销的消息，他急于想告诉邱琴，他们相约下班后在七厂大桥见面。

十九

七厂大桥，一座有生命活力的桥，它见证了221核二代人的爱情。

自热电厂建起拦灰坝，昔日热电厂流出的黑水被U形堤坝拦截，不再四处横溢。黄、黑相间的沙滩，渐渐长出绿油油的青草，形成清澈见底的人工湖。微风吹来，湖面漾起涟漪，与夕阳相辉，描绘出一幅色彩灿烂的画卷。

金银滩草原傍晚的天空，仍然很亮堂。由于时区的关系，太阳落山的时间比北京足足晚了两个小时。

黄昏下的金银滩草原金光灿烂，小溪变幻着光泽，远处浅灰色的山影，草叶的低语，花的羞涩让人晕眩，展现出一派田园般的祥和与宁静。

人们吃完晚饭后习惯来此散步。恋人们依偎在河边，诉说衷肠。

谢小凡早早来到了七厂大桥头，站在围栏边，这围栏永远是核二代人生命中的绿洲。

对于221人来说，桥下的小河仍然是迷人的。人们来到这里，就会感到如释重负的轻松。

看到谢小凡，邱琴快步走了过来。

两人肩并肩走在大桥的马路上。邱琴身上散发出的温馨气息，深深感染到小凡。

他抑制着自己的情绪说："你听到厂撤销的消息没有？"

"没有，怎么回事？"邱琴漫不经心地回答。

"离休干部刘处长在省委办公厅工作的儿子，看到了撤销二二一厂的文件。"谢小凡说。

"文件怎么说？"邱琴问道。

"不到退休年龄的人员可带着部分设备到江苏、山东等省城镇合资联营兴办企业，已经离退休和将要离退休的人员安置到原调出单位。长期困扰着厂的老有所归、年轻技术人员补充的问题迎刃而解了。"谢小凡回答道。

"那为什么要撤销？"邱琴又问道。

"正如俗语所说，天下没有不散的宴席。核武器是一种核威慑力量，我国核武器是多研制，少生产，够用就行了。这完全不同于西方大国的核武器发展道路（拥有庞大的核武器库，也保留众多的核武器研制、生产单位）。221是特定历史条件下的产物，苏联提供了帮助。从保密角度上讲，保留二二一厂没有必要，所以三线第二个核武器研制基地一经建成，二二一厂的撤销就成为必然。长痛不如短痛，一次性彻底解决问题，二二一厂正要经历壮士断腕的阵痛。”谢小凡认真解释说。

“这样一来，我们的结婚计划又要往后拖了。”具有逆向思维的谢小凡把他关心的事说了出来。

他理解得这么深刻，邱琴欣慰地笑了笑，扬起眉说：“这也好，我们的结婚和回内地安置结合到一起，不就省了很多麻烦。”谢小凡听着邱琴这样的话，从心底感到亲切。

“那结婚就往后拖了。”谢小凡神情凝重地说。

见谢小凡的心情一下子变得不快，邱琴便岔开了话题说：“你还记得我们第一次来到七厂大桥的情景吗？”

此刻，谢小凡那叶想象的白帆又驶回那尚未遥远的学生时代，这里曾寄托着青春的梦想。一谈起与邱琴的相处，原本凝重的神情一下子又兴奋起来。他饱含深情地向她倾诉着：“记得，那是高中毕业时，我们第一次来到七厂大桥，两个青涩的学生站在桥头，始终保持一米的距离。谈论的话题是校长、各自的班主任和各自的理想。”

邱琴接着说：“当时我们谈了很多，但具体谈了些什么已经记不清楚了。”

“当时，只知道你一直在笑，你的笑声是那么清脆、动听。”谢小凡插着话。

两人低下了头望着桥下的流水，流水已经由黑色（因电厂废煤渣经废水流入所致）变为春天的绿色，那种新生的活力，正如

221 基地是特定历史条件下的产物，三线第二个基地建起来了，二二一厂的撤销就成为必然

体内的荷尔蒙一样让他们兴奋不已。这使他又一次感受到男女之间的那种神秘而又强烈的甜蜜的爱恋滋味。

月亮已经升起来了，月光把绿色的草原照得更加迷人，小溪潺潺的流水声在静静的夜里显得非常响亮。

他俩并肩走在悄无声息的七厂马路上，温暖的夜风轻轻吹拂着这对年轻人。

谢小凡望着邱琴，一时想起电影《小花》里小妹妹寻哥哥的故事。他们在银幕上，可你在我心里。

他小声地哼起《月亮走我也走》的歌来。

“那不是你在春节文艺演出时唱的那首歌呀！能不能再唱一遍给我听？”邱琴亲切地说。

小凡对邱琴情有独钟，让心爱的人听他唱的歌，他内心荡漾起一种春水般的波澜，感到无比幸福。他润润嗓，声音雄浑、痴醉地唱了起来“月亮走我也走……”，小凡把歌词里的好青年改成了邱琴，这是从心底流淌出的深情的歌声。

邱琴一边听着，心里一边流动着往事。

随着耳畔回荡着她最喜欢的旋律，邱琴清脆、动人的女中音也加了进来，使那浪花飞舞的溪水变成波涛起伏的河流。唱吧，多么美好的夜晚，即便没有月亮，心中也是一片皎洁！

甜甜的歌声如花香般沁人心脾，他俩声情并茂、感情充沛地唱着，犹如春风吹来，让她渴盼而焦急的心灵有了无限慰藉。

谢小凡拉着邱琴的手，一刹那，邱琴身上传出的电流瞬间撞击了小凡渴望已久的爱情火花。巨大的感情的潮水在小凡的胸膛里澎湃起来。他搂住了邱琴细细的腰肢，抱住了邱琴长长的脖颈，抚摸着她长长的秀发，深深地亲吻她，他俩与金银滩草原美好的夜色融为了一体。

不知不觉，谢小凡把邱琴送到家门口，痴痴地望着她白杨树一般苗条的背影，直到消失在楼道里。

谢小凡回到家里。妈妈看出了他既兴奋又无奈的心思，问道：“是不是与邱琴闹别扭了。”

“没有，我把听到厂撤销的事给她说了说。”

“她怎么说？”

“不过我们结婚的事又得往后拖了。”

“等安置的形势明朗后，再考虑结婚也不迟。现在厂内流传挺多，众说纷纭，都是些担心的事。你可不要影响工作。”

谢小凡会心地笑了，一边往屋里走，一边说着：“不会的，妈，您放心！”

二十

每年的六、七、八月，是金银滩草原的黄金季节。

远处的山峦，近处的坡岭，一望无际的草原，都被浓浓的绿色笼罩着，无处不闪烁着宝石般的光泽，荡漾着翡翠似的波浪。草原上的溪流淙淙作响，如悦耳的琴声清脆悠扬。马兰花、格桑花、狼毒花争奇斗艳，露出千姿百媚的笑脸。

1987 年 8 月，核工业部军用局刘杲局长先期来厂，在招待所会议室向厂、矿领导传达了 40 号文件。

刘局长强调指出 :“搞好厂的撤销工作，关键在领导的认识和行动。厂、矿领导要正确对待利益的调整，与中央保持一致，把职工的思想统一到中央文件精神上来。有计划、有领导、有步骤地做好撤销各项工作是这届领导班子的历史使命，也是对领导班子智慧的考验。领导班子成员，在厂调整期间一个也不能调动，要为执行好中央文件，做一些个人的牺牲。”

厂领导们一字一句地静心聆听，他们的心情，有一种说不出的滋味，思绪像乱麻一般纷扰。

夜深了，厂领导们走出招待所。深秋静夜中一轮硕大的圆月，孤零零地挂在天空中。带着秋天的气息，一阵清风从东南方向吹过来，夹着早熟的青稞所特有的诱人芳香。

望着寂静的夜色，谢国梁的心情越来越沉重，心里的滋味如同打碎了五味瓶一样。

近几天又传出什么“厂长与某副厂长，就厂交给青海省海北州的问题发生了争执……”“118 泄密了，不干了……”等传闻。在企业大调整、大动荡的敏感时期，稍有动静，就会出现一些不实的传闻，这是不足以为奇的。

刘局长建议厂领导组织厂、矿干部前往 XX 机械厂参观。

XX 机械厂是坐落在青海湖边的一家兵工企业，撤销合并到外地的总厂去了。过去热闹的试验厂，顷刻就像散了戏一般，人走空了，只留下遍地狼藉。

参观后，不少分厂、处的领导痛心地对谢国梁说：“一定要做到文明撤点，这种景象，绝不能在二二一厂出现。一定要留下一片碧水蓝天，留下干干净净的金银滩草原。”

“前车之鉴，值得深思！我们的责任可不轻啦！”三分厂樊厂长感叹地说。

“对！这就是我们的历史责任。”谢国梁说。

他们带着如何做好文明撤销的思考，回到了厂。

核工业部蒋心雄部长、李定凡副部长和刘书林顾问，国家计委、国家经委、国防科工委及部有关司、局领导来厂。

部长来厂宣讲40号文件的消息，传遍金银滩草原、海晏县城、西宁市杨家庄家属区，一时间成为职工的热点话题。

蒋部长听取了厂领导的汇报。在汇报会上，有厂领导问蒋部长，预计厂的撤销要几年时间？蒋部长举起右手，打出了“八”的手势。大家暗想，又是一个“撤厂”八年！人的一生又有几个八年！我们应以什么样的精神状态书写这八年的历史？

厂召开了处级以上干部会。

蒋部长在会上强调：“由于世界和平和战争观点重大转变，我国国防建设指导方针，从临战时期的国防建设转变为和平时期的国防建设。随着国防建设战略方针的转移，我国核武器研制生产任务布局也要调整。”“撤销二二一厂是中央经过调查研究，长期酝酿，反复论证，慎重做出的正确选择。”“做好厂的撤销工作的关键在领导班子。厂领导要与中央保持一致，不能旁观、不允许唱反调、不能看笑话。要层层负责，哪级出了问题，追究哪级领导责任。”蒋部长还指出：“厂在撤销期间，要努力工作，赏罚分明。厂的收入，由厂支配。”

蒋部长特别关心存放在三厂区炸药库的2号高能炸药的安全。这些炸药自生产厂运来后就一直浸泡在水中，已经二十多年了，水已部分蒸发。蒋部长决定亲临现场。面对堆满库房的二十多吨高敏感的炸药，他语重心长地对厂领导说：“这是厂撤销中的一大安全隐患，你们一定要先行试验，成功后再进行处理。万万不可大意，这件事就拜托你们了！”

一箱箱堆积成山的高敏感度的高能炸药，犹如一颗定时炸弹，悬在厂领导的心中。

部领导来厂宣讲 40 号文件如和煦的春风，将厂一度过热的空气冷却了下来。震惊过后，厂领导开始慢慢缓过劲来，对未来的不确定性，必须清醒面对，开始从感性认识回到理性思维的思考。厂长带头在处级干部大会上，结合厂近 30 年的经历，敞开心扉，畅谈了对 40 号文件的认识和体会。

韶华易逝啊!

厂从 1958 年开始组建，住帐篷、窑洞，吃谷子面，度过了无油（每人每月两钱油）、无副食、无取暖的三年自然灾害，艰苦奋斗，保存了队伍，历经了最艰难的基建创业初期；

顶住 1959 年苏联毁约，独立自主，自力更生，大力协同，过技术关，突破原子弹、氢弹的草原大会战；

医治“文革”“二赵”创伤。恢复科研生产，实现武器化，批量生产，装备部队的保军转民第二次创业；

现在厂、矿职工整装待发，服从国家战略调整，为实现国务院、中央军委赋予“厂撤销”和特殊的国家“864 工程”使命，努力拼搏着。

30 多年风雨兼程！奏响了高亢激扬的旋律，彰显了 221 人不辱使命的担当，这是一部优良传统的积淀史，将把厚重与辉煌永远镌刻在巍巍的丰碑上。

30 多载春华秋实！充分体现了党中央、国务院、中央军委对核事业、对二二一厂、对广大职工的亲切关怀。

二二一厂的撤销，是由核工业部负责的一种特事特办的国家行为，是一项涉及面广、政策性强的社会系统工程，事事紧密地关系着职工的切身利益。

40 号文件，可以说是一个好文件，文件中提出的办法是好办法。充分体现党中央、国务院、中央军委对二二一厂是十分关怀的，是很负责任的。

40 号文件传达后，“一江春水向东流”成为职工思想的主旋律，人人都在思量着下山去往何处，继续创业或安度晚年。

长期困扰二二一厂老大难的问题——“一老一小”，得到了彻底解决。

厂长最后说：“作为各级党员领导干部，要充分认识撤厂工作的长期性、艰巨性、复杂性，把提高对 40 号文件的认识贯彻到撤厂的始终。在这个过程中可能会遇到一些诱惑，我们要加强自身的自律，经受考验，清清白白做事，干干净净下山。”

金银滩草原这片沃土，那草原的风，草原的情，草原的气息，草原令人感到苦涩的情绪汇聚在一起，形成一股甘甜的涌泉，在 221 人心中涌动。

有了太阳的无私奉献，人类才有了光明和温暖。

在 221 洒满鲜花、布满光环的道路上，正是有了老一辈 221

敬业奉献者的群芳争艳，才有了共和国春天般的烂漫！

今天的221人，心里只有一个念头——118任务，中考面前见忠诚；战略转移，大考关头讲服从。这就是221人发出的铿锵声音。他们将以光照人间的骄人业绩，走完二二一厂的最后一公里，完成厂的历史使命！

谢国梁在参加完处级以上干部会后回到家里。老伴王工程师十分关切地问起蒋部长报告的内容。

他望着日夜为家操劳，现在又在为儿女的安置、婚事着想的老伴，一时的复杂心情，瞬间开朗起来。

事由还得从1959年说起。

国际风云突变，中苏关系恶化。苏联终止了双方签订的《国防新技术协定》，拒绝提供原子弹样品和技术资料，撤走专家，中断了帮助中国建立核武器研究院——221的承诺。221作为特定历史条件的产物，在完成历史使命后，厂的撤销就成为必然。

在三线基地建成后，为缩短战线，面临核武器多研制、少生产的大背景，加之221基地所在地域又不在发展的规划区，特别是第一代科研、技术骨干即将面临退休，将出现技术人员的断层，补员又十分困难，工厂难以维持，撤销二二一厂是预想之中的事了。

谢国梁放慢了节奏，继续说："蒋部长在讲话中特别强调，二二一厂领导干部要转好感情的弯子，服从国家的战略调整。""要珍惜二二一厂的集体荣誉和历史功勋，坚持边生产、边调整、边收缩转移的方针。"

“蒋部长没说职工如何安置？”王工程师听了一阵，仍未谈到她关心的事，急忙问道。

“只说了一个原则，厂、矿增收节支的收入全归厂使用，不上交。为职工安置好创造条件。”谢国梁回答道。

“没说怎么安置？”王工程师依然不解地问。

这时谢国梁想起40号文件中所说的，将职工安置的三个渠道一一说了出来：“一是可带部分设备和资金到江苏、山东的城镇联营兴办企业。二是比照部队转业办法，按照从哪里来回哪里去的原则安置。三是核工业部尽量消化。”同时，说出了二炮栗副参谋长来厂时，提出在廊坊联合建厂的意见。

“看来多年积累的离退休回内地安置的难题，终于彻底解决了。”王工程师终于松了一口气，她那渴盼而焦急的心灵有了无限的慰藉。

“众口难调，具体如何安置，就看厂、矿领导的运作智慧了。难事还在后头。”

已提任二分厂工会主席的邱强（在40号文件下达前夕升职）一进家门，大伙就围了上去。

“听说离退休人员安置后交地方管理，我们这些患有职业病职工的医疗和福利如何保证？”因为长期从事炸药生产，患有职业病的赵师傅首先开了口。

“我们这些患有职业病的职工，强烈要求离退休后，留在核工业部内。”没等邱主席回答，赵师傅不假思索，激动地高声说道。

邱主席一时不知怎样回答好。文件明明写着离退休后，交地方管理。面对离退休职工的强烈要求，他略加思索后说："若真要移交，那就把待遇写清楚。"

"我们这些孤儿寡母,如何安置呢？"马老太太问道。在"二赵"期间，她的丈夫马久昌被活活打死。

"现在还没到这一步，在撤完厂之前，厂肯定会将历史遗留问题解决好的，你们放心。"邱强想了想，现在只能如此灵活地说说。大家对这样的答复虽不十分满意，但想到邱强作为分厂的工会主席，一定会为他们说话的。他们纷纷离去，而邱主席也是一脸疑惑。

第二天，蒋部长等部领导分别召开了离退休人员、科技人员、工人座谈会。看望了正在一线研发118的技术人员、工人和干部，走访了驻厂武警四支队。

晚上，在小聂宿舍里，几个年轻人聚集在一起聊天，交流各自在座谈会听到的情况。

"听说，离退休人员座谈会一开始就卡壳了，说什么'不管事'的领导，召集我们这些'没事'的人开会，那不是做无用功吗？会议不得不停下来。临时请来正参加技术人员座谈会的蒋部长来到总厂二楼会议室，离退休人员的座谈会才进行下去。"小聂首先把离退休人员座谈会卡壳的事说了出来。

参加离退休人员座谈会的刘顾问，原是一位在毛主席身边工作过的老同志，有着丰富的基层工作经验。他曾任二二一厂中央联络组副组长，协助工作组组长梁步庭落实九院"北京会议"精神，顶着“四人帮”的压力,为“二赵”在厂制造的冤假错案拨乱反正,落实政策,平反昭雪,不留尾巴,做了大量卓有成效的工作。中央工作组大胆启用被打倒的中层干部,雷厉风行地恢复被废弃的规章制度,大刀阔斧地整顿被搅乱的组织纪律。“拆墙、填沟、解疙瘩”,做了大量艰苦、细致、有效的工作,促进了职工队伍的团结,将动乱中的烂摊子引上了正轨。为实现工厂由“文革”期间的混乱状态到安定团结、由科研体制向批量生产体制的历史性转变做出了突出的贡献。

参加座谈会的还有刚从厂党委书记岗位上调核工业部政工办的郑祖英主任。他们更能懂得厂的离退休人员的疾苦。郑主任发现,是难以接受厂的撤销和离退休人员移交地方管理的情绪冲动,一时间让离退休人员把问题给看走样了。

离退休人员反映的突出问题,是安置后不交地方管理的种种诉求。

小曹参加了工人的座谈会,会上突出反映的是,在厂撤销期间,坚持边生产、边调整中,应打破分配上的大锅饭,在政策上向干活干得好的工人师傅倾斜方向。

科技人员座谈会上,突出反映的是如何保留厂的科技力量,继续为国防建设作贡献。

在座谈会上,也有人发了不少牢骚。说什么二二一厂撤销是卸磨杀驴!病中主持国防科研工作的聂荣臻元帅知道二二一厂这个结局,是不会同意的,等等。

部领导回到北京后，对担任顾问的李觉将军（曾担任青海省委常委、九局局长、兼任第二机械实验厂筹备处临时党委书记，后任九院的第一任院长、核工业部副部长）说:“40 号文件传达后，厂职工情绪激动，气氛非常紧张！”

青海省宋省长第一次来考察职工安置、基地利用时，对厂领导说：“职工胃口吊得很高，能实现吗？不欢迎省里的人来？”

厂领导连忙解释说：“主要是怕留在青海，错过这次下山的难得机会。”

2010 年，在参加纪念 17 号爆轰试验场 50 周年的座谈会上，原二二一厂厂长和谢国梁前去看望在主宾席就座的曾任国防科工委政委的伍绍祖，他们在握手时，伍绍祖一听到二二一厂，连忙说：“国防科工委为了二二一厂的调整，被你们厂的人把我骂坏了。”

老厂长解释说：“当时少数人不理解，说了一些过头话。历史证明，这个决策是正确的。”

在 1988 年部的年度工作会上，九院党委李英杰书记诚恳地对二二一厂长说：“老王呀！你们在撤厂期间要慎之又慎，千万别出现院、厂分家时的那些‘事故’！”老领导无疑为撤厂工作时时在敲警钟。

在关于蒋部长报告的座谈会上，厂、矿领导畅谈了思想上承受巨大思想压力的种种感受，有的职工说，怕领导班子的权威性不够，厂的形势失控，出现“二赵”时期的“三大事故”，沦为人民的罪人！

有的说，撤厂这事本身就是难办的事，能做到 60% 的职工满意就阿弥陀佛了。

同时，围绕如何贯彻好中央 40 号文件，厂、矿领导在讨论中也提出了很多好的意见。

高桐淮副书记沉思一会儿后说："二二一厂的撤销，是国家战略转移的一种特殊模式的调整。贯彻好 40 号文件，首先要把领导和职工的思想统一到 40 号文件精神上来。"

谢国梁紧接着说："坚持边调整、边开发、边生产的方针，以 118 任务为支撑，坚持在开发生产中收缩，在收缩中东移，在东移中关闭。实现有领导、有计划、有步骤地进行战略调整的支撑点。"

"边调整、边开发、边生产的方针，有利于厂的社会稳定，有利于积累资金，有利于增加职工的福祉。"不太多言的叶总会计师说。

通过讨论，厂、矿领导班子达成共识：以安置好职工为中心，以 118 任务为支撑，带动核设施退役处理和基地利用移交。

在厂撤销的特殊时期，领导干部要全心全意依靠职工。自始至终坚持民主、公平、公开、透明的原则，凝聚职工的共识，把"散"字变成个"聚"字，把领导和职工的思想统一到 40 号文件精神上来。要敢于创新，扎实工作，把中央对职工的关怀政策与职工的诉求有效融合，做到国有资产不流失，职工欢欢喜喜、干干净净下山。

厂适时提出了坚持"好中求快""循序渐进"的工作方针，才能经得起历史的检验。"依法撤厂，文明撤厂""边调整、边开发、边生产”的原则；“思想不散，队伍不乱，生产不停，积极调整，再作贡献”的要求；运用教育、行政、经济、法律的手段，维护厂矿社会秩序稳定。还确立了“先群众后领导，先辅助后生产，先一般后骨干”的职工撤离步骤。

厂、矿的撤销工作，经历了思想和组织上的准备、方案与政策的制定以及方案实施三个阶段。

中核总公司成立了由中国核工业总公司副总经理李定凡为组长、原副部长刘书林为顾问、各职能局参与的部协调领导小组和办公室（设在军用局，主办室主任尤得良）。

厂、矿成立了撤销、科研生产两条工作线的班子。

科研生产、生活服务，按厂、矿原有体制运行。在厂办公室设立“调整工作办公室”，由厂长负责。调查研究，起草自建公助住房补助费标准等政策和“两个安置办法”，统一协调厂、矿撤销和行政各项工作。

厂、矿成立了撤销三大任务的领导小组和办公室，职工安置下设集中安置和分散安置两个办公室。组建了政法委下属的，由武警四支队、矿区公安局、武装部及民兵组成的联防指挥部。

青海省人民政府矿区办事处副主任曹登石、副厂长蔡金生负责职工的分散安置，副厂长吕义晋负责集中点安置，书记张秀恒负责基地的移交。谢国梁副总工程师协助总工程师陈家圣、副厂长任春泽、丛洞一负责核设施退役处理。

各主管领导和业务部门先后制定了《调整时期思想政治工作

大纲》《调整时期加强人、财、物管理规定》《撤厂期间机关经济责任制考评和分厂、处目标管理和任务完成奖金挂钩办法》，为厂的撤销工作在厂的全面展开，提供了组织和制度的保障。

二十一

九月中旬，金银滩草原下了第一场雪。秋天的雪使空气变得分外湿润。

姜波坐在调整办公室，望着窗外漫天飞舞的雪花，一片洁净的世界，脸上流露出一种怅然的美好神色。

昨天，天空还是星月明朗，一片湛蓝，想不到一夜之间，高原竟变成了一个晶莹洁白的世界。

姜波主任和黄副主任等人静静地思量着。

厂的撤销是一项复杂的社会系统工程。职工不但是撤销工作的参与者、监督者，也是这项工作的见证者、受益者。

在厂、矿职工彰显个性的特殊时期，人心涣散，各思前程，要想保质量、保安全、保保密、保进度地完成军委赋予的国家“864工程”任务，圆满地完成职工安置、核设施退役处理、基地利用移交三大任务，实现撤销工作的软着陆，难度确实难以想象。不但需要中央的关怀和各部委大力支持，核工业总公司的强有力领导及政策支持，同时还需要厂提出一个好的方案和实施细则，以及厂、矿领导们的胆识、魄力和智慧。

厂长在厂长负责制的多重压力下，只能在妥协、平衡、搏击中前行。除了下面这次。

1988 年 10 月，中国核工业总公司与首钢总公司签订了核工业多个企业与二二一厂一同划归首钢总公司的协议书。二二一厂需签订附加协议后才能生效。由于时间紧急，总协议签订前未与厂打招呼，引发了厂职工的不满。

双方在关于二二一厂的附加协议的讨论中，厂、矿领导提出贯彻 40 号文件按以下分工负责的原则进行：中国核总公司负责职工、离退休人员的安置，首钢总公司负责经营地点、项目及所需资金。但这却与总协议中对 40 号文件的贯彻以首钢总公司为主、中核总公司辅助的意见相左。二二一厂的不同声音被选择性无视，只能采取直接与首钢总公司商谈的办法。

厂长拨通了首钢总公司总经理赵玉吉的电话，表达了厂的意见和希望。中核总公司主要领导知道后，在电话里狠狠地批评了厂长，说：你没有直接与首钢公司赵总经理联系的权利，你们的意见违背了总协议的精神，在职工、离退休人员安置上，是政府职能。首钢是总公司，我们也是总公司（此时厂长心里盘算着，我们是总公司还挂有“国家原子能机构”名片，在国际原子能机构会议上代表国家发言，应具有一定的政府职能，职工安置会顺当些），等等。

此时，厂长虽然受到了批评，脸上闪过一丝尴尬，没有在电话里争论下去，但他的心里，仍然是光明、坦荡的。

分散安置，具有点多、面广、线长的突出特点。

如何寻求各方利益的平衡，尤其是上级政策与职工的不同诉求之间的平衡，其中有特大城市与一般城市，青年与中年人，不同职业岗位群体的平衡，40 号文件出台后安置的离退休人员与其前安置的政策和利益的平衡，领导层与职工安置利益的平衡……一句话，就是在国家政策范围内，把职工和离退休人员的诉求，与国家的政策有机融合，求得安置福祉的最大化。

为使职工知情，厂适时召开处级、科级、班组长以上会议和职工代表大会主席团会议，通过通报会、座谈会、对话会，在厂的《草原工人报》第一版以记者提问方式，厂长解答职工关心的转民、调整等问题。每制定一项政策前，召开不同人员的座谈会，分析撤销的形势，做到公开、透明，增进相互理解，减少因误会造成的社会不稳定。

如何妥善解决好离退休人员安置后的管理，一时间让厂、矿领导感到困惑，又十分棘手。40 号文件规定离退休人员安置后移交民政部门管理，而离退休人员强烈要求留在核工业系统内。

如何缓解此困局，如何避免职工和离退休人员一次性安置后，出现长期挂起来现象的在职工安置中哪个城市兜底。

40 号文件下达前，已按过去政策领取了自建住房公助补助费的离退休人员（约有 1717 户）中，住房仍然困难的又该如何妥善解决。

姜波主任、黄副主任等进行了厂内外的广泛调查。在调查中，姜波感到安置方案，要有全局视野，要有历史纵深，从厂、矿大格局的实际出发，把大家都要安置好。

厂、矿有不同类型的职工群体，既有从事科研生产的，也有从事辅助生产的，还有从事后勤和社会服务的；既有在职职工，也有离退休人员，还有遗属等社会人员。必须倾听他们的呼声，认知、理解这些不同声音的诉求，回应不同群体的期盼，找到与外部政策、环境、条件的交汇点，以求得较合情合理的解决办法。

中国有句谚语："儿不嫌母丑，狗不嫌家贫。"

自己建点，扛着旗子下山的初衷，是在 40 号文件下达后初期形成的。大家希望二二一厂撤销后仍然有个家。有家就有家的温暖，就有照顾，职工福利、职业病、历史遗留处理未尽的种种问题就好解决……

职工们希望下山后能建立起军民融合企业，继续为国防和经济建设服务，又可以留在核工业内，为之奋斗几十年的核事业，从感情上也可以得到延续，也回避了离退休人员在安置后移交地方管理的矛盾……

调整办公室的同志本着高（原）、核（事业）、特（事特办）的原则和鼓励继续干的原则（如下山继续工作的同志，享受离退休人员的高原补贴费），结合部队、援藏人员安置的有关政策和规定进行测算，起草了《自行解决落户和自建住房的补助费标准》和《职工和离退休人员安置实施细则》等相关文件……

在对外考察谈判中，对于职工安置在哪个城市、选择什么项目、有什么落户政策、需多少费用等方面和职工的意愿进行分析、比较、选择，其难度是相当大的。

二分厂邱主席参加了分散安置工作。

当时，国家正处于从计划经济向市场经济转轨的初期。粮、油等食品价格倒挂，副食品凭票供应，政府实行暗补。职工进入城市，需要收取名目繁多的费用，什么落户费、粮油副食补贴费，学校、医院、商业网点配套建设费，还要为地方承担城市道路、桥梁项目的建设，等等，这也加大了谈判的难度。经济发达的地区职工愿意去，也有好项目，但落户难以解决，最多同意成立一个研究所。

随着改革进一步开放，改革快速推进，职工安置后，出现了一些新情况、新问题。如：接收职工安置的企业在结构调整中效益下滑、职工下岗……在购买房屋的产权上，40 号文件规定，离退休人员安置后交地方管理，但由于厂已撤销，无法进行管理，在个别城市购置新房时没有要产权。特别是离退休人员安置二十多年后，随着经济快速发展，人民生活大幅度改善，曾为我国原子弹、氢弹爆炸成功，作出历史贡献的离退休人员的生活待遇明显下降，出现大量遗属生活贫困，工伤、职业病等人员生活返贫，职工住房得不到很好的维修和改善等一系列新问题突显出来。此情况引起了中央的重视，2018 年 5 月，习近平总书记对原二二一厂作出重要批示，要求关心解决好二二一厂离退休人员的生活，大力宣传二二一厂所作的贡献。中央有关部门进行调查研究，在中国核工业集团大力支持下，组织退休人员参加机关事业单位养老保险统筹，享受养老金正常增长机制；离休人员按国家关于离休费和津贴标准的调整政策及时发放到位。遗属及时兑现生活补助标准提高政策，并组织家属遗属参加地方医保和大病保险等。对西宁、合肥、淄博集中安置点的 1555 套房屋进行修缮和“三供一业”项目改造。对分散安置的离退休人员，采取自行修缮加补助方式进行房屋修缮。离退休人员获得感、幸福感得到极大提升。

2021 年 6 月 15 日，人民日报头版头条报道了《不朽的功勋闪光的精神——访习近平总书记关心二二一厂离退休职工》。

这是国务院、中央军委定撤销二一厂 34 年后，再次看到中共中央总书记关心，曾为国家作出重大贡献的二二一厂离退休职工生活福利的改善，心里特别温暖和欣慰。深深地感受到我国核事业建立和发展，无不凝聚了党和国家几代领导人：毛泽东、周恩来、邓小平、胡耀邦、习近平等对 221 人、核工业人的亲切关怀。也是对 60 多年来，221 人、核业人艰苦创业、开拓创新，推动我国核工业从无到有、从小到大，取得了令世人瞩目的成就，为国家安全和经济建设作出了突出贡献的深情赞许。

二十二

40 号文件传达后，职工虽然经受着撤销带来的阵痛，但他们梳理好情绪，站在二二一厂的历史与未来的交接点上，全身心地投入到国家“864 工程”中去。

近炸引信在大型微波暗室调试取得成功，并进行了爆炸高度精度的模拟试验。分厂占云厂长为做到万无一失，确保爆高的控制精度，提出进行近炸引信的吊高试验，得到谢国梁的赞许。

连绵不断的秋雨，让金银滩草原笼罩在阴冷的水雾之中。从季节上看，这大概是金银滩草原本年度的最后一场雨水，过不了多久，天空就要飘起雪花。

秋雨造成了一种令人愁闷的气氛。

李主任静静地等待着天空放晴。

两天后，间断地秋雨停了下来，满天破碎的阴云向南逃遁，三面群山出现了模糊的轮廓，天空也渐渐出现亮光。草原迎来了晴空万里、风和日丽的好天气。

谢小凡发射团队的同志们意气风发一起动手，在一分厂围墙外的北边草坪上临时搭建起近炸引信吊高试验场。

小伙子们动手制作了简单的吊篮，虽然简陋，但安全、实用。

交通运输处调来了两台大吊车，生产计划处调来了“东风-X号”导弹头部壳体。李主任带领谢小凡发射团队的小伙子们，搬来了近炸引信和示波器等仪器，在临时工作台上对产品和仪器进行导通检查。

在李主任的指挥下，他们将近炸引信和无线电天线稳稳地安装在托架支撑起的导弹头部壳体内。连接好电缆，进行静态导通。

谢小凡搬着示波器进入吊篮内，吊车将吊篮慢慢升起，在紧靠头部壳体旁停了下来，以减少信号失真。

李主任镇定自若地发出口令指挥着。头部壳体升降在不同的高度，谢小凡观测着示波器信号的显示，并一一做好记录。

两天的吊高测试试验，取得了满意的结果。

走出吊篮的谢小凡满脸喜悦，高兴地说：“测试的结果与在微波暗室预测的情况完全一致！”李主任和发射团队的小伙子们脸上荡漾起兴奋的神色，内心充满成就感。

二分厂承担着高能炸药配方研究、浇铸、压制、加工、总装的任务。

与高能炸药打交道无疑是件十分危险的工作，必须具备过硬的素质和品格，临危而不惧，淡定而执着。在关键时刻的坚守和把握，在工作过程的各个环节上求真务实。

当一个人把自己与国家赋予的使命紧紧联系在一起时，就必然敢于承担风险。科学、严谨地把生产安全的每一道工序中的每一过程做细、做实、做到位，真正做到万无一失。

二分厂广大职工在118任务中，就是这样一批较真、求实的人。

安全是生命的保证！

大装药量高能炸药生产的关键是安全、安全，还是安全。保证生产的绝对安全，成为分厂各级领导关注的焦点。

二分厂开展了生产前安全思想教育活动。人生许多教训总是通过流血牺牲后，才牢牢铭记在心间的。

重温“文革”“二赵”历史，用历史教育人，感染人，让安全意识再次唤醒人们的警觉。

在腥风血雨的“文革”“二赵”期间，院、厂分家动荡的年代，由于设备年久失修，在紧张的搬迁忙乱过程中，出现了几起技术（责任）事故。“二赵”不做调查研究，就认定是有组织、有计划的“反革命破坏”，对广大职工和干部进行疯狂的迫害。

“二赵”1969年11月28日进厂，到1971年9月13日林彪事件的21个月的时间里，金银滩草原上乌云翻滚，一片“恐怖”。“二赵”利用安全、质量事故，制造了多起骇人听闻的所谓“有预谋的反革命破坏”冤案，留学人员被打成“特务”，相好的朋友在一起被打成反革命集团。他们污蔑这里是资产阶级大染缸，这里的反革命是一串串的。221基地80%以上的车间、科室干部，90%

以上的高、中级技术人员4000多名干部职工受到审查和迫害，310多人致伤致残，40多名职工含恨自尽。5人以莫须有的罪名，惨遭枪杀。

在二分厂600多名职工中，捏造的反革命组织有35个之多，批斗205人，牵连420人。其中，北京大学毕业的年轻技术员张邦鹏以莫须有的罪名被枪杀，火工专家钱晋副教授等5人被活活打死。逼死2人、拘留5人、2人被判刑。二分厂是221基地的重灾区。

在“二赵”时期，二分厂共发生炸药爆炸事故4起，造成15人伤亡的惨剧（其中死亡12人）。

发生在1969年11月14日，第二生产部（二分厂）229车间1工号炸药爆炸，当时牺牲的同志有：北京理工大学毕业的技术人员王明恩，中共党员，牺牲时年仅31岁。他的父亲是一位老革命军人干部，在接到儿子牺牲的消息时，他忍着心中的悲痛对组织的同志说：“儿子为核事业献出了宝贵生命，他与钟爱的金银滩的核事业永远在一起，也让人们不要忘记这血的教训。”还有程元福，共青团员，四川大学毕业的技术人员。俞春宝，共青团员，车工，二二一厂技校毕业生。刘斌，共青团员，车工，上海第二技工学校毕业生。

他们为铸强国梦，把青春、热血挥洒在金银滩草原，献出了年轻的生命，静静地长眠在这里，头枕青山，俯瞰草原，与这片神奇的土地共存共荣，历史将会永远铭他们的功绩。四名同志被青海省授予“烈士”称号。

核事业就是一场永无终点的接力赛。多少人把青春与智慧献给了她，他们却没能看到鲜花和结出的硕果，就离开了我们。他们是值得我们永远怀念的核事业的开路人！

《草原工人报》主编、党委宣传部张德祥副部长曾赋诗一首：

悲歌壮烈耿星辰，何必金刚不坏身。

留得此山豪气在，勒名长历在后人！

历史上爆炸的安全事故，成为分厂职工的一块疮疤。血的教训，深深印记在职工心中。

现在，要在厂撤销动荡的环境中，批量生产比核产品装量还多的高能炸药常规军品，无疑是件让他们时时挂牵的事。二分厂职工，遵照周总理“严肃认真，周到细致，稳妥可靠，万无一失”的要求，做深、做细安全生产的每一个环节，决心要实现火工品生产的“零事故”，改写火工生产的历史，绝不让历史的悲剧重演。

四分厂（热电厂，负责矿区水、电、气的供应）用双套电路保证了高能炸药中的用电安全。

201 车间高能炸药浇铸压制车间的工人师傅，以强烈的政治责任感做好各项生产准备，熟悉工艺、进行设备和工装等检修与检查。领导干部、技术人员跟班作业，检查落实好安全责任制。工人师傅以过硬的技术本领忘我工作，老师傅抢着干最危险的工作，而把较安全的工作让给年轻人。

小聂的父亲是在炸药爆炸中遇难的老工人，生前和吕师傅是好朋友。因为当时吕师傅探亲回家，幸运躲过了这次事故。从此以后，吕师傅暗暗许下心愿，一定要照顾好、保护好小聂，尽量不让他从事危险的操作。

温等静压设备将要调往九院，高能炸药部件生产采用传统的方法生产。每个工号都有防爆土围（高 12 米、顶宽 1 米、有土围墙防护），他们认真检查防雷装置的地网连接和防静电措施。各生产环节坚持高标准，严要求，做到万无一失，安全地完成了浇铸、加工任务。他们是这样想的，是这样说的，他们也是这样做的。三年多来多批次的 118 高能炸药生产，实现了“零事故”，一举改变了火工分厂生产安全历史。

201 车间主任刘兆民，看到加工出的沉甸甸的合格高能炸药产品时，如释重负，长长地舒了一口气，感觉身上轻松了很多。

总装配车间进行了开工前的思想动员，进行了生产前的精心准备。邱强所带学员小曹已成为总装配的主力，他们在老师傅带领下，精益求精地操作，不时在现场与刘主任设计师、邱琴等设计人员对杀伤片排序和装量进行计算和调试。在保证与“东风–X 号”核产品重心一致，导弹射程达到较远的条件下，加大杀伤片的装量，以取得装配理想效果。而后进行弹头的总装与无线电系统的联试，达到满意的效果。

二十三

1964 年 10 月 16 日，是 221 人求是创新、勇于拼搏，第一次取得原子弹爆炸成功的盛大节日，也是让中国人扬眉吐气的喜庆日子。

1987 年 10 月 16 日，我国第一颗原子弹爆炸成功 23 周年的日子，青海省人大常委会副主任、青海省佛教协会理事长夏茸尕布，陪同班禅副委员长来矿区牧场视察。

当班禅副委员长的车队一进入 221 基地的六号哨所（这就是基地的大门），夏茸尕布望着他那祖祖辈辈生活过的宽广辽阔、肥美丰盈的金银滩草原时，对故土的思念把他的思绪又带回到了 1958 年秋天。

作为青海省海北藏族自治州第一任州长，年轻的活佛夏茸尕布有幸参加了省委召开的一次重要工作会议，省委第一书记高峰传达了党中央的重大战略决定，海晏县的金银滩草原被选定为我国重要国防设施的厂址。他听到这个消息，心头激起层层波涛，他暗自下定决心，一定做好在海晏县金银滩草原亲戚的工作，尽早搬迁。回到州首府——门源县浩门镇，在州委汇报会上，州委决定由他负责牧民的搬迁工作，夏茸尕布当场表示 ："我出生在海晏县，首先动员住在海晏县金银滩草原的亲戚尽早迁出。"州委书记当场赞扬了他公而忘私的大无畏精神。

牧民要离开祖祖辈辈世代生息的故土和肥沃的草原，一时感情上难以接受。当地县乡党委、政府向牧民解释清楚，这是党中央、毛主席的英明决策，是国防建设的需要。又因年轻的活佛夏茸尕布州长的母亲和妹妹带头，首先拆除自住的帐篷，收拾好行装。她们的这一动作，带动了整个搬迁工作。1279 户 6000 多名牧民，毅然收拾好行装和帐篷，赶着 17 万（头只）牛羊，离开了世代生活和奋斗的热土，迁往平均海拔 3350 米的祁连、刚察县托勒牧场。

现在的金银滩草原牧场怎么样了？

在帐篷里，厂长兼青海省人民政府矿区处主任向班禅副委员长汇报说："省政府矿区办事处办公室有一名藏族副主任（索南木），下属的牧场有两名少数民族副场长。一名藏族牧工子女在省运动会上取得女子长跑好成绩，被破格录取为厂的职工。"

"国营牧场落实承包责任制，扩大了自养牲畜数目，牧工生活有了较大的改善。牧工有固定的月收入，还有自留羊（每户不得超过 300 头）和自用的马、牦牛。有的家里盖上砖瓦房，购买了摩托车、电视机、风力发电机……"

夏茸尕布听得高兴，多次地对班禅说："他们这里民族政策落实得好！"

班禅称赞说："那就好！好！"

"矿区国营牧场有一所民族寄宿小学——矿区第四小学，有200名学生，其中少数民族学生近70人。"时任牧场第四小学教务主任的张主任，对前来的随员讲述了不久前发生的一件事：

"六一"儿童节前夕，厂长骑着一辆自行车来到我们民族小学，走进校门，正好碰到一位女老师。

这位女老师问："你找谁？"

"你们学校负责人在哪？"

这位老师带他到校办公室，教务张主任一看是厂长来了，急忙起身说："您来也不打声招呼。"

"我来看看。"厂长说。

厂长到厂区经常是这样一个人下去，近处骑自行车，也不带秘书。到分厂、处（局）、车间（学校）小组与同志们促膝谈心，听取职工的真实想法和意见。回去后，把有关意见转告主管副厂长负责处理。

张主任带着厂长在教室外看到学生们正聚精会神地听老师讲课，又来到宿舍看看门窗是否密实，用手摸摸学生床上的被子和垫被是否单薄（六月的草原晚上也要盖棉被）。亲眼看到这些，厂长满意地点了点头，又关切地问："学校还有什么困难？"

张主任回答说："学生的宿舍没有彩色电视机，学生生活感到很单调。”厂长没有吭声，只是点点头。离开了学校，厂长骑着自行车回到矿办小楼的办公室。他拿起电话，拨通了矿办办公室张世杰主任的电话，叫他到矿区办事处主任的办公室来一趟。

他对张主任说：“我刚到四小去看了看，小学生宿舍缺一台电视机，从矿办的办公经费中给四小买台电视机送过去。”

张主任回到办公室，马上给矿区商业局马局长打去电话。

第二天，一台24寸彩色电视机就被送到第四小学。在“六一”儿童节那天，寄宿的小朋友欢欢喜喜地看起了电视节目。

班禅高兴地听完汇报，起身走出帐篷与厂、矿领导合影留念。班禅向厂、矿领导赠送了印有班禅头像照片和刻有班禅字样的钢笔。厂长兼省人民政府矿区办事处主任向班禅提议为信教牧工摸顶赐福。班禅愉快地接受了邀请。佛事活动后，班禅车队前往82部队牧场。第二年在班禅帐篷坐落的原址，建起了一座白塔，以作为永久的纪念。

班禅看望牧工的喜讯，也在牧工心中激起层层涟漪，40号文件传达后，心里有不少话要向厂、矿领导反映。

在厂撤销向地方移交的前夕。矿办办公室安排了一次厂矿领导与牧工代表的对话会。消息一传出，牧工的心情犹如过节一样高兴。

那天阳光明媚，12名牧工代表由60多名牧工骑着马或摩托车护送，秩序井然地来到矿办门口。一时间，人们摩肩接踵，熙熙攘攘，从未有过的壮观场面引发了总厂机关上班职工的围观、议论。

牧工将马和摩托车停到科技图书馆西南的南操场一角。

12名代表高高兴兴地来到矿办小楼二楼会议室，与厂长兼矿区办事处王主任、曹副主任，矿办办公室张主任、副主任索南木（藏族），国营牧场的金场长进行了友好的对话。

牧工一队代表拉加首先发言说："今天大家很高兴，矿办的领导能听取我们的意见。现在厂要撤销了，至今我们牧工在厂到底是什么身份，我们一直搞不清楚。"

其他各队代表分别发言提出："今年受旱灾，农业收成减产，希望调低牧场联产承包指标。"

农业队多数为汉族，农业队的王代表提出："我们能不能和职工一样回内地安置？或搬到总厂生活区居住？"

领导认真、仔细地听着，并一一记录下来。厂长兼矿区办事处王主任一边仔细地聆听着，一边叫张主任去拿文件。张主任很快从办公室拿来部的批文，慢慢地一字一句地念着，当念到"青海省人民政府矿区办事处所属牧场为国营牧场性质"时，大家紧皱着的眉头顿时舒展开来，脸上露出了笑容。同时宣读了40号文件中有关从青海招收的人员在青海省安置的意见。

矿区办事处曹登石副主任回答今年牧场遭受旱灾，收成减产的问题时说："我们会实事求是处理，请你们放心。具体意见你们与牧场商量后，报矿区办公室。厂职工撤走后，你们能不能搬到总厂来住？我们在整体向青海省移交时，向海北州反映你们的要求。"至于在青海招收的汉族农牧工，根据40号文件规定在省内安置，不存在回内地安置。

两个多小时坦诚、友好、务实的对话，双方取得了共识，牧工担心的事得到解决，他们放下心来。

牧工代表长长地舒了一口气,愉快地走下矿办小楼。一出大门，代表们被牧民围了起来。牧工队长平措次仁把代表和牧工带到南操场一角。拉加代表有些激动，红着脸把对话的情况如实地进行传达。牧工们睁大眼睛仔细地听着，渐渐露出了满意的微笑，感到对话诚恳、有效，实现了他们的诉求。他们兴高采烈地骑着马、开着摩托车离开了总厂区回到牧场。

矿区办事处办公室，实事求是调低了当年承包的指标。国营牧场向州移交后，组建了新的牧场，牧工得到妥善安置。

在州政府支持下，牧业得到发展，牧民生活得到进一步改善。

二十四

职工安置方案的确定，却经历了一段曲折的历程。

40 号文件传达后，人心思走、人心思退、拿钱散伙等急躁、忧虑的情绪，弥漫在整个金银滩草原上空。

厂、矿领导和职工围绕着“如何安置好职工”正进行着一场争论。一部分职工提出，安置工作应立足于“分散安置为主”，这是 40 号文件的精神，这样来得快，要求“快中求好”。说的也是，厂既然要散了就快散，这也是常理。这种想法在 40 号文件下达初期，一时成为舆论主导；另一部分职工提出，应立足于“集中安置”，这样“好”，要求“好中求快”。一个“快中求好”，一个“好中求快”，争论从此开始。

在编写、摄制厂“撤点”的电视汇报片讨论会上，调整办公室的笔杆子黄副主任在介绍他的构思时说：“40 号文件传达后，部分来自大、中城市的职工提出，40 号文件的基点就是‘从哪里来回哪里去’，应采取立足一个‘快’字的大分散安置。而多数中青年职工和离退休人员则希望集中安置，采取借助青海省一家军工企业整体迁往河南省濮阳市的模式，提出扛着旗帜下山，大家一起干，安置点可建在河北省廊坊市，或者在南方选个点，这样职工才能安置好。”

厂、矿领导研究后认为：化整为零的职工安置，可能是一场长期的消耗战，职工难以安置好。大集中却没考虑部分大、中城市职工的诉求。结合两种提议，厂提出“集中与分散”相结合的安置方案。

姜波主任一听到集中，连忙插话说：“记得40号文件传达刚刚三个月，厂迎来了第一批考察团——中国康华开发总公司陇海三新公司筹备组负责人一行五人。紧接着12月，廊坊地区和廊坊市来厂考察，都表示愿意整体接收。紧接而来的合肥市、烟台市、连云港市、苏州吴县（1995年撤销）等纷纷来厂考察。一时激起整体搬迁（扛着旗帜下山）的呼声。”

厂长这时想起，康华公司下属公司的领导考察回去后，在给厂领导的一封信中说：“接收的单位肉太少，骨头多……”终究因厂的摊子太大，难以消化而搁浅。后与中信集团接触过，中信公司因刚刚接收了山西一家大型军工企业，正在消化中，表示难以再考虑。

黄副主任接着说：“厂、矿领导深感整体移交难度大，1988年部的工作会议后，提出了‘适当集中，合理分散’‘一个主体’‘两个侧翼’的安置方案。一个主体，在厂开发常规军品；两个侧翼，分别在河北廊坊市、安徽合肥市建立军民结合、内外结合的转民开拓性企业。厂可以继续保留，也回避了离退人员交地方管理的难题。”

此时，上级不断来电话，催促厂、矿领导马上出去跑项目。

厂派出的考察组先后考察了河北廊坊市、安徽合肥市、上海金山区、北京昌平区、无锡市、青岛黄岛经济开发区、连云港市等 10 个省（直辖市）的 20 多个城市，先后与廊坊市、合肥市签订了意向书。

当时，国家为控制通货膨胀，年定期存款利率高达 12%，矿区商业局百货商场的肥皂、洗衣粉等日用商品一天内被抢购一空。国家大力压缩基本建设规模，各地散发着压缩基建膨胀空气的浓浓氛围，未能在更好的城市、更好的项目上取得进展。此时，二二一厂突然接到上级将厂划归首钢总公司的决定。

厂、矿领导随即召开了处以上在职和离退休干部会议，又在北京召开了已离退休的原厂领导座谈会，传达了中核总公司与首钢总公司签订划归协议的精神。上级要求二二一厂尽快签订协议附件，总协议中二二一厂的划归协议才能生效。

厂、矿领导对厂移交首钢总公司的利与弊，进行了认真分析比较，认为划归首钢总公司是利大于弊，同意有条件的划归。条件是：廊坊市、合肥市两个安置城市不能变，应该在这两个安置点上锦上添花。厂以积极、热情、求实的态度加速推进划归工作，推进中充分尊重职工的意愿。当务之急是抓紧二二一厂划归首钢总公司附件的谈判。

厂、矿职工听说厂要划归首钢总公司，活跃的情绪再次回落到低谷，大家都在静静地观察和思考到底好不好？能不能谈成？厂多位领导与首钢总公司进行的长达4个多月的互访和项目洽谈。

一天晚上，出差在北京的邱强在部招待所门口遇见刚结束与首钢总公司谈判回到招待所的厂长，恳切地对他说："不论首钢总公司整体划分结果如何，合肥这个安置点不能变。"

最终,划归工作由于首钢总公司的汽车总成项目（在北京顺义）不落实和离退休人员谁负责安置上有分歧而终止。

在厂划归首钢总公司的谈判中，廊坊、合肥两个安置点的工作一直没有停止。

首先，在合肥市西园新村购置了仅有的164套住房。其后，又签订了新建"南苑小区"合同，安置离退休人员。

应合肥市委、市政府的邀请，总厂工会侯主席、团委梁书记带领二二一厂职工代表团前往考察。他们受到市委、市政府、企业和市民的欢迎。这次代表们考察合肥市大、中型经济效益较好企业，亲身感受到合肥市的地理位置、人文、交通、生活环境，认为这里是一座文化、科技发达，南北方离退休人员宜居的城市。加上不少职工子女在合肥市带资上大学，毕业后在合肥市分配工作。当时的合肥市市长钟泳三曾在新疆核试验基地工作过，对二二一厂有一种特殊的感情，为二二一厂在合肥安置作出了积极贡献。合肥市给职工代表留下良好印象，多数职工代表接受了这个安置点。

随即，成立了西北昆仑工业公司合肥筹建指挥部，开始了联营兴办汽车、汽车模具、大型热电厂、镀锌板工程项目的可行性研究，接手合肥市公安局在建的百花饭店工程。

二二一厂廊坊筹建指挥部，本着生活尽量社会化，生产、生活同步建设的原则推进，开始前期准备和建设。

其他安置点的考察工作，在因划归首钢总公司而停止 4 个多月后又重新启动。厂和有关业务处领导前往淄博、郑州、洛阳、咸阳等地进行考察。在厂的老书记、时任山东省委书记梁步庭的支持下，与淄博化纤总厂带资签订了职工安置协议。

与合肥市政府合作项目（百花饭店、汽车模具厂）的可行性研究报告报了上去，迟迟得不到批复。

多次的兴奋、欣喜，成功仿佛就在身旁，转眼之间，“噗”的一声响，如同吹破了一个肥皂泡，顿时心中空荡荡的，人们坠入了失望的境地。

国家计委国防司一位参加起草 40 号文件的陈处长，终于说出了原委：“撤销二二一厂时，就不打算让二二一厂建新厂继续作贡献。除廊坊厂外就不批项目了。”

中核总公司机关也传出：“不再指望二二一厂再作贡献，而是快撤。”

廊坊联营建厂想安置 3000 名职工，军方难以接受，仅同意几百人的规模。

随着改革开放的推进，很多意想不到的问题显露出来。带着一系列疑问，撤销了西北昆仑工业公司合肥筹建指挥部。而在合肥市寻找在建、扩建经济效益较好的企业安排职工。

国家计委、人民银行、中核总公司业务部门领导，前往合肥实地考察，同意职工安置的四个大中型企业和项目（合肥钢厂、安徽轮胎厂、合肥化工厂、合肥无线电二厂），合肥点成为职工和离退休人员的最大安置点。

再仔细认真想一想，地方上“就锅下面”的安置项目就保险吗？不会第二次转民吗？“就锅下面”，割断了几十年的核工业历史，凝聚力大大弱化。

最后，经过两年艰难、曲折的考察、谈判，形成了“就锅下面”，带资金、设备的“相对集中，合理分散”的安置方案。

相对集中：在河北省与军方联合建仪器仪表厂，在安徽合肥市、山东淄博市、青海西宁市经济效益较好的新建、扩建项目及市政府部门带“嫁妆”安置在职职工和离退休人员。

合理分散：本着自愿的原则，以领取自建公助费、自行解决落户及住房或由组织解决落户和住房两种模式进行分散安置。

在协议执行过程中，资金投入的多与少，快与慢，又成为协商的新难点。厂方坚持接收人员与资金同步投入，而对方往往以职工住房需新建、初期投入资金较多为由，希望多投入。有时双方不免争执得面红耳赤。

中核总公司党组、办公会议和司局单位召开了近百次会议，专题研究二二一厂撤销问题。

中核总公司协调领导组组长李副总经理七次到合肥市与省领导协调解决安置中的有关问题。

每年全国人大和政协两会期间，蒋部长等领导都出面与安徽、山东、青海的主要领导就加快职工安置问题交换意见。

《中核总与青海省接收职工安置和基地移交协议》，就是在北京两会期间签订而后报国务院批准的。

1988 年四季度的职工代表大会上，又出现“快”与“好”的争论。直到国阅〔1990〕131 号文件下发，肯定了“相对集中，合理分散”的安置模式后，争论才算终止。

二十五

时间如流水，转眼间，离产品的交付时间只剩下两个月了。

1987 年 11 月，满载 118 任务的科研成果和职工的希望，火车专列载着 118 产品和试验工作队等 60 多人（另有一部分同志由技术研究部领导带领去往新疆罗布泊试验靶区），产品专列从金银滩出发，向太原卫星发射基地进发。

这是产品交付前的一次重要的整体性能实弹发射试验，能否成功，关系到首次产品能否交付。

在火车专列的卧铺车厢里，邱主席与年轻工人围坐在一起侃大山。

邱主任的徒弟，现在已是产品总装骨干的小曹，第一次参加厂外实弹发射试验，有一种特别的新鲜感和自豪感。在专列的卧铺车厢里人们闲谈着，坐在邱强旁边的小曹请师傅谈谈上次在酒泉卫星发射基地进行“两弹结合”（导弹与原子弹）发射试验的故事。

邱主任没有推托，他的记忆又被小曹紧追不舍地提问给挖了出来。邱强望着窗外的景色，那贫瘠的晋北田野，一下子将他带入了那段难忘的记忆中……

邱强沉思了一会儿说："我有幸两次参加在卫星发射基地的实弹发射试验。不同的是 1966 年 6 月的'两弹结合'（原子弹与导弹）试验是在酒泉卫星发射基地，发射的是原子弹，发射的距离也只有 900 公里。而这一次是在太原卫星发射基地，发射的是常规弹头，发射的距离 2000 多公里，靶区都是新疆罗布泊"。

他继续说："我们开始接触核产品时，装配压力大，可以说十分谨慎和认真。记得当时 102 车间第一工艺组组长老张给我们讲过这样一个故事，仍然不时回响在我的脑海中。"

邱主任放低了语气说："在精加工两弹结合的原子弹部件时，有一件铀–238 零件，由于结构要求，个头不大但相当沉重，当吊装翻转到平台测量时，发现表面压了一个小小的压痕。一时间，大家的情绪都紧张起来，惊动了各级领导。王淦昌、郭永怀等科学家，理论部、设计部的技术人员，保卫部人员都赶到现场。仔细察看分析，终于找到了压痕产生的原因。原来是分厂检查科的周培泉技术员来车间检查工作时，只身穿着白大衣进到工号。看见沉重的零件，正往平台上翻转，急忙前去抱着产品翻转，内穿的皮夹克拉链与产品挤压造成了压痕。最后经分析研究，王老表态说，不影响爆轰性能，可以使用。大家的心情才平静下来。虽然，我们对核产品有了进一步认识，但周总理教导我们的'严肃认真、精益求精、一丝不苟、万无一失’的十六字方针永远不能忘记。”最终，我们圆满地完成了“两弹结合”发射任务。

记忆，就像陈年的老酒散发着浓浓的香醇。

故事讲到这里，邱强沉默了片刻说：“好了，大家该休息啦！”

小周从老刘那里取来两副扑克牌说：“打扑克牌怎么样？”

坐在窗前的系统室李主任笑了，摇着头谢绝了，他不会打“拱猪”，也看不懂其中的来龙去脉。好在隔壁的小陈挤坐到位子上，在卧铺间，四个人用腿支起一床毛毯，便打起“拱猪”。

系统室的李主任，望着远处的田野在沉思，这次新研制的近炸引信能否达到理想的爆高？

餐车管理员一声“开饭啦！”打断了李主任的沉思，起身前往餐车用餐。

专列运行了两天，在山西雁北的一个小车站停了下来。凡进入太原卫星发射基地的专列都停在这里。

雁北 11 月末的天气，阴沉沉的有些寒意。

小站没有吊车，站台又短。火车专列最后一节平板车停靠的位置距站台还有 20 米，只得请火车司机将专列往前移动 20 米。工作队办公室从处长来到小站调度室，看到司机吃的主食是土豆，心里一阵酸楚，于是叫炊事班的同志扛去两袋面粉。小站调度室的同志感动地说“谢谢”。

火车专列慢慢往前移动，满足了卸车要求。

但火车平板车上停放的运输车辆排列得密密的，车辆无法开下来。

老邱一看停在平板车最外边的是一辆越野车，急中生智大声喊道:“来！年轻人，咱们把最外边的巡洋舰小车抬下来，腾出地方，平板车里边的汽车就可以开下来。”

小曹一听师傅发了话，带头来到汽车旁，大家擦热了手，紧紧围着汽车，从事总装的年轻女装配工小张大声喊着“还有我一个”也挤到队伍中来，邱强主席一声口令：“一、二、三！”大家一口气硬是把小汽车抬了下来。随后其他轿车、卡车都开了下来。

大家一鼓作气将产品箱、工艺装备和行李装上车，分别运往技术阵地和住处。

第二天清晨，雁北下起鹅毛大雪，足足有一尺厚，给工作队来了一个下马威。队员们脚冻得发麻，身上直发抖，工作队买来部分棉大衣和棉鞋发给大家，才解了燃眉之急。

总装工作在技术厂房展开，一切按计划进行。

产品装配与弹上无线电系统联试在技术阵地顺利完成。厂领导察看了现场，召开了现场碰头会，检查了各项准备工作。

工作队的队员们以平静的心情，盼望着发射时刻的来临。

二十六

发射前，发射试验领导小组召开最后一次会议。听取了各部门汇报，根据首区、靶区的气象条件，领导小组决定：发射窗口选定在19日下午4时，报国家“864工程”领导小组审定。晚上北京传来命令，同意选定的发射窗口进行发射试验。

工作队的同志们早早就寝，准备以饱满的精神状态，投入第二天的发射试验。

第二天，工作队员在火车专列的餐车上吃完早餐，系统组队员个个精神振奋，在副总工程师谢国梁和一分厂占云厂长的带领下，迎着朝阳，进入发射阵地。他仔细检查各个岗位设备、电缆连接和首区、靶区通讯，头部遥测控制室监测仪器的状态。

在冬日阳光照耀下，发射阵地上的人们紧张有序地工作着。在二炮发射旅旅长指挥下，满载弹体和弹头的密封汽车缓缓驶入发射阵地。

顿时间，发射阵地成为一片深绿色的海洋，身着橄榄绿工作服的战士，卸下深绿色的弹头。

阵地上一片寂静，只能听到旅长发出的口令声。

弹头被停放在托架上，与导弹体排列成“一”字形，在战士们准确的操作下，弹头与导弹完成了水平对接。带着弹头的导弹在托架支撑下，缓缓垂直竖起，平移至发射底座上。随后托架被撤走。

发射零时前，遥测人员在发射阵地对无线电系统进行了最后一次静态导通。

距发射坪 195 米，离地面高 10 米的地方，是 10 多平方米的头部遥控指挥室。考虑到新疆靶区与内地时差两小时，发射窗口一般选定在晚上，那时新疆刚好是太阳下山，利用太阳光的背景反差，容易捕捉到天空的目标。同时整个发射准备工作也需要几个小时才能完成。

夜幕又一次笼罩大地。星星在天上眨着眼睛，张望着即将出征的铁骑勇士。

厂长、谢国梁、军方副总代表王贞奎等，静静坐在头部遥控指挥室。两年多了,谢国梁一直期待这一时刻的到来。他一动不动，努力控制着自己兴奋激动的情绪。

一分厂副厂长吕经邦担任 9 号指挥长，谢小凡担任弹头上系统的操作员。

1 号总指挥长在垂直检查仪检查无误后，发出口令:一切正常。

这时一辆辆满载燃料和助氧剂的汽车，缓慢驶入发射阵地的导弹旁。身着防化服、头戴防毒面具的战士接好导管，将燃料和助氧剂注入弹体后，撤走了导管和汽车。耸立在发射架上的导弹，如同即将出征的勇士，昂首直刺苍穹，蓄势待发。

1号总指挥长发出口令：进入，零时前30分钟！

9号指挥长回答：明白。并发出bb装置打开口令。操作员谢小凡准确无误地操作旋扭，操作成功。

9号向1号报告：bb装置指示灯打开。

1号发出指令：零时前15分。

9号发出口令：激活电池。

操作员操作完成，电池激活。

在头部遥控指挥室的马工程师记录下电池每分钟电压值，6分钟后双套电池激活。

10分钟、5分钟操作均正常。

零时前3分钟，出现了异常。bb装置第一次操作，指示灯不亮。操作员谢小凡回答：操作不成功。头部遥测指挥室里的气氛顿时紧张起来，谢小凡的心也随着室内的气氛顷刻间变得更加紧张。

9号指挥长先后发出第二次、第三次指令：重新操作一次。操作员谢小凡回答：仍不成功。

9号指挥长，向坐在头部遥控室的厂领导报告：是否延长10分钟。厂长和谢国梁当即表示：同意。

9号立即向1号指挥长报告：bb装置出现故障，请求延后10

分钟发射。

1 号回答：同意。

谢小凡随即起身，来到右前方搬起第二台仪器，连接上后，操作了三遍，仍不能启动 bb 装置。谢国梁与厂长商定发出指令：停止发射。

9 号马上向 1 号报告：停止发射。

1 号回答：同意。头部遥控指挥室的空气，骤然间似乎冰冻到了零点。

谢国梁的内心顷刻涌起了一种深深的挫败感，失败的感觉从脚底直袭到天门穴。人们陷入了沉思，等待试验指挥领导小组会议的决定。

半小时后，试验领导小组扩大会在头部遥测指挥室斜对门的一间会议室召开。气氛异常沉闷。

总指挥、二炮技装部总工程师葛文眉首先打破了沉默，宣布会议开始。他开门见山地问道：“二二一厂的操作，能不能证明 bb 装置没打开？”

谢国梁沉着地回答：“没有打开。”

葛总指挥果断地说：“既然 bb 装置没打开，现在只能卸出燃料，分解弹头。请二二一厂尽快采取措施，排除故障，找出故障原因。”

在座的同志异口同声地说：“同意。”

葛总指挥请杨副司令员讲话。杨副司令员首先问坐在对面的二二一厂厂长：“厂长有什么意见？”

“同意停止发射，我们将尽全力排除故障，保证尽快再次发射成功。”厂长以坚定的语气回答。

杨副司令员紧接着说：“看来，大家都同意这个意见，我也同意。说明今天的操作和处理是正确的。bb 装置没打开，不能解除保险，只能停止发射。在试验中暴露出一些问题应该说是件好事。下一步在卸出燃料和弹头的分解中一定要注意安全。”

散会后，厂长和谢国梁回到头部遥控指挥室传达了会议精神，并安排少数同志前往发射阵地解除系统电源，其他同志返回营地休息。

夜色中，阴暗的天空黑云密布，一颗星星也看不见。

发射遇到不测，把厂长和谢国梁打了个措手不及。在寒风吹拂下，他们呼吸着清凉的空气，一切纷乱的杂念都被这沁人心脾的夜的味道取代了。

厂长暗暗告诫自己：面对当前困境，一定要稳住情绪，慎重处理，尽快排除故障。他们一边走一边商量下一步工作安排。

厂长和谢国梁回到餐车上快速地吃了晚饭来到营地。此时，营地静悄悄的，没有了任何娱乐活动，大家的注意力都聚集到一点，就是尽快找到故障原因。谢小凡和队员们三三两两聚集在一起，议论着可能出现的故障原因。

万籁俱寂的夜晚，唯有工作队办公室里的灯还亮着。

工作队扩大会正在紧张地进行。二炮司令部计划部张锐部长、军用局副局长陈常宜、总工程师宋家树参加了会议。

会议开始后，大家对故障原因进行了激烈的议论。

邱强说："bb 装置都是合格的，而在临场使用中不能动作，首先要从部件装配中找问题，是不是个别零件擦得不干净，有卡壳？"

工作队办公室主任丛处长说："bb 装置中 X 零件，会不会热处理不当？"

谢国梁说："具体问题具体分析。今天随机出现的情况，只能是某个偶然因素的影响，可能是bb装置设计的安全系数处于临界。"

最后，厂长思索一阵后说："今天会议上，虽没有进行具体技术故障分析，但大家在议论中提出了一些很好的想法。在新研发的产品实弹发射中出现了故障，是一件正常的事。当前，最重要的是保持清醒的头脑，沉着、冷静地分析处理。"厂长对下一步工作，做出部署说："明天工作队先分成两个组，一个组由任副厂长负责，保证弹头万无一失安全分解。一个组由谢国梁负责，争取在近几天内排除故障，采取可靠措施，保证再次发射成功。办公室通知厂安排 bb 装置设计者——林高级工程师，赶来发射基地，一同分析故障原因。"

军用局陈副局长，在会上再次强调说："当前最需要的是稳定情绪，保持头脑清醒，要举一反三查找问题……"

会议进行到深夜。二炮副司令员杨国梁、太原卫星发射基地司令员沈椿年分别来到营地看望工作队队员。营地内凝固的空气顿时融化，人们的思维从感性思维转入逻辑思维，分析问题更具有理性。郝参谋通报了第二天的工作安排。厂长表示：由于导弹在库房贮存时间较长，加之战士对常规弹头性能不甚了解。为缓解战士在卸出燃料中对弹头安全的担忧，厂领导将亲临现场陪同战士完成卸出燃料的操作。

第二天清早在专列餐车上，厂领导通报了当天的工作安排。回到营地，郝参谋来到工作队办公室，对谢国梁说："由于导弹贮存时间长，露天导弹直竖不得超过 X 天。为稳妥起见，保证基地安全和后续风云 2 号气象卫星发射任务的进行，属于国防科工委的卫星发射基地领导建议，原定的 118 实弹发射试验取消，想听听你们的意见。"

谢国梁一听到要取消发射试验，全身的血液一下子都向头部涌来，他语气坚定地说："我方仍坚持继续试验，这是对即将交付的产品负责。"

这时,厂长走进了办公室。听到这突如其来的建议"取消试验"的消息，如同晴天霹雳。他抑制住内心的激动情绪，继而以坚定、自信的语气说："我们坚持继续试验。虽然导弹贮存时间较长，但从我们对'东风–X 号'所做阵地贮存试验的结果来看，露天存放几天，安全是有保障的。只要弹头 bb 装置没解除保险，弹头就是安全的。我们可以在近几天内排除故障，保证再次发射成功。如果你们还不放心，可以看看这两天工作的进展情况再定。"

郝参谋说："我非常理解你们的心情，我会把你们的意见向上级转告。望你们尽快找到原因。"

此时，二炮副司令员杨国梁得知此情况后也分别做工作，认为应坚持试验。

郝参谋走后，厂长对在办公室的同志们说："此事就到此为止，不要外传，以免影响大家的情绪。"

担任本次发射试验副总指挥的厂长与任副厂长和谢国梁商量后说："为增强发射试验领导小组对我们工作的信心，在我每天参加发射领导小组会时，你们两个小组的进展要随时打电话给我，即时与发射领导小组沟通。"

厂长和谢国梁一同走出营地。

太阳高挂，和煦的阳光照在身上暖洋洋的。呼吸着晨曦下纯净的空气，一切纷乱的杂念也随之被带走了。

来到发射阵地，厂长与发射旅旅长握手。汽车、燃料车一一到位，在旅长的口令下，身着橄榄绿服装，穿戴防毒面具的战士沉着、稳健、有序地铺设管线，卸出燃料的工作准备就绪。

太原卫星发射基地技装部张部长走了过来，握着厂长的手亲切地说："厂长，你们回去吧，这里不会有事的。"

厂长微笑着说："现在我也没事，来这里看看，战士们可以放心地工作。"由于基地发射任务繁忙，紧接着这次试验后，是气象2号卫星的发射，他们又谈起下次118–12飞行试验的安排。卸出燃料后，依次完成各个程序。弹头与弹体分解后，厂长、谢国梁随弹头回到技术阵地。

邱强主席带领工作队员精心操作，一丝不苟，安全完成了弹头的分解。

小小的 bb 装置的点滴进展，牵动着大家的心弦

在三天三夜的时间里，小小的 bb 装置成为整个试验关注的焦点。研究分析的点滴进展，都牵动着大家的心弦。

谢国梁拿着 bb 装置，与一分厂占云厂长和技术人员在工作台上用检查工具进行逐个检查分析。通过三天对 bb 装置实验的分析研究，bb 装置在实验室进行了 200 多次实验都是合格的，但该装置未参加总装的联试（当时担心安全），只能说明目前的技术参数已达临界值。

厂长也多次来到现场，察看和听取汇报，表示同意他们的意见。

负责总体系统指标分配的蔡永林高工提出："提高起爆电压，可以保证准确解保。"

经过单机技术参数调整后，均成功解保。

蔡高工因调试成功的兴奋心情浮在脸上，大家的脸上也露出了胜利的微笑，再次将 bb 装置安装到弹头上反复实验取得成功。

随后，又对 9 号的口令进行了修改。第三天，主持 bb 装置设计的林高工来到技术阵地和大家一同分析研究，取得了共识。

第三天下午，领导小组会经过充分的讨论，取得一致意见。认为通过多次模拟实验，故障原因已找到，证实 bb 装置设计上处于临界。加大调整技术参数后，完全可以解保，可以 100%保证试验成功。会议倾向第二天发射，报请上级批准。

但对 bb 装置在什么状态下解保？出现了多种不同意见。有的说在技术阵地，有的说在发射阵地水平对接前，还有的说在导弹水平对接竖起加注燃料前。

谢国梁与李国强主任设计师等人研究后决定，在发射阵地弹头与弹体水平对接前，bb 装置解保，以接近实战状态。此意见报到厂长和二炮总工程师葛文眉处，他们均表示同意。

22 日晚，发射基地领导仍希望实弹发射推迟到明年 2 ~ 3 月，以保证风云 2 号气象卫星按期发射。

两种意见报到总参首长那里，经研究同意 23 日再次发射，并下达指示：做好、做细、确保安全。

经过三天紧张而有效的工作，终于迎来让人振奋的好消息，悬在大家心头的一块石头终于落地。工作队连夜召开扩大会议，宣布再次发射的消息。营地的气氛一下子又活跃起来，大家按捺不住心底的兴奋，交谈着、议论着，纷纷表示，决心举一反三、查漏补缺、精心操作，确保再次发射成功。

为了以饱满的精神状态参加第二天的发射，工作队员们早早地休息了。

厂长、任副厂长、谢国梁、一分厂占云厂长进一步分工，严把关键节点技术关，确保试验成功，万无一失。

发射基地考虑到人员的安全，为以防万一，取消了地方人员的参观，并做好基地人员的撤离工作。

二十七

次日清晨,东方亮起了鱼肚白。湛蓝色的天空飘浮着团团白云,太阳早早地露出少女般的笑脸。

年轻的221核二代，处在他们人生长河中奋发向上的时期，而今天，正是他们用智慧和汗水，体现人生价值的时刻。

当第一缕清晨的阳光透过窗户照进平房时，谢小凡一骨碌爬起来，简单漱洗，匆匆吃过早饭，感到一身清爽，心情格外轻松。

谢小凡和工作队员们早早来到发射阵地，铺设电缆，对电源插座进行逐个排查，精心地调试好仪器。

发射前的准备工作有条不紊地进行着。军绿色的导弹威武地耸立在发射架上，在冬日绚烂阳光的照射下，导弹像一个巨人，显得更加威武、雄伟、壮观。

杨副司令员、葛总指挥来到弹头遥控指挥室，察看bb装置的演练操作。

谢小平沉着稳健、胸有成竹，一步一步地准确操作着，两个指示灯全亮了，演练获得成功。他感到如释重负般的轻松，心里荡漾着难以言表的舒心。

杨副司令员、葛总指挥转过身来，分别握着厂长的手说：“祝你们再次发射成功！”短短的一句话，饱含着对二二一厂的理解和支持。

“感谢在我们遇到挫折的时刻，对我们工作的支持。”厂长怀着感激的心情说。

杨副司令员一直担心的心情平静下来，对即将进行的发射试验充满信心。他轻松地走出了弹头遥控指挥室。

谢国梁躁动不安的心潮也一下子变成了风平浪静的湖水，静静等待零时发射时刻的到来。

山野悄无声息地倾听着钟表的滴答声。

落日沉入西边的万山丛中，圆圆的山包顶上，均匀地涂上一层温暖的橘红色。

夜幕即将降临，晴朗的天空，黑沉沉的乌云从西边压过来。地平线上，已经有一些零碎而短促的闪电，紧接着听见那低沉而连续不断的嗡嗡声从远方的天空传来，给人一种恐怖的信息，一场大雷雨就要到来。

刹那间，大雨瓢泼而下。大家的心情又蒙上一层阴影，急切盼望着天气的好转。

尽管刚才出现的天气让谢国梁一度神经紧张，心被压得隐隐

仪器的灯光在不停地闪烁，他们静静地等待着令人震撼的时刻到来

作痛，但他坚信天气一定会好转起来。

半小时后，发射阵地上空密密匝匝的乌云逐渐散开，云缝中露出了碧蓝的天空，太阳射出了一道道金箭似的光芒。大家紧皱的双眉又舒展开来。

倒计时开始，弹头遥控指挥室一片寂静，空气似乎已临近冰点，只有仪器上的闪光点在不停地闪烁。

1 号指挥长发出 30 分钟准备指令。谢小凡镇定自如，他的内心感受到从未有过的平静，两眼一直盯着指示灯的变化。按照 9 号指挥长的指令，他稳稳地操作 bb 装置旋钮，指示灯亮了……在接到 9 号指挥长 3 分钟指令后，bb 装置完成了解保。大家紧绷的神经顿时舒展开来。谢国梁沉重的心情如轻云般消散，随之而来的，是更加兴奋的期待。

1 号指挥长发出“5、4、3、2、1，点火”的口令。令人震撼的时刻终于到来——导弹在深夜零时点火成功。

静谧的夜晚，随着隆隆的惊雷巨响，火光划破夜空，尘土滚滚飞扬，绿色火箭喷出一束白炽、红亮的火焰，怒吼的烈焰如同壮美的烟花，托起 118 弹头长剑直刺苍穹！ XXX 秒钟后，导弹向西北方向飞去，消失在茫茫的浩瀚天空，留下一道绚丽的拖着白色烟雾的痕迹。XXX 秒后，火箭与弹头分离。XX 分钟后，靶区传来消息：观察到目标，弹头在预定的临近地面上空成功爆炸！

二十八

人生经过挫折磨难后，取得的成果才是珍贵的，才令人动容。

试验成功的消息一经传出，人们从各指挥室、从山坡潮水般涌向发射阵地，阵地顿时变成了一片欢乐的海洋。

人们喜泪纷飞，欣喜若狂，欢呼雀跃，热烈地握手、跳跃、拥抱在一起，有的来到发射架前，抚摸那被熏黑了的立下功勋的发射架，人们忘情地享受着成功的喜悦。

现场召开了隆重的庆功大会。

杨副司令员宣读了部队首脑机关发来的贺电，指出："这次发射成功，标志着我国导弹武器研制水平又有了新的发展，这是全体参试人员完成中央军委、国务院赋予的特殊政治任务作出的贡献……标志着二二一厂在转移尖端技术，开发常规军品方面取得的成功，为增强国防又作出了新贡献。"

厂长宣读了核工业部发来的贺电，指出："118 弹头从研制到实弹试验成功仅用了不到十个月，这个速度是空前的，是二二一厂广大职工贯彻‘边生产、边调整’方针，顾全大局、团结奋战、艰苦努力、克服种种困难取得的丰硕成果。再次证明，你们是一支保持和发扬优良传统、能攻关、素质好的队伍。”

参加试验的各方相互赠送了锦旗。

各方代表发表了热情洋溢的讲话。整个庆功会掌声不断，欢声雷动。

庆功会的隆重气氛在谢小凡、小曹等 221 核二代的心中，留下了永不消逝的彩虹。

谢小凡此时的心里充满了说不出的骄傲和自豪。是呀，看这场面！真是气派！他感叹：一个核二代，能有机会光荣地和这么多首长在一起，真是做梦也想不到。

谢国梁感到被一种恋恋不舍的情感围绕着，他享受着第二次发射成功的慰藉与幸福。

谢国梁拉着郝参谋的手激动地说："患难之中见真情。难忘不眠的三天，感谢你们的信任、包容，保证了再次发射试验的成功。"

"这种军民的深情，是我们长期合作形成的。"郝参谋紧紧地抓住他的手，用力摇了摇。

"让我们友好合作，完成 118-12 飞行试验和产品交付。"

"那是一定的！"

中午，二炮招待会在基地餐厅举行。

此时，餐厅里一片热闹非凡的景象，谈笑声此起彼伏响成一片，大家坐在一起道不尽胜利后的喜悦。中央军委办公厅主任刘凯、二炮副司令员杨国梁、太原卫星发射基地司令员沈椿年等参加了庆功会。

招待会一开始，二炮司令部计划部部长张锐起身站起来，他精神焕发，红光满面，举起手中的酒杯，通报了从靶区传来的好消息说："这次二炮实现历史上最好的发射精度，近炸引信达到理想爆高，射程和爆炸效应达到最佳效果。让我们为发射圆满成功干杯！"下边响起雷鸣般的掌声。众人一齐举杯："干杯！"

厂长、谢国梁走到张部长身旁，谢国梁说："118 杀伤爆破弹试验，达到最佳效果，证明装置和近炸引信的设计，达到理想结果。"

厂长兴致勃勃地感叹着："十多年的友谊，就像陈年的酒，越陈越香。"

"是的，是的。"张锐部长点着头大声说。

招待会自始至终洋溢着热烈、团结、友好、温馨的气氛。

第二天上午，工作队召开小结会。

工作队领导小组决定：对 118 产品图纸资料再进行一次评审，进一步完善改进 bb 装置设计，并发给工作队队员每人 50 元奖金。第二天组织全体工作队队员驱车前往五台山休闲游览。

中午，二二一厂工作队的同志在餐厅团聚，与二炮、太原基地、军用局领导一起欢庆实弹发射试验成功。

火车专列上的餐车，自核产品贮存试验以后已经停用了 9 年。餐车炊事员为表达对这次试验成功的祝贺，在炊事班长洪师傅带领下，从头天下午就开始准备。第二天一大早从餐车上搬下冻肉、鱼、海味、蔬菜、烟酒等，以高超的手艺，做出了一桌丰盛的菜肴。

厂长举起了手中的酒杯，充满感激地说："首先感谢二炮、太原基地领导对厂工作的理解和支持，让我们一起举起手中的酒杯，为试验成功干杯！"厂长痛快地喝下了一大口。

厂长转过身面向大家，再次举起酒杯，从容淡定地说道："感谢大家，在遇到挫折的关键时刻，靠同志们的坚守，以卓有成效的工作取得最后发射试验的成功。"众人纷纷站起，高高地举起酒杯，痛快地又畅饮了一口。厂长连连朝大家颔首说着："谢谢，谢谢大家！"

热烈的团聚气氛一下子被鼓动起来，瞬间达到了高潮。

发射团队年轻的队员谢小凡、小曹等，第一次涉足常规军品的设计和研制就取得这样好的成绩，一种从未有过的成就感、自豪感一齐涌上心头。他们正处于激情燃烧的年龄，这是他们经历的有生以来最激动人心的日子。

他们尽情享受着成功的喜悦！

谢小凡、小曹等年轻的核二代举着酒杯，兴致勃勃来到厂领导面前深情感激地说："厂领导在关键时刻，顶住了压力，扭转了不利局面，取得试验的成功，真是来之不易。"他们将杯中酒一饮而尽。

众人感慨一番。从他们的目光中，能感受到 221 核二代人发自内心的真情实感。

这些年轻人在常规军品的实弹试验中，经受了锻炼。118 任务承担和完成的过程以及圆满的结果，深刻地告诉我们什么叫敢于担当，什么叫继承发扬。

厂长、任副厂长、谢国梁为年轻的 221 核二代人的迅速成长感到欣慰和高兴。

整个聚会气氛热烈、温馨而有节制。

二十九

火车专列回到了厂。

第二天，谢小凡打电话约邱琴中午到家里吃饭，也想告诉她这次场外试验的情况。

邱琴的办公室在科技图书馆二楼，距谢小凡家仅有300多米，她不到12点就来到谢小凡家门口。邱琴轻轻敲着门，开门的正是小凡。他高兴地说着:“快进来，快进来。”看到邱琴这么快就来了，谢小凡情不自禁，心里瞬间就想到了属于他们之间那些幸福甜蜜的时刻。

谢小凡牵着邱琴的手，来到他的房间。这是一间不足十平方米的房间，一张单人床、一张书桌和一张椅子，书桌上摆放着邱琴的照片，书架堆满专业书和歌曲集。

瞬时间两人的心，进入了两人的世界，诉说一别二十多天的思念之情。

“工作队给了三天休假。今天把换下来的衣服洗了。”谢小凡慢慢地说。

邱琴急不可耐地问道：“你快说说发射那天的情况。”

“记得那一天，是厂撤销40号文件下达后的第114天——1987年11月19日”，谢小凡至今对这个日子记忆犹新。

“当时，弹头遥测指挥室的一位女质管员，被发射受挫的异常紧张气氛影响，精神过度紧张，心脏病都犯了。”

邱琴听得那么专注，感慨地说：“异常紧张的弹头遥控指挥室，你能镇静自若操作，真不简单。”

“是，参加一次场外试验，胜读十年书啊。”

“好！有长进就好。”邱琴赞赏谢小凡的表现。

“靶区情况怎么样？”邱琴着急想知道靶区的情况是否达到设计的最佳值？

“靶区也传来了喜讯，发射的落点达到历史上最好的精度，射程、爆高和爆炸效应达到了几乎完美。”谢小凡把从靶区传来的速报数据一五一十地说了出来。

当邱琴听到靶区落点的数据时，是多么高兴！“看来我们的总体结构设计是成功的，也是完美的。”邱琴感到一种无与伦比的成就感。第一次参加常规弹头的总体结构设计，就能取得这样的成绩，是她从来都没有想到的。

三十

离产品交付时间12月31日越来越近。

在离交付仅有一周多的时间里，军方又要求将时间提前到12月28日中午12时，大大增加了不少难度。国家的需要就是命令，厂将竭尽全力，确保产品于12月28日12时前交付。

厂召开了紧急动员会。有关分厂和业务处领导、谢国梁参加了会议。厂决定紧急行动起来，建立快速反应机制。

生产计划处按小时倒排产品作业计划，各生产分厂将责任落实到班组和人。

强化上道工序为下道工序服务意识，技术人员跟班作业，服务到现场。

产品的总装、联试，实行产品不歇、人员轮休连轴转的作业。

大家发扬不怕疲劳、连续作战的作风，以饱满的政治热情，决战160小时，保质量、保安全、保进度，保保密，完成交付。

各加工分厂纷纷表示，绝不因分厂进度拖总厂交付的后腿。118 装置地面环境试验中，需要完成弹头内装置的所有项目的环境实验，时间不够，怎么办？环境实验室的刘主任早早运筹，决定运用核产品“东风–X 号”研制环境中的试验数据，进行数据整理、分析论证，从而省去了三项环境试验。论证报告和结果得到陈、谢总工程师批准，也得到二炮驻厂军代表的认可。

谢国梁在这几天奋战的日子里，坚持每天到一分厂系统室、质管科、系统装配车间现场指挥，落实 bb 装置改进情况，同时掌握近炸引信调试与环境实验进度。

一分厂占云厂长干脆坐镇系统室督战。

系统各部件和地测设备的加工和装配车间早早完成。任务能否提前完成，就落在系统室的调试和质管科的环境实验上。陈飞高工、张定远高工、谢小凡发射团队的小伙子们正围着几台改用代用件后的近炸引信，在微波暗室进行调试。他们一边调试、一边研究，一台一台近炸引信调试完成，通过环境实验。改进完善后的 bb 装置，更加可靠、安全。

三分厂承担锻、铸、液氮、氧气、地面设备和包装箱的生产。他们完成了 118 装置中壳体的加工和焊接，经 X 探伤检验合格。谢国梁曾与陈总工程师来到 303 车间，看望 20 世纪 60 年代成长起来的工人师傅罗桃源、张守宏，在核产品创优活动中，他俩冒着工作室 42 摄氏度、胸部前位高达 80~90 摄氏度的高温环境，运用氩弧焊技术，成功地完成了某一关键部件的焊接。这次他再次拿出精湛的技艺，完成了壳体的焊接。

三分厂各车间以全优的质量完成了118装置中地面设备及包装箱的生产。

邱强主席提出："装配的目标就是，按照上次实弹发射试验产品达到的理想爆炸效果进行装配。"

刘主任设计师和邱琴也来到现场跟班作业，在现场共同分析计算。

老师傅和小曹等师傅决心把首次完成交付的装配质量作为标杆，夜以继日，精心操作，一丝不苟，严格控制产品的重心和爆破杀伤片的分布，直到达到理想状态为止。

陈总设计师和谢国梁来到二分厂总装车间，察看弹头内的装置和系统的联试。正在紧张进行无线电系统联试的李主任带领陈、张高工等和谢小凡发射团队的年轻人紧张有序地忙碌着。

邱琴见到正在进行产品联试的谢小凡，收敛起平时绽放的笑脸，一本正经地对他说："你别忘了，精益求精，把工作做到极致。"

"我会的！"谢小凡认真地回答道。

产品联试成功后，他们脸上露出了胜利的微笑。

10月27日中午12时，质量管理处处长陈栋标送来装订精美的118产品中英文质量文件，厂长在国营二二一厂（军、厂双方商定的名称）名下边利落地签上了自己的名字。

在冬日阳光照耀下，承载着核事业的情结，首批118产品装上由武警战士和保卫人员押运的产品车，在公安局局长陶瑞宾开导车的引导下，车队缓慢地驶离二分厂。车队途经交通运输处来到铁路火车编组站，118 产品装上二炮的火车专列。

1987 年 12 月 28 日中午，首批产品圆满交付。

厂长、任副厂长和谢国梁到火车专列上与二炮接装部门领导送别。

随着一声汽笛的长鸣，牵引着产品专列的火车头喷出了一缕缕白雾，满载 221 人维护祖国人民的崇高信誉，于 29 日零时驶出了厂……

二二一厂实现了核产品向常规军品零的突破！

实现了战略地对地导弹可带常规弹头零的突破！

实现了核工业在常规武器出口上零的突破！

在年度部的工作会议上，二二一厂受到表彰。118 产品荣获国家科技进步二等奖。

部的工作会议期间，厂长与已是部科技顾问的科学家王淦昌（曾任九院副院长、核工业部副部长）在餐厅一起吃饭。厂长坐在王老身旁，详尽地向王老汇报了 118 研制试验情况。王老听得很认真，还不时问起 118 的起爆方式、高能炸药装药量和实弹发射靶区爆炸的效果。王老听后高兴地说："听到你们又取得了新的成绩，心里很高兴，胃口也增加了，中午可要多吃些饭啦！"并留下自己的住址，欢迎厂长到家里去玩。

王老又兴致勃勃地谈起："我从 1962 年秋进入海拔 3500 米的青藏高原——221 基地，在那里高寒缺氧、气压低、水烧不开、馒头蒸不熟，一去就工作生活了 11 年。"

当时，王老已经年近花甲（55岁），是221最年长的科学家。他怀着对科学的执着追求和勇攀科学高峰的精神，仍然坚持深入车间、实验室和试验场指导工作，和同志们讨论问题，有时还工作到深夜。

厂长从1962年秋在512车间接触爆轰探测装置工艺研究开始，又多次在102车间关于铀–238、铍–049产品和第一次地下核试验铀–238测试靶板加工。他听取王老对问题的分析和对安全环保工作的重视，感受到王老在工作中是那么认真负责，工作严谨，平易近人，分析问题思路清晰。他对工作一丝不苟、高度负责的精神，深深感染了年轻一代的技术人员。

王淦昌回国后，欣然接受周总理相邀，以“我愿以身许国”的誓言，放弃了他心爱的基本粒子研究，义无反顾地投身于核武器研究行列，参与和领导研制战略核武器工作。从此，这位曾任苏联杜布纳联合核子研究所副所长，他所领导的小组在世界上首次发现反西格玛负超子，把人类对微观世界的认识向前推进了一大步的世界著名的核物理学家与诺贝尔物理学奖擦肩而过。他改名王京，隐姓埋名17年，主持指导爆轰物理试验、炸药工艺、近区核爆炸探测、抗电磁干扰，先后指导和组织了中国第一、二、三次地下核试验等工作，是我国核武器研制的主要奠基人之一。直到1978年，国务院任命王淦昌为二机部副部长时，人们才从新华社的消息中，重新看到王淦昌的名字。

1988年9月，又一批118产品提前交付。

三十一

核武器研制基地的放射性污染退役处理，不仅国际上没有先例，国家也没有标准，要达到221基地永久性开放，这又是一项开创性的工作。

中国核工业总公司安防局推荐中国辐射防护研究院（简称“中辐院”）作为厂的核设施退役技术后援单位。

谢国梁副总工程师与核设施退役办公室主任、安全防护处处长王炎明前往位于山西太原市的核工业中辐院进行洽谈。

中辐院领导极为重视，主管院领导和安防专家出席了会议。会上，谢国梁副总工程师开门见山地说明来意：“二二一厂核设施退役处理，是厂撤销的三大任务之一。它关系到573平方公里生态环境的恢复，关系当地政治、经济、社会发展、民族团结、社会稳定的大问题。本着对人民群众生命高度负责、对历史负责、对子孙后代负责的精神，认真、科学地做好这件大事，还一个碧水蓝天、干干净净的金银滩草原，给青海人民交出一份满意的答卷。”随后，王处长介绍了厂区放射物污染情况和工作安排意见。

中辐院主管领导杨副院长表示：“很高兴成为二二一厂核设施退役工程的技术后援单位。我们将抽调各方面的精兵强将，组织专业队伍投入此项工程，共同合作完成，共同承担起历史的责任。”

经过主管部门组织的多次富有成效的讨论，根据国际原子能机构及国家对核设施退役等级划分的原则，二二一厂的核设施退役工程，采用国际上公认的“三级退役标准”，即经过无害化处理后，厂辖区的设施和场地达到不加任何限制的永久性开放。

专家们畅所欲言，根据有关国家的规定，结合我国的情况，提出了很多很好的建议，专家们满怀信心，纷纷表示：可以和二二一厂分摊有关施工项目，共同把国内第一个核设施退役项目做成经得起历史检验的国内一流工程。

双方签订了技术服务协议。

中辐院派出了强大的技术队伍进厂，与厂进行放射源项的调查、方案拟订、限制控制和退役终态环境影响评估工作。

经国内专家咨询与代价效益评估分析，制定了适合二二一厂的土壤中铀残留极限值、贫铀表面污染控制暂行管理的限值。这些标准和限值在当时国际上也是最严格的，得到了国家环保总局的认可。

工程采取“谁污染，谁治理”的原则，推行安全、质量、进度承包责任制，由二二一厂负责全面组织实施。二二一厂、二七九厂、中辐院、核工业第五研究设计院、核工业北京地质研究院等单位组织专业队伍，分片包干施工。中辐院、中兵总204所、青海省环保局环境监测站负责监测。

非放射污染部分由二二一厂组织实施。

厂开展了非放射污染的高能炸药、热核材料、雷管、电镀液、表面处理工号废液、设备的处置工作。与田勇住在同楼层、同车间的忻福祥师傅，对田勇诉说在轻材料加工中，曾出的现惊险一幕。

那是1960年8月某一天晚上，1964年9月初，忻福祥师傅从上海电力技工学校毕业分配到102车间一大组，从事重材料(即裂变材料)加工。后又抽到轻材料(即热核材料)加工。当时，在一分厂模型厅正热火朝天进行轻核材料加工的探索。已经连续几天的加班，大家都感到身体很疲劳。到了晚上10点多，产品加工完，准备卸下产品，忻师傅带上防毒面具进入了密封手套箱，正低着头弯着腰双手托着产品，等待空降气后，从真空吸具上把产品卸下来，就在产品落到他手上的一瞬间，由于箱内缺氧，忻师傅突然昏了过去。产品滑落在密封手套箱里，忻师傅的身体也随之倒瘫在箱内。机床旁的魏、姜两位师傅看见此状，快速伸出双手把忻师傅从手套箱内拉了出来，两人搀扶着他，带到室外呼吸新鲜空气，才慢慢苏醒过来。同志们开玩笑地说，忻福祥已经为核事业献身一次了。事情虽然过去20多年，但深深印记在他们脑海里，落实到行动上。从此，热核材料机械加工安全、圆满完成多项科研和批生产任务。

二分厂除了需将所有高能炸药污染的工号、实验室、车间彻底清理外，还要将地下管道一节一节从地下挖出来，用焚烧的办法去除管内壁残存的炸药，以及将存贮在库房的废旧炸药安全销毁。

销毁废旧高能炸药工作，危险性大，犹如在火药桶上跳舞，随时有可能发生爆炸危险。

二分厂陈厂长本着在关键节点上严防任何一丝疏忽，绝不能出半点纰漏的要求，他领着12位老工人聚在一起认真讨论，寻求一种安全可靠的办法，销毁二十多吨浸泡在水中存放多年一直未使用的高敏感度高能炸药。

在方案讨论时，陈厂长讲述了保军转民初期分厂所经历的一次血的教训。

当时为保军转民，将废旧的高能炸药卖给附近的修路工地，并对相关人员进行了技术培训。但在施工使用过程中，连续发生多起爆炸伤人事故，分厂不得不将废旧炸药全部收回。这次，我们在废旧炸药的销毁中，必须科学严谨、慎之又慎地进行。

有的师傅回忆起在沈阳、西安军工厂实习、协作中处理废旧炸药的案例。最终，集中大家的经验和智慧，找到了一个可行又简单的办法。经陈总工程师同意，在进行小型实验取得成功后，再开始进行大批量销毁。

金银滩草原秋高气爽，曙光刚刚从东边亮起，光线中夹杂着一丝白透白透的湿气。

二分厂陈厂长和12名职工在离3厂区库房不远处找到一处平

坦开阔的草原，开始大批量销毁高能炸药工作。

已是二分厂工会主席的邱强和同志们穿好劳保服，一同来到销毁现场参加第一天高能炸药的销毁。邱强和张师傅从3厂区库房抬来一箱2号炸药，送到现场。

李师傅在草地上铺上一层干草，将裁剪好的牛皮纸铺在干草上，刘师傅打开塑料袋，用专用的铜质工具，将湿淋淋的2号高能炸药（敏感度100%）撒在一层1厘米厚、10厘米宽、20多米长的干草上。一切准备就绪后，陈厂长一声口令“点火”，随着干草牛皮纸的燃烧，一点一点地引燃炸药焚烧。

他们采取蚂蚁啃骨头的方法，上午运来一箱销毁后，下午再运来一箱，奋战了一个多月，硬是把20多吨高敏感度的2号高能炸药全部安全销毁。

望着天边留下的最后一点余晖，远处的山坡上，羊群正在下沟，绿草丛中滚动着点点白色。美丽的夏日草原，在夕阳的余晖下显得格外宁静。

二分厂陈厂长的心终于落了地，脸上露出了欣慰又灿烂的笑容。他们迈着灌了铅似的双腿，行进在无垠的草原上，望着那坦荡而简约的燃烧现场，眼里闪烁着成功的喜悦，脸上露出兴奋的红光，带着胜利后的欣慰回到了分厂。

雷管销毁又是另一番景象。几十年科研试验、生产中遗留下的大批废旧雷管的销毁，哪怕操作中产生一点点静电，都可能引发爆炸。

多年与雷管打交道的谢国梁十分关心废旧雷管的销毁。在方案讨论中，他建议采取油脂浸泡的办法，在雷管的外层形成静电保护膜，而后安全销毁。

林高工主动请缨在一线操作，通过实验取得良好效果。

经全组同志共同努力，废旧雷管全部安全销毁，又消除了厂区一大安全隐患。

历时两年，厂取得核设施退役处理第一阶段非放射性物质处理的成果，通过了部级验收，工程质量优良。

三十二

放射性场地、工号、库房等，共计近 16 万平方米需要处理。采用吸尘、浸泡、擦拭、剥离膜、高压水去污、铲除、碳弧气刨、焚烧炉内焚烧、工号整体拆除（镭放射源严重污染库，铀–238 切屑存放库）等方法进行清除。清理出来的废物，分类进行冷冻、装桶水泥固化、焚烧和填埋，每道工序实行严格的监督管理。

六厂区 608 中子爆轰试验场，海拔 3690 米。1964 年 6 月，曾在这里进行过原子弹装置的冷试验（除活性部件用代用件外，全部为真品）。当年，时任中央军委副秘书长的张爱萍将军，亲临现场指导，试验取得圆满成功，为我国第一颗原子弹爆炸成功奠定了基础。

中央专委发来贺电！

张爱萍赋诗一首，赠给九院副院长朱光亚和院全体同志：

《贺第一颗原子弹冷试验成功》

祁连雪峰耸入云，草原儿女多奇志。

修道炼丹沥肝胆，应时而出惊世闻。

20世纪80年代，贮存多年的某型号核产品退役的中子试验也在这里进行。省委主要领导及厂处级以上领导，观看了此次试验。取得核产品退役试验多项科研成果，为核产品的贮存研究提供了可靠数据。

这里还进行了常规军品铀穿甲弹打靶试验，相对污染较重。除按常规清理外，还对散落在山坡上的弹片，进行清除和去污处理。

在656爆轰试验场，1965年为实现于敏等同志提出的新的氢弹原理结构论证，在关键的爆轰模拟试验中，通过强X射线闪光照相技术，进行了“能量传输系统”的爆轰试验。通过一次又一次的改变结构形状和安全保护措施，为结构设计提供了试验数据。解决了氢弹“能量传输系统”的结构设计定型和氢弹扳机结构安全技术问题。

谢国梁特地来到这里。温暖的阳光洒在他身上，草原上的马兰花竞相开放，煞是热闹。

恍惚之间，故事仿佛就发生在昨天。

他仔细查看地面进行铲除后的防护剂量数据，又来到爆轰试验工号外，相关人员正使用碳弧气刨法清除防护墙铁板上的污染点。

高原天气，瞬息多变。

下午时分，突然从西北山口刮来一阵狂风。一时间，天昏地暗，黄沙飞滚，不见人影，施工不得不停下来。尽管天气让谢国梁一度神经紧张，心被压得隐隐作痛，但他了解草原天气多变，相信天气一会儿会好转起来的。

两小时后，风停息下来，大家又继续作业，直到剂量合格为止。防护墙铁板上，留下了碳弧气刨（是利用在碳棒与工件之间产生的电弧热将金属熔化，同时用压缩空气将这些熔化的金属吹掉，从而在金属上刨削出沟槽、坑的一种热加工工艺）去除后的一个个小坑。

厂区内放射性严重污染的铀–238 切屑存放库、镭放射源库、七厂区核试验取样分析的放化实验室和曝晒池，进行了彻底撤除和清理，废物根据污染物程度分别进行了处理。

拆除、清理牦牛沟切屑库任务，下达到一分厂 102 车间。为使桶装的铀–238 切屑装水冷冻，选定在高寒的隆冬进行。车间领导商定此次活动采取自愿报名的办法。报名号召一经下达，就引来 200 多名同志争先报名。任务面临“僧多粥少”的困境，车间领导不得不采用不一定科学的办法，规定女同志、未结婚的男同志、结婚未生小孩的男同志一律不让参加，这样才把规模控制在 40 人。指定由忻师傅担任队长。田勇也争先报了名，但到队长那里，队长说他不符合条件，田勇尽力解释，队长仍然不松口，最后婉辞说：“我定不下来，你找车间领导去。”田勇看报名不成，找到车间党支部黄书明书记，说明他爱人小平已经怀孕，加之他强烈要求，也算是为核事业作贡献的最后一次机会，一定要留下自己的记忆。黄书记心动了。小田一直从事铀–238 数控加工的软件技术，是一位工作执着、有事业心的好同志，最后黄书记表示同意。田勇参加了有安防处处长王炎明、分厂副厂长郭宗葆，车间全体领导 40 人的清理队伍。

那是一个寒冬的上午，他们在 102 车间的重材料加工更衣间，换好着装。登上翻斗汽车，前往距总厂 30 多公里外的牦牛沟的铀–238 切屑库下了车。途经二分厂、六厂区，驶入茫茫大草原，在无路的草原中颠簸前行，好容易来到位于山坡一块平地上的牦牛沟铀–238 切屑库。队长进行了分工，两人一组打着手电筒，进入伸手不见五指、充满异味的库内。两人手担着 30~40 公斤的切屑桶运出库。11 点钟左右，忻队长发话说："现在大家休息。"队员三三两两地坐在草坪上闲聊着。生性豪爽、快言快语的马师傅拉开了话匣子，谈起"二赵"时期一大组受审的六名同志将 100 多桶切屑从车间临时存放库运到这里的故事。他们一不享受保健，二也缺少必需的防护用品，虽然憋着一股怨气、低着头干活，但干这样的强放射性剂量的活是没有人跟随监督的，心情是比较自由的。切屑库的密封铁门却是用气焊焊死的，当时就是由车间焊工余师傅切割打开大门。还有当时关在车间的王师傅，因思念出生不久的孩子，在一天晚上躲过监视与亲人在 105 大楼见面的故事。田勇听得入神，这些老工人在"二赵"时期受到迫害，平反后，又将使命扛在肩上，今天仍然默默无闻地忘我地工作着，这让他的心久久不能平静。

第三天正逢周日，他来到岳父谢国梁家，带着密封铁门为何要焊死的疑问，向谢国梁提了出来。谢国梁一边听一边回忆后说："原牦牛沟切屑库的铁门是用一把大锁锁住的，'文革'动乱期间，厂区附近的牧民砸开锁使用了切屑桶，当时矿区公安局动用警力对厂区外围的牧民进行清查，收回了切屑桶，并进行了防护剂量测定和教育。为防止砸锁，从此，车间焊工用气焊将门锁部位焊死，以免再次发生类似此类问题。"田勇听得认真，才知道这道门锁还有故事。

经过四天紧张的工作，硬是将100多桶切屑从库内运出，注水冷冻后，第二天再运到去往加工厂的火车上，运往202厂。其后又拆除、推掉库房，运出建筑废物至七厂区专用集中点，按放射剂量大小分类进行处理。最后将周围草坪、排水沟土层铲出、清理干净，达到剂量防护的标准，还草原一片净土和蓝天。田勇望着那片干净的草原和朵朵云海中露出一片缝隙的蔚蓝天空，心中十分欣慰。

厂对各个历史时期，各类人员遗留的历史问题一一落实了政策。由于历史原因，一些职工（多达几十人）在落实政策上留下"尾巴"，需要在厂撤销前做一个了断。如"二赵"时期被冤杀的同志，当时落实政策时，由于子女小，只能待到成年后，办理子女顶替。有的夫妻一方，由于"二赵"的迫害调出了厂，种种原因未能调回厂，最后按政策重新调回了厂。有的职工在20世纪60年代中专毕业来厂后选择了当工人，现在要退休了，提出改回干部。厂根据规定进行了归队（干部好找工作，可以继续发挥余热），等等。

还有在 221 基地建设初期，基建单位下放的同志反映的问题，军用局局长刘杲极为重视，刘局长把原基建单位和厂领导召集在一起研究，妥善解决了这类问题。

三十三

阳光灿烂，金色波光洒满了金银滩草原。天空呈现一片清澈的蓝色，朵朵白云在蓝天里游荡，勾画出一幅生机盎然的美丽画卷。

在厂撤销的动荡环境中，迎来了建厂 30 周年大庆。

厂决定隆重举办庆祝活动。进一步提高干部、职工对 40 号文件的认识，增强队伍的凝聚力和向心力。让职工充分感受到上级各部门对厂战略转移的关心和支持。认识到厂的撤销是厂光荣地完成了国家赋予的历史使命，是国家意志特事特办的战略调整。在职工感情受到挫伤时，不忘初心、牢记使命，斗志昂扬地为完成国家“864 工程”任务，实现厂撤销的软着陆而努力。

厂庆前夕，厂筹资兴建的我国第一个核武器研制基地纪念碑落成，厂为每位职工发放了纪念册。矿区国营牧场把自产的羊毛委托加工成毛毯，免费发放给职工和离退休人员，让职工充分享受完成 118 任务带来的福祉。

厂决定把221基地接到中央批准选址绝密电报的日子——1958年7月15日定为厂庆日。

那天，俱乐部前的广场上，锣鼓喧天、彩旗飞扬、鞭炮齐鸣，汇成一片欢乐的海洋。少先队的鼓号队奏起欢迎的乐曲，少先队员们双手摇动着彩色的花束，面带愉快的微笑，“欢迎！欢迎！”的欢呼声此起彼伏。

应邀前来参加厂庆的中央有关部门领导，部、省和司局领导，合肥市领导迈着稳健的步伐进入会场。

核工业部、青海省委政府、二炮技装部、合肥市委政府，厂、矿老领导等纷纷发来贺信、贺词，字字句句饱含着浓浓的深情，充满着为核事业共同拼搏结下的深厚友谊和良好祝愿，给正在进行撤点中的二二一厂职工以极大的鼓舞和支持。

二二一厂正站在历史的交汇点上，厂长提出继续发扬221人在突破原子弹、氢弹工程科学技术中形成的“两弹”精神，将激励221人昂首阔步地走完221最后一公里，让中央放心，职工满意。

中央各部委和地方政府的代表无论走到厂、矿的哪个角落都能深深感受到，二二一厂职工在恶劣的自然条件下，为国家和人民所作的历史贡献。二二一厂职工在厂撤销环境中的良好精神面貌，给他们留下了深刻印象。

合肥市的一位代表，来到理发馆与从宝鸡市调来的赵师傅拉起了家常。赵师傅饱含深情地说：“我调来这里已经30多年，从年轻的小伙子，变成了白发老头，马上要退休了。这里的领导，在撤厂期间仍忘我工作，不计个人得失。同志之间的真诚情谊，真让我留念不舍！”这位代表听后，赞美地说：“你们这支队伍，真是一支素质过硬、让人敬佩的队伍！”

劳动部一位司长十分感慨地说：“你们在高寒缺氧的高原工作了30年，真不容易呀！又做了这么大的贡献，应该把同志们安置好，这也是我们的责任！”

正是他们的理解，加快了“两个安置办法”[1]在中央各部（委）协调的进程，大大振奋了职工精神，增强了队伍的凝聚力和向心力。

[1]“两个安置办法”指十二个部委和总公司批准的《关于妥善安置国营二二一厂在职职工若干问题的规定》和《关于妥善安置国营二二一厂离退休人员若干问题的规定》。

三十四

太阳落山了，暮色中，凉飕飕的晚风扑面而来。

硕大的月亮挂在天空，无边的草原洒满迷人的月光，天边繁密的星星在闪烁。这美丽的景象，让人倍感秋天的傍晚是多么的迷人，多么的美妙！

记得20世纪60年代初，职工结婚时只发给几尺布票和凭票供应的搪瓷面盆和水杯。自改革开放后的“三转一响”（自行车、手表、缝纫机和收音机），再到如今的房子、车子、票子，更有甚者在一些地区出现用百元大钞的“称斤论两”的婚礼。

而在金银滩草原上，221核二代人的男婚女嫁却很简单。都是职工，不用政审，不用买房，不用添置几大件。没有婚纱照，没有度蜜月，到民政局领个结婚证，享受三天婚假，男女双方的家长和朋友相聚在一起热热闹闹吃顿饭，就算完成了婚礼。

随着改革开放，草原核二代人的婚礼，也在悄悄发生着变化。

机关食堂开办了对外服务的团聚宴和婚宴，婚宴限定不得超过六桌。

这里不得不说说机关食堂的管理员——黄喇叭。他从部队转业来厂，对三个儿子寄托了很大期望。黄喇叭虽然识字仅一箩筐，却没妨碍他筹划能力的发展，工作起来有条有理、有板有眼。随着改革开放，机关食堂开始对外承办起婚庆宴、团聚宴，虽然没有鱼翅、鲍鱼之类的高档菜肴，全是一些家常菜，但三年来，对外服务却办得红红火火。黄喇叭的三个儿子，先后考上了省内外大学，在厂里传为佳话。

总厂小车班开展了婚庆的租车业务。有的家庭，男女方家分别在总厂、海晏县城或西宁家属区，就在总厂小车班租用小客车迎亲。双方在总厂生活区居住的，新娘坐上小客车在总厂生活区转一圈，有的还有多辆摩托车开道。新房稍加布置，添置少量衣被，二人的铺盖搬到一起，结为良缘。

金银滩草原在国庆节前夕，第一次举行了集体婚礼。

谢小平和田勇、小聂和小任等六对情侣，将在这次婚礼上喜结良缘。

小聂与小任的结合经历了一番周折。

小任的父亲是热电厂的一名干部，小聂的父亲是一名老工人。因爆炸事故，小聂顶替父亲上班。小聂纯朴、憨厚、勤奋，考上了厂的电视大学，以优异成绩毕业，分配在二分厂，从事温等静压机高能炸药的成型工作。小任与小聂在电大相识，小聂有上进心，体贴人，小任经常感受到他的温馨关怀。小任与小聂相处了两年，相亲相爱，相互鼓励，都是工作中的骨干。小任父母也喜欢这位未来的女婿，但对小聂的职业，他们总是心存忧虑。

小任父母都是要面子的人，虽没有挂在脸上，但母亲不时对她说："你要慎重考虑。"

"我爱的是他这个人，不是他的职业。"小任满怀自信地说。

"咱邻居家的小熊也是电大毕业，又在电厂工作，他母亲给我说过你们俩的事，你是不是考虑考虑？"但母亲不以为然，理直气壮地说。

"我这辈子就认准了小聂这个人！"小任不为小聂从事的火工职业而动摇，坚定地说。

母女之间产生了隔阂。

1986年，在二分厂核产品创优过程中，小聂参加的温等静压成型技术取得骄人的业绩，被评为分厂年度先进生产者。消息传到小任父母耳朵里，触动了他们的心灵，再也不好对小聂的职业挑三拣四了。厂的撤点带来了新的机遇，回内地安置则小聂的专业也会随之变化。小任父母的顾虑也就烟消云散，他俩这才如愿地走进了婚姻殿堂。

往日静谧的工会红旗图书馆增添了节日的喜庆。

图书馆的大门上，贴着"相亲相爱结良缘，志同道合树新风"的喜庆对联。举行婚礼的二楼阅览室正前方的墙壁上贴着一对鲤鱼拥着大红双喜字的剪纸，室内张灯结彩，喜气洋洋。

婚礼开始了。

厂团委书记梁宁桥以洪亮的嗓音宣布："金银滩草原上第一场隆重的集体婚礼，现在开始！"全场响起雷鸣般的掌声。

主婚人是总厂工会主席侯廷馏，他首先热情地致辞说："今天，有12位青年，冲破世俗的传统，新事新办，勇当移风易俗的促进派，为加强厂、矿社会主义精神文明建设带了个好头！"

矿区办处民政局局长赵金铎以证婚人的身份致辞说："今天，我能为厂、矿青年男女当证婚人，心里十分高兴。有人说，女人长得漂亮是优势，我却认为女人活得漂亮才是本事。你们婚姻的新事新办，就是活得漂亮的体现。祝愿你们新婚夫妇，在今后的工作、生活中，情理相融，活得漂亮，活得精彩。"他的讲话一完，热烈的掌声响起，随之而来的是人们的议论："老赵这个过去的棒槌，今天却出口成章，真是让人刮目相看"。

谢国梁作为家长代表致答谢词说："十二位年轻的新郎、新娘，请接受家长们对你们的祝福！今天，你们步入了人生新的旅程，你们将扬起理想的风帆，用辛勤的汗水、诚实的劳动，谱写美好人生的光辉篇章，报效伟大的祖国和人民！"

新婚代表小聂做了表态性发言，他说："我们在这里出生、成长，接受幼儿、中小学的教育，工作中受到老一代核工业人的传帮带。今天又在老一辈221人的见证下，走进了婚姻的殿堂。"

说到这里，小聂看到张、章两位老师鼓励和期待的眼光，紧张的心情顿时镇定下来，充满信心地继续说："我们是在阳光的抚育下健康成长的221核二代，生活在蜜罐里，我们感到十分幸福和快乐！我们即将奔赴新的工作岗位，一定要继续发扬核工业人的光荣传统，勤奋、刻苦、拼搏、创新，在社会主义改革的大潮中，经风雨，见世面，做一名响当当的核二代人。”

张、章两位老师，用热情而鼓励的目光望着充满激情的小聂，从他的发言中，看得出他已经成长为一个对生活有独特见解的人，心里有说不尽的甜蜜和温馨。

邱强在会上即兴赋词一首，献给这场温馨的集体婚礼：

自古纯真属爱情，并肩携手事躬耕，
排旧俗，是群声，欢歌一曲唱文明。
预祝良辰到白头，志同道合最风流，
多少事，更何求，愿将信念写春秋。

厂、矿领导向新郎新娘赠送了纪念品，并与他们合影留念。

六对新人为来宾们演唱了歌曲和京剧。

厂团委宣读了致全厂未婚青年的倡议书。

婚礼自始至终洋溢着热烈、喜庆的气氛，在《社会主义好》的歌声中结束。

三十五

田勇和谢小平参加集体婚礼后，搬进了一间 14 平方米的筒子楼房间。

新房虽然简陋，但却很温馨。

田勇又全身心地投入了放射性污染场地的清理工作。

在 102 车间铀 –238 产品精加工的 24 工号，老一代核工业人正在进行第二次去污清理。

岁月如梭，记忆就像陈年的老酒散发着浓香。二十多年前的往事，一幕幕浮现在脑海……

正当我国第一颗原子弹的铀–238 产品精加工攻关如火如荼展开的关键时刻，发生了一次意外。那是 1964 年 6 月 13 日，下班将至，库房管理员小高和帮忙的镗工孙师傅在毛坯吊装厅，将盛装半桶铀切屑的桶，倒入另一个半桶铀切屑过程中，由于铀–238 切屑化学活性高，浸泡在四氯化碳中产生的铀的氢化物在空气中自燃，烧掉了60公斤铀切屑。造成24工号和吊装厅厂房和设备严重放射性污染。

工号进行了第一次去污清理。

工程技术人员与工人师傅争分夺秒，不畏放射性剂量，卸下24工号和机床旁通排风管道，爬入放射性污染严重的管道内，一段一段地进行去污清理。有人绑上安全带，登上厂钢制房梁进行清理。房建处的工人对工号内的墙壁表面进行了铲除。工号、设备剂量合格后，又投入了我国第一颗原子弹铀–238部件的精加工和内组件中铀–235与中子源的装配，保证了我国第一颗原子弹装置在1964年9月26日出厂，10月16日爆炸成功。

经历了一场火灾的教训，让厂、矿职工的头脑清醒了起来，把每年6月13日作为车间安全日。

车间安全组在宋家树副主任指导下，通过对铀切屑机理的研究和实验，找到一种简便的铀–238切屑贮存方法，废止了苏联提供的四氯化碳浸泡方法。从此，再也未发生铀–238切屑燃烧事件。

如今，面对工号、设备的第二次去污清洗，职工的心情仍然是沉甸甸的。

年过半百的钱镜清师傅，从1959年开始在北京九所四室从事铀试件加工，1964年初转战到金银滩草原，在102车间从事铀–238、铍–049产品的精加工，一干就是30年。今天，他抚摸着打了近一辈子交道的MK2A62专用机床，20多年的精心保养，一丝不苟、精益求精地操作，加工出的铀–238、铍–049产品件件是优质品。

如今，却要亲手进行去污清理、拆除、运走，钱师傅心里泛起一阵心酸。

站在为我国氢弹立下了功勋的S-221大型横向数控机床旁，宋协军师傅和机组的老师傅，他们一边进行清理拆除，一边听着宋师傅聊起氢弹中铀-238大型异型回转件精加工中的难忘故事。

在我国第一颗氢弹研制中，铀-238关键部件——大型异型回转件，原工艺设计的LT45仿型机床和苏联提供的MK199机床的横向行程都不够，无法满足加工要求，一时成为赶在法国之前爆炸氢弹的拦路虎之一。

九院计划处贾纪处长正为氢弹试验计划一时无法落实而发愁。

贾处长决定到102车间看一看。

第一工艺组组长张家厚听到消息后，急忙找到正在车间调度室听取调度室组长汇报的贾处长，毫不犹豫地对他说："老贾，铀-238大型异型回转件的精加工，你们就按要求的进度排计划。你们说什么时候完成？"

"五月下旬。"贾处长把计划希望的进度说了出来。

"好！我们一定按计划完成。"老张自信地回答。

贾处长一听，这话可信。

贾处长曾多次与敢于担当，勇于拼搏，被誉为"拼命三郎"的张家厚打过交道。深知他是一位雷厉风行、说话算数的实干家。在第一颗原子弹核装置的投篮结构中，有多个铀-238簿壳件遇上了加工变形、开有天窗边口的部件如何保持内外形的高度吻合、沟槽加工等难题。当时，张组长也曾对贾处长说过，不用担心，问题会很快解决的。果真不出预料，他亲自设计专用测量工具，采取工艺补偿措施，终于按时加工出合格产品，保证了装配的急需。

贾处长悬着的心终于落了地。

他又来到 4 号大厅，察看了热核材料的攻关情况。车间副主任宋家树（后成为中国科学院院士），和三大组组长武胜（后成为中国工程院院士），许纪忠带领技术人员和袁云芝、李作武、庞芬忠等老师傅，为实现刘西尧副部长提出的一年内攻克氢弹中热核材料产品技术而拼搏着。

他们以科学求实的态度，采取多路探索的方法，边学边干，坚持干部、技术人员、工人三结合，发扬技术民主，尊重科研人员的首创精神，理解在探索中出现的失败，形成了一种团结协作、集智攻关的良好氛围，取得产品质量和进度的最佳化。

通过几百次小型代用材料和真实材料的样品压制试验，他们掌握了不同热核材料产品的压制工艺和参数，正式投入产品的压制。

在高大、明亮、宽敞的 4 号大厅里，大家穿戴好劳保用品，埋头工作着。

有的在不锈钢的手套箱里分装热核材料原料；有的在大型压机前清理擦净模具，涂上脱模的涂层；有的老师傅谨慎、稳妥地吊装模具；有的操作压机……

贾处长看到大厅里一派热气腾腾、集中智慧、和谐攻关的景象，深有感触地对宋副主任说："相信你们，一定能圆满地完成热核材料产品任务！”

贾处长带着轻松和喜悦离开了车间。

张家厚组长说话算数，第二天召集裂变材料（铀–238 等）工艺负责人我[1]和王来运技术员以及谢继业、宋协军、李志良三位师傅讨论，为保证进度，决定立足现有设备土法上马，对 MK199 机床进行改造。由我和王来运技术员突击设计横向、单边、机械靠模仿形系统，加工用的吸具、吊具和测量样板等工艺装备和量具。

不论是白天还是夜晚，组长张家厚和我、小王等设计人员以及谢师傅、宋师傅等奋战在车间 24 号工号里，边安装，边调试，边改进。奋战了近一个月，通过机床的系统改造，终于加工出铀–238 大型异型回转件。

在核产品被扳机的装配中，又遇上铀–238 大型异型回转件与炸药部件干涉问题。

技术检查处处长沈光基来到 102 车间第一工艺组办公室共同研究，决定提高对刀精度和设计大型全形样板的测量办法，终于生产出合格的铀–238 大型异型回转件，满足了总装要求。

第三大组的技术人员和工人用了不到一年的时间，开拓创新，攻克了粉末分装、压制，烧结中裂纹、疏松、粘模等技术难关，终于摸索出不同热核材料的冷、热压制工艺，压制出各种不同材质、不同密度的产品。

经机械加工，涂层组给它穿上了保护涂层。在不到一年时间里，

[1]“我”系厂长，当时厂长只是一名工程技术人员。

突破了热核材料的粉末成型、机械加工、表面涂层三大技术难关，研制出不同热核材料的合格部件。

热核材料表面涂层技术受到全国第一次科学大会的表彰，车间副主任王铸代表涂层组参加了大会。

1967 年 6 月 17 日，我国成功爆炸了第一颗氢弹，赶在法国之前，比原计划提前了一年，成为世界上第四个掌握氢弹技术的国家，实现了从原子弹到氢弹的里程碑式的跨越。

在第一工艺组我和王来运技术员，利用“文革”闹革命的时间，又设计了大型液压仿形系统，成功应用于铀–238 大型异型回转件生产。在向九院副院长、科学家朱光亚汇报后，朱副院长高兴地说：“液压仿形系统成功用于生产，质量、安全、防护条件又往前进了一步。你们是不是还可以采用数控技术加工，进一步提高产品质量和改善防护条件。”

“好！我们将尽快引入数控机床进行研究。”我高兴地回答。

随后，带领同志们引进小数控机床，克服一系技术难题，成功应用于生产。又与沈阳第一机床厂合作研制出大型 S–221 数控机床，成功应用于核产品批量生产，大大提高了产品精度，改善了防护条件。

老一辈科技人员为解决铀–238 大型异形回转件的精加工，开创了数控技术的前瞻性应用研究。经过不懈的努力，克服了一系列技术难题，实现了铀–238 大型异型回转件的精加工，完成了从单边、横向机械靠模仿形——液压仿形——研制大型数控机床的三级跳。产品质量明显提高，工人的劳动和防护条件大大改善。

田勇和技术人员、工人老师傅们在彻底完成了工号、设备的去污清理、剂量合格后，装运好设备，大家恋恋不舍地与车间工号作了最后的告别。

三十六

田勇来到了宿舍，与谢小平商量休假事宜，两人的想法不谋而合。两人决定一起请假，先回陕北老家看望田勇的双亲，后去看望谢小平在北京的爷爷奶奶。

回家的路虽漫长，但内心充满了喜悦。

两人坐上火车，通过一次次周转，又坐上汽车来到陕北的一座县城——米脂县。

他们提着简单的行装，径直朝家走去。走过村口的一棵大树前，碰上正等待他们的外甥——狗子。

狗子远望着归来的舅舅，快步跑上前去，大声地叫着："舅舅，你可回来了，我可想你了。"田勇牵着他的手，指着小平对狗子说："这是你的舅妈。"

"舅妈。"外甥害羞地叫了一声，马上把舅妈手中的包接了过去。

小两口来到家门前，推开大门，田勇大声喊着："爸、妈，我们回来了！”田勇爸妈正在忙里忙外，喜迎儿媳妇第一次回家。当父亲第一眼看到儿子和儿媳妇时，笑逐颜开地说：“你们回来了！”

父母望着在大城市成长的俊俏的儿媳，心里有说不出的高兴。田勇向双亲介绍了初次上门的妻子，谢小平第一次开口叫了声：“爸爸！妈妈！”

“哎！”老两口高兴地答应着。

谢小平从箱子里拿出自己亲手给爸妈编织的毛衣和一盒点心，给外甥买的一双运动鞋。父母接过毛衣和点心，瞅着长得有“排场”又孝顺的儿媳妇，打心眼儿里喜欢。

一时间，爸爸妈妈脸上堆满了笑容，眼睛里洋溢着慈祥与幸福。

妈妈大声向外叫着：“狗子，狗子。”在门外大树底下与小朋友玩的狗子一听到叫自己，起身一骨碌跑了进来。

妈妈指着运动鞋对狗子说：“这是舅妈给你的。”

狗子高兴地抱着鞋，拿了一块点心又跑出去玩。妈妈端上一盆红枣和花生放在炕上的小桌上，说了一声“吃吧”，坐在炕头上的谢小平，应声说：“好”，这个“好”字的回答，正是老人盼望媳妇早生贵子的愿望能早日实现。

老两口进入灶房忙着中午吃的饺子。

田勇触景生情，望着小桌上的红枣，慢慢对谢小平说起童年打枣的故事。

田勇说：“我家后面种了两棵大枣树。每年深秋季节，树上果实累累，压弯枝头，枣长到最大最甜的时候，全家一起出动打枣，这也是我小时候最高兴的事。”谢小平对陕北农村的趣事听得入神，田勇越说越有劲，继续说：“吃完早饭，为防树上洋喇子蜇，我就戴上草帽，穿上长袖衣裤爬上树，爸爸递上竹竿，妈妈在树下尽可能把软的布类的东西铺在地上，准备接打下来的枣。打一打枣树枝，来年结的果子会更多。”

“打枣还能为来年带来好收成，真是一举两得！”谢小平感慨地说。

中午时分，妈妈端上饺子，一家人高高兴兴地吃着。

小田望着年迈的长满银发的双亲，他们满脸的憨厚、淳朴。黝黑的脸颊，烙印着岁月刻下的劳苦沧桑。为了供养自己上学，父母倾尽了全部心血，忍受着贫困的煎熬，咬紧牙坚持供他上学，父母把全家的希望都寄托在他身上。田勇也知道，自己是家人的希望，他必须像个真正的男人，要承担起养家的责任来。

在田勇的内心深处，他知道父母的爱是一种天生的爱、自然的爱，无论远隔千山万水，还是在天涯海角，父爱母爱都在身上紧紧缠绕。孝顺老人，是一个女人的内在美，也是一个男人顶天立地的根本。田勇对谢小平的孝心充满着敬意。

日出而作，日落而归。

第三天，田勇两口子和父母一起下到地里，这是一块新品种试验田。地里种着在种子站工作的中学同学小赵推荐的冬小麦优良品种，小麦长势喜人。

忙完上午的农活，在回家的路上，田勇遇上了同村的初中同学小张。他俩当年一起参加升中学的统一考试，成绩名列全公社的前三名之内，一同录取到县中学，全村人都说他俩是念书的好材料。随着中学毕业，小张的学习生涯就完全终结了。后来，他当上了一名小学教师。

田勇也开始了一个农村孩子的第一堂主课——劳动。田勇家虽然贫穷，但一家人充满欢乐地过着日子。他跟父亲一起劳动，很快成为一个干农活的好把式，得到乡亲们的称赞。“文革”后恢复了高考，田勇被公社推荐上了大学。这次回家，见到老同学，往日友谊的暖流依然在心间涓涓流淌，虽然他和小张分别走上了不同的人生道路，田勇暗暗许下心愿，他会永记住老同学的情谊。

是的，生活就是这样。在我们都是小孩子的时候，一个人和另一个人可能有家庭条件的区别，孩子们本身的差别并不明显。可一旦长大了，每个人的生活道路会有很大的差别，有的甚至是天壤之别，这也许就是命运吧！

田勇夫妻结束了一周的农村生活，几经辗转来到北京，看望谢小平的爷爷奶奶。

爷爷奶奶已近80岁高龄，和小平的哥哥住在一起，见到亲手带大的已成家的孙女，心里像乐开了花似的。谢小平见到爷爷奶奶手脚利索，生活上还能自理，心里十分的宽慰。她向爷爷奶奶介绍了田勇，老人看到这孙女婿，心里十分高兴。田勇亲切地叫了一声爷爷、奶奶。奶奶拉着谢小平的手，坐在卧室的一张椅子上。奶奶的房子并不大，但充满生活气息。

奶奶又把她心中高兴的事，一件一件地讲了出来。

那些渐行渐远的往事，如雁渡平湖，一岁岁、一年年，点点滴滴温暖着心田。奶奶一边说着，谢小平和田勇静静地听着。

奶奶脸上爬满了皱纹，爷爷也已是两鬓霜白。爷爷奶奶来到北京已二十多年了，还没到城内公园看过。谢小平两口子特意陪他们游览了颐和园，又到新街口的西安饭店品尝了陕西的羊肉泡馍。

谢小平祝福爷爷奶奶平安健康！

她内心里涌动一股暖流，我是奶奶的孙女，我的掌心里留着父亲的温暖，血液里流淌着妈妈的激情，眼神里继承着奶奶的刚毅，我会沿着老一辈开拓的事业坚强地走下去。

三十七

1988 年第四季度，118 首批任务交付后，厂的撤销工作处于低谷。

职工安置的对外考察工作，迟迟没有实质性进展。

职工要求“两个安置办法”尽快出台，乘上首班车的急躁情绪在蔓延，干部中的畏难情绪在滋长，职工队伍的凝聚力在减弱，一度出现赌博、观看黄色录像、斗殴、偷窃、猎枪伤人事件……

领导层再次出现了撤销工作要立足于“快”的提议。

厂、矿领导清楚地认识到，“两个安置办法”仍在与各部委协调中,还未出台,各地方难以接受分散安置的职工。撤点不具备“快”的条件，欲速则不达，“好”才能经得住历史的检验。

只有坚持好中求快，才能实现厂的撤销三大任务不留后遗症，实现软着陆。

厂领导及时提出“好中求快，依法撤厂，文明撤厂，站好最后一班岗”的要求。

厂对一些违纪现象进行了严肃处理。

参与赌博、观看黄色录像者多达二百多人，一律取消年终评奖资格，取消年终军品奖、民品奖。对劳动纪律松散的单位扣除季度奖，免除了11名科级干部的职务。

这一系列举措在厂区引起强烈反响，也引来个别处、分厂领导找到厂、矿领导说情。厂不为说情所动，坚持经济、行政处罚不动摇。X区锅炉房职工，由于参与赌博，多人受到处罚，在工作中消极怠工，引发职工不满。X区领导及时做好思想疏导工作，局面很快得到扭转。

厂在非常时期，抓住不良苗头，严肃处理，否则一经蔓延下去，将会葬送来之不易的稳定局面，造成严重的后果。

厂一手抓纪律整顿，一手抓依法治厂。

矿区司法局，开展普及法律知识的讲座，组织了全厂、矿职工的司法讲座，开展法律知识竞赛。

公安局收缴了矿区民间猎枪200多支暂为保存，加大治安工作的力度，组织民兵日夜在生活区巡逻。矿区公、检、法系统通力合作，稳、准、狠地打击个别犯罪分子。武警四支队在南操场举行军训成果汇报表演，以震慑一切犯罪分子，保证了社会的安宁、稳定，为118后续任务的完成创造了良好的社会环境。

厂、矿果断采取措施，坚决刹住了不正之风，厂很快回归到正常的生产、生活轨道上来。

在1989年新春佳节到来之际，总厂工会除了组织传统的游艺活动、免费电影外，总厂财务处下拨资金，支持各基层单位开展丰富多彩的小型茶话会、联欢会、文体活动……

随着职工安置工作的推进，在职工思想越来越动荡，增添了不少不安全因素的情况下，果断的整顿措施为完成118后续任务，又加固了一道安全生产的屏障。

对于118后续任务接还是不接？在厂的生产会议上，不少单位提出不再承接或少承接118后续任务的意见。厂、矿办公会议上，也只有少数领导表态同意接收，而多数领导没有表态。说明大家对后续任务存有多种疑虑。

此时，厂长的态度是明确的，也是坚决的，那就是必须全部承接，同时也是能够承接的。遇到这样的情况，厂长没有简单行使厂长权力直接作出决定，而是在会下继续沟通、做疏导工作。

厂先后召开了生产单位领导座谈会、职工代表大会主席团座谈会。会上，厂长明确指出："两个安置办法"目前还未出台，职工分散安置不可能全面展开。现在只有坚持"边开发，边生产，边调整"，才能保证厂区的社会稳定，才能实现有领导、有计划、有步骤地撤点销号，才能为职工创造更多的福祉。为保持118任务技术上的一致性，我们应该接、能够接。至于生产安全，只要我们用心去抓，生产安全是有保证的。

最后，在陈总工程师、主管生产的任副厂长、谢国梁副总工程师参加的小型会议上，经过再次讨论分析后，陈总工程师、任副厂长、谢国梁纷纷表示："厂长你说怎么办，我们就怎么干！"

厂长一听水到渠成，斩钉截铁地说："后续任务全部接！"在第二次厂、矿办公会议再次讨论时，与会同志一致同意承接全部 118 后续任务。

厂以稳定的撤销环境、过硬的技术，再次赢得二炮的信任，双方签订了后续任务的生产、交付合同。

118 后续任务签订后，职工又全身心地投入到保质量、保时间、保安全、保保密地完成 118 的任务中去。

三十八

在完成118任务的同时，为全面推动安置工作开展，做好思想准备，厂领导提出召开职工代表大会的建议。

在厂撤销期间，召开这样的大会，无疑是一件十分困难的事。

众口难调，意见难统一，甚至可能出现难以收场的尴尬局面，这些问题困扰着厂长。但是当头脑一冷静下来，仔细一琢磨，越是困难的时候，领导越要相信群众，依靠群众，越是要运用领导团队的智慧和胆识，开好大会，也相信大会一定能开得成功。经与党委和工会商量，一致同意按期召开职工代表大会。

1989年4月，二二一厂召开了厂、矿职工代表暨工会会员代表四届三次大会。

在预备会议上，少数代表的发言火药味十足，有的代表团提出："适当集中，合理分散"不代表职工的利益，"分散安置"才符合40号文件精神。

“在职工安置中联营建点，是领导想继续当官。”

……

意见十分尖锐，安置原则受到极大冲击。

厂长的工作报告能否通过？忧心忡忡的总厂工会侯主席找到厂长诉说：“厂长，从下边议论的情况来看，一些代表情绪激动，说话难听，怕是厂长的工作报告难以通过！”

“到底有什么问题？”厂长问。

“不少人对职工安置工作进度慢有意见，对‘适当集中，合理分散’安置原则不认同，一句话，就是对厂撤销有怨气……”侯主席回答。

“那就召开小型对话会，进一步学习40号文件，多沟通，听取意见。”厂长说。

“好！就这么办。”总厂工会主席心中有了希望，高兴地说。

厂长随即召开了三个小型代表座谈会。

厂、矿领导，谢国梁，分厂工会主席邱强，分别参加了与工程技术人员代表和工人代表的对话会。

功夫不负有心人。

厂领导顺势而为，把厂撤销的实情和难点，一五一十原原本本向职工代表讲清楚、说明白，把厂、矿的意图说透，相信职工是通情达理的，是会理解的。同时，厂把职工代表提出的合情、合理、合法的意见补充到报告中去。

职工代表大会正式召开。

厂长的工作报告和经济责任制项目承包方案以高票通过，仅有11票弃权，4票反对。

在厂撤销的关键时期成功地召开职工代表大会，进一步学习了40号文件精神，提高了认识。坚持“适当集中，合理分散”的原则不动摇，“敲定廊坊、抓紧合肥、稳住基地”的工作思路，坚定了厂、矿领导越是在困难时刻，越要依靠职工群众的信念。也为“两个安置办法”的出台，安置工作的全面展开奠定了良好的思想基础。

三十九

221 人在三年自然灾害、高寒缺氧的艰苦环境中创业，在核工业系统干了二三十年，在原子弹、氢弹技术突破中，留下了永恒的烙印。这种割舍不掉的核事业情结，是在国家战略调整、厂的撤销中无法抹去的。

离退休人员安置后不愿移交地方管理，这挥之不去的困惑，时时缠绕着厂、矿领导。

中核总公司协调办公室（副厂长蔡金生参加此项工作），也深深感到突破这个难点，是安置好离退休人员的一个关键。

厂领导与中核总公司协调办公室商定，目前只能顺其自然先按文件走下去，在向地方移交遇到难以克服的困难时，根据职工的意愿再适时向上级打报告。

中核总公司协调办公室第一次与民政部门接触，双方商定了有关接收离退休人员的原则：先安置，后接收。厂提供离退休人员的名单和安置地点，而后就管理点的设置、人员、房屋、汽车的配置等进行协商。

随着协商的深入，在离退休人员管理点的设置、办公人员、房屋、汽车的配置数量上，双方的分歧越来越大。

协商难以进行下去。

中核总公司协调办公室向国务院秘书局领导汇报了与民政部门协商的结果，提出由自己管理的建议。既安置了二二一厂部分在职职工，所需的人员、房屋、汽车、经费也可大大减少，且满足了离退休人员强烈要求留在核工业系统内的愿望。国务院秘书局领导充分理解职工的诉求，愿意在适当的时候，给予考虑。

在厂庆30年剪彩活动中，发生了剪彩人员临时变动的小插曲。

二二一厂举行我国第一个核武器研制基地纪念碑落成剪彩仪式，参加部级核设施退役处理验收会议的代表出席了纪念典礼，2000多名职工和家属参加了大会。

大会开得隆重、热烈、简朴。代表们目睹了厂、矿职工在人心动荡的撤销环境下，圆满地完成了国家“864工程”任务（即118任务），核设施退役处理工程又做得那么好。厂撤销工作到了后期，工厂忙而不乱，一切是那么和谐。他们深深感受到221人对核事业充满了深情，不愧是一支素质过硬的队伍！

大会一散，几位核二代找到谢国梁问：“厂长是建厂初期（1961年1月）来厂的老人，怎么没有参加剪彩，而是一位年轻人呢？”

谢国梁深情地说：“原安排由厂长参加的4人剪彩（国家计委

国防司司长郑庆甦、国家环保局副局长王杨祖、中核总公司军用局局长尤德良和厂长），报到厂长那里，厂长特意将自己的名字取下，换上了国务院秘书二局的郭允冲处长。”

厂长恳切地对谢国梁说：“不要忘记国务院秘书局的关心，他们为二二一厂的撤销，做了不少卓有成效的工作，应该让他们的代表上台剪彩。”

事后，在谈到离退休人员安置后交地方管理遇到的困难时，国务院秘书二局郭处长表示，要因势利导，待离退休人员基本安置完后，实在协商不行，你们再向上级打报告。

离退休人员看到了留在核工业内的一线希望，推动了安置工作的顺利进行。

四十

1989年年初，全省开展“增产节约，增收节支”活动，青海省副省长吴承志来厂指导活动的开展。

同时，吴副省长带领省计委、国防工办、机械厅、西宁市等厅、局主要领导10多人，就二二一厂的利用、在西宁市安置职工和离退休人员落户等进行了考察。

吴副省长在厂召开的增产节约大会上，希望大家完成好常规军品任务，实现节约100万的目标。他还参观了各个分厂并与厂领导座谈。机械厅和西宁市提出了二二一厂可局部利用的设想意见。

从此，建立起以省计委副主任吴震云、国防工办主任冯义忠（后来为主任常俊华）与厂的联系制度。

从1988年年初开始，宋瑞祥、金基鹏、田成平各届省长先后来到厂看望职工，了解人员安置、基地利用、移交等情况，听取厂有关118研制、生产和撤点工作的进展汇报。

宋省长来厂考察时，厂汇报了在转民时曾做过20万吨纯碱厂可行性论证、申报情况，由于所处地区高寒缺氧缺乏竞争力，申报没有成功。40号文件传达后，职工的思想主流是“一江春水向东流”，宋省长听后，不再谈论希望大家留下建立特区的想法，而是转向对厂主要领导的挽留上。

在厂招待所食堂吃过午饭后，宋省长在警卫员陪同下，来到厂长家，先后察看了住房的布局和水、电等的保障后，问：“你们这水、电、气如何管理？”

厂长说：“118任务交付后，生产设备都停了下来，自备热电厂启动负荷不够，只能将热电厂的循环热水24小时供职工使用，以保证自备热电厂的正常启动运转。自来水、热水、供暖是不收费的。职工可用电炉做饭，电费是每度电一角钱。”

宋省长听后，感慨地说:“你们这里的生活，用热水，电炉做饭，比我们那里方便多了。”

宋省长问起厂长的老家在哪里，并问起是否愿意去西宁工作？

厂长迟疑的念头一闪而过，犹豫了一下，恳切地说：“我是南方人，还是希望回南方深圳和孩子生活在一起。”宋省长听后觉得不是没有道理，挽留的事就没有深入谈下去。

青海省通过调查研究，对基地利用有了新的思考。

由于海北藏族自治州州委原书记卓玛的强力推动，最后，州委所在地从门源县浩门镇迁往221基地（后易名西海镇），得到中央的批准。

四十一

118后续产品交付日期已定。

厂撤销期间，厂的稳定、生产安全能否保证？北京某研究所提供的cc发射管定型后，可靠性如何？二二一厂撤销了，今后118产品的维修、零部件的更换如何解决？一连串的问题接踵而来，成为中核总公司主要领导关注的焦点。经中核总公司领导研究决定，由部内另一单位同时研制常规弹头上的近炸引信，以确保任务的维修更换万无一失。

这个决定，无疑给二二一厂带来了巨大的压力。在激烈的竞争面前，只能将自己的近炸引信研制做得更可靠。这也是我们在海军穿甲投标中能赢得竞标成功的经验，这次一定要铆足劲，把工作做细、做准，赢得竞标的成功。

118-12飞行试验任务，弹头内同时搭载了厂和另一单位研制的两种不同体制的近炸引信。为避免相互干扰，国家“864工程”

办公室的同志来到厂与两个单位的技术人员进行了技术协调。

为防止两种不同体制的近炸引信在调试中出现相互干扰，困扰 118–12 试验任务，谢小凡发射团队经过反复研究，思维敏捷、理论基础扎实的小李，在会上提出增加天线罩的办法。通过反复试验，该方法效果不错，大大减少了双套近炸引信的相互干扰。

但 118 后续任务中的近炸引信花落谁家，就看 118–12 飞行试验的结果了。

系统室李主任带领全室技术人员投入了试验前的准备，交通运输处对改装的多台遥测车、电缆车设备进行了全面检修，系统室许高工等人完成了遥测车的检查与调试，分别运往试验的首区、靶区。

总装车间小曹等核二代，在老师傅的带领下，精心操作，完成了 118–12 飞行试验配重弹的装配。系统室完成了无线电系统和近炸引信的调试，与另一单位提供的近炸引信进行了双套联试。

1989 年 5 月 3 日，厂长、谢国梁、一分厂占云厂长和二分厂工会邱主席、谢小凡等 102 人（包含另一个单位的 20 人）组成的试验工作队，乘火车专列，再次前往太原卫星发射基地。

在发射基地的技术阵地，完成了产品总装联试，系统单套、双套联试和遥测地面电源联试。bb 装置工作正常解保。经全区合练，查漏补缺无误后，弹头、弹体对接与电气系统的连接均正常，试验产品处于待命状态。现场指挥领导小组决定：发射窗口选定于 21 日晚 10 时。

春日，西沉的残阳余晖，在西头的山尖上留下了不多的一点。天公不作美，下午 5 : 30 下起了瓢泼大雨。人们的脸上，又堆满了愁容。

现场指挥领导小组召开临时紧急会议，再次听取气象站的气象报告。报告指出，阵雨之后还有雷雨和冰雹，过后天空将放晴。领导小组决定发射窗口不变。

晚 8:30 许，导弹遭遇雷雨冰雹袭击，造成保险丝击穿。首区、靶区无线电中断，发射延后 10 分钟。发射部队迅速组织抢修，很快圆满完成。

没想到的是，在注入燃料与助氧剂时，发生泄漏引发火灾，消防队及时赶到将火扑灭。一场虚惊之后，发射试验再一次延迟，大家的心情平静下来，迎接新零时的到来。

22 日零时，“长白山”发出 60 分钟准备口令。一分厂吕副厂长仍然担任弹头遥测指挥室指挥，谢小凡担任操作员，两人配合默契。

30 分钟准备，过载监视正常。首区，6 号山上的遥测车准备正常。靶区有人遥测车、无人遥测车，均正常。

15 分……10 分……5 分……3 分……

1 时 5 分 2 秒，点火成功。带着雷鸣般的轰隆声，红白色相间的熊熊火焰，托着火箭缓缓升起，按预定的程序飞向末区。

其后，接到四个有人遥测站（发射区两个）、三个无人遥测站工作正常、接收信号良好的报告。靶区弹头落点在预定的坐标内。

测试结果表明引爆控制系统工作程序正常。厂研制的近炸引信，实现了超低空引爆，动作程序正常，技术稳定可靠没有误动，圆满实现了各项技术指标。二二一厂的四项试验圆满成功，军方机关发来贺电。

谢国梁的脸上荡漾着无比的喜悦和兴奋。上级领导所担心的厂的形势失控、联建的廊坊厂建设快速推进、今后维修的顾虑等，随之烟消云散。

在 118-12 任务试验成功的鼓舞下，二二一厂职工继续发扬不怕疲劳、连续作战的精神，以及精益求精、一丝不苟、周到细致的作风。

1990 年 6 月 25 日，圆满完成了最后一批 118 生产任务的交付。

望着从厂火车编组站开出的满载着产品的列车，谢国梁的心中油然而生一种成功的喜悦。

118 产品创造了当时中国历史上常规武器出口额之最。

承担国家“864 工程”任务，厂获得巨大社会效益和经济效益。在撤销的 4 年间，摊入产品成本和抵扣维持费一个多亿，实现净利润近 X 千万元，并促进了两国建立外交关系。

厂以 118 任务为支撑，为厂撤销创造了稳定的社会环境，为职工安置“两个安置办法”的调研和协调，赢得了宝贵的时间。

221 人，在厂撤销的极为动荡的环境里，全面胜利完成了国家“864 工程”的特殊任务。

这是落实周总理指出的“二机部的工作必须有高度的政治思

想性、高度的科学计划性、高度的组织纪律性”和在核武器研制、试验、生产中贯彻“严肃认真，周到细致，稳妥可靠，万无一失”教导的又一成功案例。

是常规武器研究、工程、生产一体化新体制，相互衔接、相互渗透、相互促进取得的成果，从而改变了221人的工作内容、工作方式、工作作风。

这也是依靠技术决策的民主化、科学化，年轻的核二代在老一代科技人员指导带领下发挥了技术攻关中的突击作用。

更是221人四年磨一剑，用汗水浇铸的常规军品的一座丰碑，是交给祖国人民的一份合格答卷。

二二一厂在撤销的逆境中再立新功！

中核总公司发来贺电。

四十二

马，有草原灵魂的美称。

赛马运动，是草原藏族牧民最隆重、最喜爱、最富有民族气息的传统民族运动，是藏族男人威猛、彪悍、豪放精神的展示，也是老人享受家人团聚、朋友相逢的喜庆日子。

在秋季的金银滩草原最美的一个周末，矿区第九届牧民赛马运动会，在水草丰美、开阔的草原上举行。

自矿区国营牧场推行联产承包责任制以来，改良品种，围栏建立草库伦，放宽了自养牲畜政策，牧民生活有了很大改善。

不少牧工建起固定的住房，购置了风力发电机、电视机。摩托车成为草原新一代牧工的交通工具，尤其受到藏族怀孕妇女的喜爱，她们越来越觉得从马背上爬上爬下远没有骑摩托车方便了。

牧工实现了从游牧的帐篷生活，向定点居住生活的转变。

藏族姑娘桑巴邀请谢小平、谢小凡和他们的好友一同前去观看比赛，并到帐篷里做客。

青藏高原强烈的紫外线、粗犷的风沙在桑巴的脸上留下紫红色的印记。在前年省运动会上，她取得长跑项目的优异成绩，被破格录用为厂的正式职工，在总厂工会从事职工体育运动工作。

机关团委书记姜波，在开展团员、青年文体活动中，多次与总厂工会文体科合作，在开展矿区青年文体活中，播下了友谊的种子。谢小平作为总厂女子篮球冠军队队长，桑巴欣赏谢小平直爽、火辣辣的性格和精湛的球艺，因而结为好友。

周日清晨，赛马会主席台周围彩旗飘扬，人声鼎沸，马群嘶鸣。远处悠然吃草的牛羊，星罗棋布的白色帐篷，把秋天的草原装扮得妖娆多姿。

矿区商业局、厂劳动服务公司的流动服务车，载着丰富的日用百货、水果、点心、饮料，早早来到这里。行政处面包房自制的各色面包、个体户推来在自制的小车上摊的煎饼和从西宁运来的冰棍儿，吸引了各生产队的牧工踊跃选购。

国营牧场的蒙古族、土族、回族、撒拉族、东乡族、哈萨克族、维吾尔族、藏族和汉族九个民族，四个队的400多名牧工（连同牧工家属共1000多人），身穿各民族的节日服饰，喜气洋洋来到赛马会场。

桑巴身穿藏族服饰，头戴礼帽，显得十分庄重而华美。她缓步来到主席台北侧等待谢小平的到来。

职工和家属三三两两结伴，有的骑着摩托车、有的骑着自行车，呼吸着清新四溢的空气，穿过软软的草地涌到会场。

辽阔的草原绿得一望无际，粉色、紫色、黄色的小花开得漫山遍野，争奇斗艳，露出千姿百媚的笑脸。绿茵茵的草地，像铺在地面的一床碧玉色的缎被，十分诱人。和煦的阳光暖人心田，天空蓝得像海水一样亮晶透明。

谢小平、姜波等带着青稞酒和点心，骑着自行车，温暖的阳光洒在他们身上，在无垠的草原上快速前行。路过七厂大桥，上游建起了拦灰坝，小溪流水由过去的黑色变得透明、清澈，欢快流淌。那青春的活力正如体内的荷尔蒙一样，让他们兴奋不已。他们经过六厂区大道，进入了金银滩草原的深处。

他们高声呐喊，引吭高歌，忘情地唱起西部歌王王洛宾在金银滩上创作的那支动人的民歌——

在那遥远的地方，
有位好姑娘，
人们走过了她的帐房，
都要回头留恋地张望……

从他们的歌声中，又找回青春的激情，野兔和百灵鸟被惊动了，它们奔跑着，飞舞着，像是在和这些年轻人捉迷藏。

他们完全融合在和谐的大自然中。

远处，袅袅的炊烟在小溪旁的帐篷上升起，飘散在阳光的照耀中。

他们十分高兴地来到大会主席台旁。

桑巴见到谢小平两口子，姜波和爱人，谢小凡也带来了女友，心里感到十分高兴。

而桑巴的服饰让人眼前一亮，她犹如一位仙女来到人间。

运动项目比赛准时开始。桑巴不停地介绍说：“为了取得比赛的好成绩，骑手们提前一周就开始减少给马喂饲料和饮水的次数，开赛的头两天就停止喂料，以减少脂肪，让参赛的马跑得更快。”

比赛一项一项有序进行。大家在一边专心观看精彩的比赛表演，一边也纷纷议论着。

谢小凡看到男选手和武警四支队战士同台竞技表演，感慨地说：“号令一下，双方出征的六匹骏马，如箭劲发，四蹄翻腾，马蹄声清脆响亮，一阵紧接一阵，犹如出征的战鼓声由远处传来，场外的‘加油’声如雷震耳，十分紧张而精彩。”

“特别是女选手的竞赛，给人一种美的享受，她们身穿鲜艳的藏族服装，骑马奔驰在草原上，宛如朵朵彩云乘风而去。”田勇不时地赞扬女子的跑马比赛。

“走马比赛更有趣，它们的步伐紧凑、轻快，姿态优雅、强健。比赛还蛮有情趣的，有的马不听使唤，半途又折回，不得不重新比赛。”姜波则称赞女选手的走马比赛。

项目比赛完毕，取得前三名的选手，满带胜利的喜悦，牵着获胜的马匹，来到主席台领奖。厂、矿领导为获奖者的马匹带上大红彩绸的彩球，还发给赛手一份奖品——牧工喜爱的茶砖。

为迎接赛马会的到来，各队牧工几天前就成群结伴地迁来了帐篷。

主席台后不远，搭建起数十顶帐篷。星罗棋布的帐篷，如数十朵白云，散落在水厂宽阔的草原。

带着观赛后的欣喜，桑巴高兴地邀请客人到帐篷做客。桑巴兴致勃勃地说:“阿爸阿妈听说你们要来,特别高兴,早早起身宰羊,制作酸奶。”

远处，飘来阵阵手抓羊肉的清香。桑巴一边走着一边说：“获奖的牧民家，今天晚上会像过节一样在帐篷里举家和朋友喝酒庆贺，释放无穷无尽的快乐。”

他们穿梭在帐篷间。来到 100 米外的一顶白色帐篷前，帐篷外用铁链拴住的藏獒发出狂叫。知道客人来了，阿爸走出帐篷，桑巴急忙迎上前去，喊住了藏獒，对阿爸说：“阿爸，我的朋友谢小平他们来啦！”

“欢迎！欢迎！”藏族阿爸高兴地说。

谢小平向阿爸敬上青稞酒和点心，老人托着洁白的哈达一一给客人戴上。桑巴站在一旁向阿爸介绍她的朋友。

大家低着头走进帐篷，围着火炉盘腿坐下。

阿妈为客人沏上奶茶。

“口味不足可加点盐巴和酥油。”桑巴端来两种调料说。

席间，阿爸见到客人的到来，兴奋地谈起这几年联产承包责任制，增加了自养牲畜数量，生活有了很大的变化。特别是谈起他的大儿子从青海民族大学毕业后，分配在海北州工作，孙子也在矿区四小寄宿上小学，大女儿早已嫁到海晏县城，老人心里充满着自豪和骄傲。

阿妈正忙碌着，饭锅里煮着羊排，飘出的清香弥漫了整个帐篷。桑巴端上一大盘热腾腾的手抓羊肉、血肠叫大家品尝。

阿爸的孙子端上盛有五个小酒杯的酒盘，一一给客人敬上醇香的青稞酒。姜波等将五杯酒一一喝下。

当主人的孙子端着盛满酒的四个小酒杯的酒盘来到邱琴、郝丽面前时，邱琴不好意思地说："我不会喝酒，就免了吧！"

"不行，不行！"站在一旁的桑巴不依不饶地说。

谢小凡连忙为邱琴解围，说："你就意思一下。"谢小凡忙着为邱琴出主意，一边用手比画着告诉邱琴。她左手端起小酒杯，右手食指点了一下酒杯中的酒，对天对地弹了一下，举起酒杯象征性地抿了一下。

谢小平等端着酒杯，礼貌地回敬阿爸和阿妈，并祝老人健康长寿。阿爸阿妈高举酒杯，十分高兴地饮下这杯酒。

青稞酒的清香，飘荡在空中。几杯酒下肚后，他们又品尝了血肠，大口吃着手抓羊肉，吃得爱不释手。

桑巴又端来香喷喷的青稞面与酥油捏成的糌粑条，让大家品尝。大家喝着奶茶，品尝醇香的糌粑，尽情享受藏族饮食文化的乐趣。

四十三

1989 年 8 月，金银滩草原秋意盎然。天蓝得像水洗过一般，雪白的云朵静静地飘浮在空中。

暑假期间，交通运输处开辟了厂至青海湖的旅游专线。

一个星期日，李主任特意安排谢小凡休假。邱琴相约谢小凡，一同去青海湖旅游。

谢小凡带足干粮和水，挎上背包，骑着自行车来到邱琴家楼下。邱琴从窗口望见小凡来到楼前，背上背包下了楼，与小凡汇合。

谢小凡与邱琴背上包出发了。骑上自行车，穿过黄楼群，弯着腰，风驰电掣般向交通运输处方向赶去。20 多分钟后，来到八厂区的交运处围墙内的车间，将自行车停在车间的外墙角，锁好车，买好票，兴奋地登上黄海牌大客车。

谢小凡与邱琴并排坐在了一起。

满载着职工和家属的汽车，在洒满阳光的无垠原野上行驶，向南边青海湖方向奔驰而去……

窗外，盛开着金黄色油菜花的原野、长满水晶花和蜜罐花的草地、帐篷、羊群、牦牛、汽车、公路，组成一道靓丽的风景，呈现出一种原始生态和谐的美。

谢小凡与邱琴的交谈一刻也没有停止过。

路过青海湖北岸的无边无际的天然牧场。一望无边的青稞田，颗粒鼓胀得似乎要从穗中蹦跳出来，密匝匝饱满的油菜穗压弯了茎秆。马铃薯从泥土中挤出胖乎乎的笑脸，被灼热的秋阳染成了金黄色，如将要成熟的柿子。纤尘不染的蓝天下，白云般游走的羊群，像在天边飘动。

经过两个小时的颠簸，大轿车在青海湖北岸停了下来，人们纷纷下了汽车。

谢小凡和邱琴来到湖边，沐浴清爽的凉风。

两个心有灵犀的有情人，手挽手静静地望着那镶嵌在青藏高原的璀璨明珠——海拔3000多米的青海湖。湖水是那么湛蓝，那么清澈透明。他们在浪花声里缠绵细语，是多么惬意。

他们来到一块草地上。谢小凡麻利地从双肩背包里取出一块塑料布铺在草坪上，两人盘腿坐在一起，一会儿又头枕手掌仰面躺在塑料布上。

邱琴芳香的秀发贴在小凡的脸颊，谢小凡用手抚摸着她的头发，抚摸着她细嫩的脸庞，又轻轻捏着她的鼻子，微微地闭着眼睛，用狂跳的心去体会这特殊的美好感觉。

望着高远的蓝天和悠悠飘浮的白云，幸福的情感如同电流一般不时在全身通过，他们记忆的风帆又驶进青海湖往日的岁月。

几千年以来，藏族民众就有转湖、祭海（青海湖祭海被列入中国非物质文化遗产代表性项目名录）的传统。

青海湖盛产无鳞的裸鲤，俗名湟鱼，是生活在咸水湖中的淡水鱼，它们支撑起青海湖庞大的生态系统，是环湖生态链中的重要一环。生活在青海湖的湟鱼占到整个湖中鱼类资源的95%以上，湟鱼吃湖中的藻类从而净化水质，而鱼鸥、鸬鹚等鸟类则以捕食湟鱼为生，而这些鸟类又是狼、狐狸等野兽的口中美味。没有湟鱼这一生物链的重要一环，青海湖就会成为死湖。

湟鱼又是典型的溯河洄游鱼类。湟鱼的一生要在咸水和淡水中交替度过。湟鱼洄游时，尤为壮观。每年春夏交替，从沙柳花开的5月下旬开始，成群结队的3岁以上的雄鱼和4岁以上的雌鱼浩浩荡荡从青海湖游出来，溯流而上，洄游到青海湖的布哈河（47条江入青海湖的河流中水流量大、流程最长的一条，约有70%的洄游湟鱼在此）集结。在水流的不断刺激下，雄鱼、雌鱼的性腺成熟了，它们在合适的地方受精产卵，孕育出鱼宝宝。而在育肥和成熟期，它们则要游到青海湖咸水里成长。

谢小凡和邱琴起身，收拾好行装来到湖边的人群中，倾听着曾在厂农副处工作的老苟诉说在生活极度困难时打鱼队的故事。

年近半百的老苟，望着那浩瀚、平静的湖面触景生情，平时少言的他，一下子变得健谈起来，对身边的子女说：“那是生活极度困难的 1960 年，临时党委副书记、青海机械厂筹备处主任李觉将军主动负责后勤，抽调 1000 多人组织了农副处，先后成立了农业队、牧业队、打鱼队和林场，打渔队建造了两艘机帆船。”当年他作为一名基层干部，带领 30 多名打渔队员在青海湖捕捞湟鱼。

“湟鱼，由于湖水温度低、水生物少，生长十分缓慢，是需要十年时光才能长到一斤的珍贵鱼类，在三年自然灾害生活极为困难时期，不知救活了多少青海人！”老苟打起精神，越说越动情：“李觉、赵敬璞、处长田子钦三位领导一周轮流一次，和打鱼队员工同吃、同住、同打鱼。艰辛的劳动换来好收获。打捞上来的湟鱼，可供各单位食堂每周拉两次鱼，供食堂就餐职工享用。还八斤、十斤地以八分钱一斤的限量卖给职工。当时有身孕的女同志想吃点香的，也能用湟鱼肚内有毒的内脏，盛在面盆里，在太阳下晒出点油来，炸青稞馒头吃（当时每人每月两钱油）。在生活极为困难的年代，我们为保存这支队伍也做了一点工作。”

谢小凡和邱琴听得入神，心中油然升起对老一辈 221 人艰苦创业精神的敬慕和赞美。他们带着恋恋不舍的心情离开了老人。

谢小凡和邱琴来到距鸟岛不远的湖边，拿出望远镜眺望，近万只鱼鸥、鸬鹚等鸟类聚集在小岛上，展示它们的雄姿，不停地叫着、呼喊着远方的游人到来。221 与青海湖仅一山之隔，却相距 30 公里。

微风吹来，谢小凡和邱琴望着平静的青海湖。这美好的两人世界，让他们感到十分惬意。

鸟岛的工作人员向他们介绍说，青海湖表现出的动静之美，莫过于每年的“封湖”和“开湖”。

冬天，狂风卷着寒潮从西北方向滚滚而来，狂暴的呼啸直到傍晚。第二天早晨，湖面封冻，四千五百余平方公里的湖面晶莹如镜，顿时成为玻璃世界，谓之“封湖”。

春天，随着印度洋暖流孕育而成的狂热的春风，一夜之间，不停地舔着冰湖。第二天，一望无际、碧波荡漾的蔚蓝色大湖，如同梦幻仙境展现在眼前，连半点冰碴都了无踪迹。此谓“文开湖”。

“武开湖”的场景更为震撼。夜晚，狂风大作，巨大的冰块因膨胀而不断炸裂、分离。巨大的冰块炸裂之时，能量惊人，犹如重磅炸弹声、迫击炮声、刺耳的子弹飞行声，在呼啸的狂风里震耳欲聋，夺人心魄，此谓“武开湖”。“武开湖”使青海湖迅速而又激烈地脱下冬装，大风把破碎的冰块推到岸边形成冰山。

谢小凡和邱琴出神地听着，由衷地感叹着大自然的神奇！

他俩仰望着湛蓝的天空，风从他们身边吹过，挟着破碎草叶的青甘气息。风渐渐加大，谢小凡脱下外衣披在邱琴身上。他深情地望着邱琴，一把抓住了邱琴的手，两手紧紧把她的手捂在手心里，温柔的手指电流般传递着邱琴的温存和顺从。按捺不住自己的冲动，谢小凡一手把她紧紧抱在怀里。像沙漠里如饥似渴的跋涉者突然发现甘泉一般，他找回了青春的冲动，越抱越紧。此时的小凡，多么希望听到她能亲口说出愿意到北京去发展。

谢小凡按捺不住急切的心情，把近期职工安置报名的事说了出来，“听说厂职工安置报名即将开始，你有什么想法？”

“我与爸妈商量，准备跟爸妈退休后去廊坊，你呢？”邱琴脱口说出她的想法。

一听她去廊坊发展，无疑是一盆冷水泼在头上，让小凡不快，但又不愿表露出来，他强忍心中的不快。

“我还在与爸妈商量之中。”小凡不便直白地说出自己想与爸妈一起留在北京，也希望邱琴一同去北京，而是婉转地说在与爸妈商量中，以免引起邱琴的不悦。

这段时间谢小凡一直在想，留在北京爸妈身边，无疑生活条件优越些。若邱琴也能一同来到北京发展该多好呀！邱琴却说留在爸妈身边——在廊坊与二炮联建的工厂。去北京发展的想法随着夕阳西下而破灭了。想法上差异的碰撞在他心底翻滚着。

邱琴也在控制着自己的不悦，没有更多地说下去，也没有表现出心中的不快，只是生硬地说了一句：“那你与父母慢慢商量吧！”

这句话，让谢小凡预感到，邱琴不悦带来的巨大的压力，在自己和邱琴之间，出现了一种潜在的裂痕。

谢小凡陷入一种痛苦的感情纠结之中，内心如同汹涌的波涛翻腾着。

简单用过野餐，两人舒展地躺在塑料布上，邱琴的头枕在小凡的手臂上，像是清晨在薄雾里行走，她放松极了，宛如在太空中遨游。谢小凡的巨大压力，顿时释放出来，望着那沐浴着阳光的温顺的脸，心里荡漾着激动和兴奋。

随着夕阳西下，通红的晚霞映红了远山。这一天，谢小凡的思潮一时难以平静下来。

四十四

二二一厂的撤销工作，随着职工安置工作的深入，突显出的难度远远超过40号文件当时的预料。

1989年，厂撤销工作进入攻坚阶段，遇到了40号文件中所拨资金不足的问题，职工盼望“两个安置办法”尽快出台，以加快职工的安置。

1989年9月7日，关心二二一厂的张爱萍将军，又对厂写去的信做了批示，指出：“二二一厂的妥善安置，对祖国的贡献和国家的稳定、安定团结，都将有相当影响。为对国家利益着想，建议请国务院予以特殊解决。”

1990年2月，国务院副秘书长王书明受邹家华副总理的委托，召开了有关部（委）会议。以国阅〔1990〕13号和131号文件，肯定了“相对集中，合理分散”的安置方案，落实了资金，提出了加快安置工作的一系列措施。指出，“妥善解决好二二一厂职工安置问题，是一项政治任务，各有关单位要顾全大局，尽快认真做好这项工作。”

本着保军的方针，廊坊联营厂继续承担为国防建设服务的重任。

1990 年 7 月，厂实行廊坊联建厂优先报名、仪器设备优先挑选、价格优惠的“三优”政策。

集中安置点报名工作，从廊坊联营厂开始。

1991 年 8 月，国务院批准了国家计委等十二个部委、中核总公司制定的《两个安置办法》。从此，二二一厂分散安置人员开始实施。

中核总公司、人事部、财政部联合下发了《关于 221 离退休人员有关问题的处理意见》。

至此，有关集中安置的地点、项目、政策、资金以及分散安置的政策等全部到位。

厂、矿召开了职工和家属广播电视大会。

厂长就有关安置政策进行深入地说明，并对职工关心的问题做了解答。报告进行了一个多小时。会后，将报告内容印发到各单位、居委会。对说明厂撤销的形势，做到政策公开透明，起到了引领作用。

职工安置定向，按照自愿报名、符合国家落户政策、工作需要的原则进行。厂初审，与地方、厂家协商，最后由对方确定。这样做起来工作顺、矛盾少，保证了安置工作有序进行。

报名工作一开始，便激起层层波浪。

中国人有着落叶归根的情怀，退休职工从高原返回内地安置，而年轻人下山创业。由在计划经济中一次分配定终身，向市场经济多元化择业的过渡，无疑是人生中的一件盛事、大事、好事。

职工因面临多样化的选择，有时也会带来一些烦恼和痛苦。

根据国家有关规定，在高原工作可提前五年退休，从事有毒有害岗位又可再提前五年。一个提前五年，一个提前十年，退休政策年龄的收缩性大，增加了对未来退休政策预测判定的难度。是退休，还是下山继续干？是夫妻双方在厂退休，还是一方在厂退休，一方下山继续干？退到哪里？下山在哪里创业？是融入分散安置？还是进入集中安置？进入哪个集中点，或是分散到哪里……

在离退休人员老有所养的安置中，不仅要考虑到年轻职工的“以小带老”（即职工带离退休父母走），还要照顾到离退休职工的“以老带小”（即离退休父母带已工作的子女走）以及和哪个子女在一起安度晚年，等等。

不仅要做好全民职工的安置，同时要把大集体职工、残疾人员、抚恤户、家庭户、社会无业人员、职工待业子女等一同考虑，把大家都安排好。

由于厂的撤销工作时间长，其间，有500多名安置职工在三年多的安置过程中改变了原来的安置去向；七年中，有300多人因婚姻变化而要求改变去向；有1200多名职工子女，考入大、中专院校和毕业分配，而要求改变去向……这些无疑给职工和安置工作带来一系列新问题。

在实施过程中，职工中的生产骨干，是先留下还是先走的矛盾、厂撤销三大工作与118任务的矛盾、基地移交与基地维持的矛盾……

职工既是厂撤销工作的参与者，又是被安置的对象。建厂三十多年经历的无数坎坷，遗留下来的所有老大难问题，都要“搭末班车”求得解决，各方面的矛盾都会显露出来，每个矛盾的解决都牵动着职工的切身利益，引发职工心态上的不平衡。

下班后，串门的人多了。找领导、找老乡、找朋友、找同事出出主意，有的还召开了家庭会。有的就直接找到领导家，晚上厂、矿领导家里门庭若市，热闹非凡。

一时间，职工的议论也越来越具体、越敏感，思想的碰撞越来越激烈，埋藏在职工心底的渴望和追求又一次活跃起来。说点怪话、发些牢骚、打威胁电话，甚至有人从外地拍来电报，说某某厂领导已去世，以此发泄自身的烦恼和不满。这是很自然的，也是可以理解的。

俗话说，好事多磨嘛！厂坚持以人为本，依法办事，实事求是，用疏导的方法去处理。

系统室有一位领导，家中女方坚持回老家宁夏银川安置，男方却要去兰州的儿子处安置，夫妻双方坚持不让。这位基层领导一气之下，干脆搬到办公室去睡也不回家了。谢国梁听到后，来到分厂系统室，找到这位领导，进行了推心置腹的长时间促膝谈心。谢国梁根据有关政策，分析两个地方安置的利弊后，说：“明天就搬回去，好好与你爱人商量，主意还得由你们自己定。相信你们会很好地解决的。”

第二天，这位领导搬回家住，心平气和地与老伴进行了长谈，最终两人统一了意见，决定一同回老家安度晚年。

在矿区医院发生了这样一件事：男方是医院副院长，少数民族，原籍是云南，希望回南方原籍安置。而女方是东北人，副主任医师，却坚持要回北方。两人协商多次僵持不下，最后在同事们的劝导下，终于找到一种折中方案，去到中原城市郑州干休所安置。

有一位离休干部，早期已在西宁杨家庄安置，住进了新房。根据厂的政策，身边必须留一名子女在西宁。几个子女多次商量，都不愿留在西宁，只能父子双方写下书面保证，不再要求第二次安置。几年后，这位老同志卖掉了杨家庄的住房，到子女所在地欢度晚年。

多数双职工选择了一方在厂退休，一方下山安置这样一种较为稳妥的方案。

有的家庭因安置中的琐碎事闹得矛盾激化，还引发了家庭的悲剧……

四十五

安置报名的波涛，也波及谢国梁一家。

晚上，吃完晚饭，洗刷收拾完毕，谢国梁召开了家庭会。

谢国梁首先开了腔说：“厂的安置工作报名开始了，大家有什么想法都说说。”

老伴急于说出自己的想法，希望起到导向的作用，她对孩子们说：“我跟你爸商量，我们从北京调来的，生活基础在北京，在厂退休后回北京安置。”

“我和小田商量，根据政策和父母一同回北京安排工作。爸妈把我们抚养长大，我们陪爸妈养老。”谢小平抢先说。

回北京发展，对谢小凡有着一定的吸引力。他带着商量的口气说：“我想调回北京原单位，但邱琴已明确和她爸妈去廊坊厂，如果长期分居两地，可能面临与邱琴分手的风险。”

妈妈一听，极力地反对：“小凡，你马上要与邱琴结婚了，怎么能分居在两地？”

姐姐也不同意谢小凡的想法：“小凡，你的事业在廊坊联营厂。廊坊厂是二二一厂的延续，对年轻人有很好的发展前途。既然邱琴已决定跟父母退休后到廊坊厂工作，去廊坊厂是你最好的选择。”

“邱琴到北京来发展不是更好吗？”谢小凡辩解说。

“你想你们一同进北京，能在一个国防单位工作吗？我们随父母进京，已做好在北京地方企业工作的思想准备。”小平一听到在国防厂工作，顿时兴奋地站了起来说道。

“小凡，你姐说得对，你的事业在廊坊厂，你的未来也在廊坊厂。更何况邱琴已决定去廊坊呢？你可要好好想想。”谢国梁最后没有直截了当说出自己的意见，仅仅做了提示，让他自己去考虑。这种考虑可以让小凡想得更深刻、更牢固。

此时，谢小凡的内心世界如同汹涌的波涛一般翻腾着，他陷入了激烈的思想斗争中。

他又不想让这种不定的安置去向多停留一天，这会给邱琴带来不必要的烦恼。

第二天，谢小凡左思右想，还是拿不定主意。忽然间，脑子里划过一道明晃晃的闪电，他心里猛一下想到了他的好友姜波。

姜波自机关团委抽调到厂的调整工作办公室，起草过“两个安置办法”细则，对安置政策最为了解。

谢小凡怕打扰怀有身孕的郝丽，约姜波晚饭后到家里来玩。

第二天晚饭后，姜波从 38 号楼宿舍里来到 3 号黄楼西单元二楼东头，登上台阶来到二楼东单元，敲开了门。开门的是谢国梁的爱人——王工程师，她打开门一看是姜波，连忙说：“快进来。”谢小凡马上走出房间，拉着姜波的手来到自己房间的床头坐下，又泡上一杯茶。谢小凡先是询问廊坊联建厂的报名情况。姜波慢慢地说：“厂领导认为廊坊厂是二二一厂的延续，对廊坊厂实行三优，报名优先、设备优先、价格优惠。”

矛盾的想法一直在谢小凡心底撞击，他自信地说：“根据我的条件我可以随父母进北京安排工作的。”

“是，根据你父母从北京调来，生活基础在北京，你可以随父母落户北京，在京安排工作。”姜波介绍了进京落户的政策。

“那我们子女随迁，会安置在哪些部门？”谢小凡紧追着问。

“某研究院已离开了核工业系统，中核总公司接收个别职工，绝大部分安置在北京市的企业。”

“我去北京就得改行啦！”

“是！就得改行。你愿意吗？当然，北京的生活条件比廊坊好。”

分析了去北京、廊坊的利弊，姜波最后说：“从年轻人的发展来看，你和邱琴同去廊坊，能发挥技术专长，继续为国防建设作贡献。同时，廊坊离北京又那么近（仅几十公里），有公路相连，交通极为方便，比住北京远郊区上班还近。你姐姐和姐夫也随你父母去了北京，可照顾父母。”句句话说到小凡的心窝里，去廊坊创业，有利于青年人事业的发展，姜波建议他去廊坊厂。

谈话一直进行到深夜。姜波觉得时间不早了，起身礼貌地告辞。

谢小凡的兴奋从心里一直洋溢到脸上，兴致勃勃地把姜波送到 38 号楼前。他走在回家的路上，街上已经没有人，只有几盏昏黄的路灯，照着空荡荡的街道。谢小凡仰望着那一轮皓月和繁密的星斗，偶尔吹来的凉飕飕的晚风里弥漫着从草原里卷来的泥土芳香。他心存对姜波的感激，往日友谊的暖流也在他的心间涓涓流淌，他心里暖融融的，身心感到解脱后的喜悦。

青春激流拍打起的第一个浪头在谢小凡内心渐渐平复了。

第二天一大早起床，洗漱完毕。吃早饭时，谢小凡急忙把去廊坊联建厂的想法告诉父母："昨天晚上我与姜波进行了长谈，经过他的分析和开导，我决定去廊坊厂工作。"

爸妈高兴地笑了，爸爸说："这就对了，你和邱琴二人去廊坊厂可以发挥技术专长，继续为国防事业的发展作贡献。"

妈妈紧接着说："你姐夫和姐姐将随我们进入北京，也有了照应。何况廊坊距北京这么近，回家也很方便，你们就不用担心了，只要你们两人好，事业上顺心就成了。你们不妨近期把婚事办了。"

"是！"谢小凡满脸的高兴劲儿。

家庭安置的风波很快平静下来。谢小凡的心变得明亮而辽阔了，他感到心中从未有过的舒畅。

第二天，谢小凡早早打去电话，约邱琴晚上在她的办公室见面。

邱琴也急切地想听听谢小凡最后的安置定向。

吃过晚饭，邱琴从八号黄楼的家，疾步来到科技图书馆。

谢小凡早已等在大门口。他们上到二楼阳面的一间办公室，邱琴拿出钥匙打开办公室房门。谢小凡拉着邱琴的手，两人坐在她的办公桌前。

谢小凡急于把他安置定向的消息告诉邱琴，说："我决定去廊坊厂，爸妈都支持。"

"那好，我就知道你一定会去廊坊厂的，因为我们的事业在那里。"邱琴舒心地笑了，高兴地说。

谢小凡望着她的脸，在严冬的寒风中红扑扑的格外鲜亮，她身上弥漫着一种对他来说非常神秘的魅力，那股青春的热情感染着谢小凡。一想到跟她单独在一起，紧张而又渴望，他的心开始剧烈跳动。过去那些向往和追求的意念，又逐渐在他心中复活，一种爱流，刹那间漫上了他心头。

对邱琴来说，谢小凡在她内心引发的安置风波，已经在抚慰下平息了，现在只留下一些细微的痕迹。

谢小凡隔着办公桌，握着邱琴的手第一次说出："我真心爱你！"

此时此刻，谢小凡感到胸中一团火在燃烧。他站起身再次拉着邱琴的手，把她的双手按在自己的胸口上。邱琴能感觉到他剧烈跳动的心就在她手指间。

邱琴顿时心花怒放了，她仰起头，坚定地对他说："我们会永远在一起的！"

此时此刻的谢小凡，心里勾画着宏图，脑海里充满理想，慢慢地说出自己的想法，以抚平她那点点细微的痕迹，他说："我准备参加廊坊厂的筹建。"

"好！"邱琴一听，以坚定的语气回答。

"我想在我去廊坊参加筹建工作前，我们两人把婚结了。"谢小凡大胆提出结婚的事。

"我也是这样想的。"邱琴肯定地说。

"结婚在厂举行。"谢小凡说。

"简简单单，两家人在一起吃顿团圆饭就行了。"邱琴满口答应着，邱琴的话让谢小凡心花怒放，感到十分舒心。

谢小凡凝视邱琴的神态是那么专注，那么含情脉脉。邱琴深情的双眸，像磁铁一样吸引着谢小凡。他俩就是这样你一言，我一语，互相要求，互相承诺。邱琴的每一句温柔的鼓励，都给谢小凡带来巨大的鼓舞。

谢小凡有品位、有思想、知道体贴人，给她带来一股青春的活力，一种永远积极向上的激情。两个心爱的人在一起，倾诉着心里的话……时间总是过得太快，不知不觉，又是深夜十一点了。他们俩手拉手走出办公室，回了各自的家。

爱情是两个人之间的事，婚姻则是两个家庭的事，而家庭则是事业的保障线。他们决定告诉父母。家里人一听，一百个的高兴。

从那以后，谢小凡喜欢把空闲的时间都用来与邱琴独处。一见面，邱琴那一脸灿烂的笑容，显露出的两个小酒窝，让他看不够。谢小凡总是用亲切的口吻对她说："一见到你，我总觉得和你有说不完的话。"

只有在那时，他才能把自己的心完全地交给邱琴，他享受着那种独处中被爱俘获的感觉。

四十六

随着安置工作的加快，附近县、乡的牧民急于返回金银滩的意愿也越来越强烈。

按惯例，每年八月是厂区附近乡的牧民赶着羊群路过厂区，去往北山给羊洗澡的季节。金银滩草原群山环抱，绿草如茵，唯独留下南北山口，犹如底部有一个漏斗的大口袋。

四厂区外的草场，散落着众多乡的牧民的帐篷和羊群。

草场是牧工的命根子。特别是建起草库伦以后，草场实行分片轮休，这是保持来年水草生态环境恢复的重要举措。

听到牧工报告，牧场史副场长急忙赶到现场。

史副场长走到对方党支部书记身边，握住他的手，好心地劝说："你好！你们赶着羊群路过金银滩，到北边为羊洗澡，我们应该以礼相待，可你们在厂区停留的时间太长了，引起我们牧工的不满，请你们早点离开厂区。"

对方摆出了种种理由，想多留几天，双方僵持不下。两边聚集了不少骑着马的牧工和牧民，有的甚至拿来了械斗工具、猎枪……

史副场长一看，形势有一触即发之势，他赶紧叫来牧工一队的顿珠，让他骑着摩托车迅速去往矿区办事处的办公室报告。

顿珠骑着摩托车飞奔在七厂区的公路上，经过七厂大桥，赶到矿区办事处小楼，他额头急得冒出豆大的汗珠，停下摩托车，上气不接下气地跑到二楼，找到矿区办事处办公室张主任，紧张地说："莫湘滩的牧民，在四厂区外草地与矿区牧场牧工发生对峙。双方聚集了几十人的队伍，械斗有可能一触即发。你们赶快去处理吧。"

处事谨慎的张主任随即拿起电话，拨通了联防指挥部办公室电话，值班员接通电话后，随即报告了矿区公安局局长。

矿区公安局陶局长和武警四支队的刘副支队长，驾驶吉普车迅速赶到现场，双方见到公安局和驻厂武警支队的陶局长、刘副支队长的到来，顿时气氛就缓和了下来。

陶局长首先对史副场长说："矿区牧工姿态要高一些，不能聚集这么多队伍……"

对方牧民一看，陶局长首先批评矿区牧工，情绪很快就平静下来。陶局长一看出现了转机，再来到莫湘滩乡党支部书记身旁，听听他的说法。多杰书记看到公安局局长和武警副支队长赶来，慢慢地说出了原委，他说："今年，由于周边草原出现旱情，我带着牧民、帐篷、食物路过厂区时，多停留了几日。更重要的是厂要撤销了，原迁出的牧民纷纷要求搬回来，分享肥美的金银滩草原。”

陶局长一听，原来事出有因，厂的撤销引起牧民想返回金银滩草原的想法，他们想在这里多停留一些时间，以试探厂、矿的态度……

矿区牧场史副场长的内心顷刻涌起一种深深的自责和愧疚，这种感觉像水中的木头，越往下按就越向上浮。抚今忆昔，思潮滚滚，牧场建立的历史一幕幕呈现在他的脑海里。

那是 1958 年 1 月，中央决定成立三机部（后来的二机部、核工业部、中国核工业总公司、现在的中核集团）九局（核武器局）后，以九局副局长吴际霖为组长的中苏 20 多人联合选址小组，历经四川绵阳、甘肃张掖考察，厂址初选了张掖。在向甘肃省委领导汇时，转达了在兰州市的一位青海省领导希望考察组到青海去看看的请求。吴际霖拨通了即将上任的三机部九局局长李觉将军（从西藏军区副司令员、参谋长岗位上调任）的电话，李觉将军同意顺道去青海省看看。

时任青海省委书记第一书记的高峰非常重视，指示省计委把省内最好的地方给予推荐，支援国防建设。

在省计委提议下，中苏联合选址小组 20 多人，来到经济欠发达的牧区县——整个县仅有 5000 人的海晏县县城。县城只有几处土坯房的商店、新华书店，住宿条件十分困难。选址小组成员自带行李和厨师，住在县委办公室，睡在办公桌拼成的床上。通过几天实地考察，选址小组一来到三面环山，地域宽阔，水、电、交通方便，移民少的金银滩草原，就被这里优越的条件震撼了，苏联专家感叹着说：“好极了！在中国再也找不到比这里再好的厂址了。”

7月中旬，中央批准了选址报告。

9月，二机部九局与青海省畜牧厅签订了《国营羊场迁出协议书》（国营羊场职工1200人及所有牲畜）；同中共海北州委签订了《工厂禁区范围内拟建厂地居民迁出费用协议》（禁区范围内5所小学，841户居民及牛羊），搬迁费共3 084 150元。

青海省委书记处召开了《关于二机部在海晏建厂问题》的专门会议。省委电告二机部党组关于对二二一厂建厂的移民、加工设备、地方建筑材料、服务人员、保密等问题所作的安排和决定。

历经半年时间，于1959年4月，牧民迁移完毕，221基地得以开始建设。

由于受到当时极“左”思潮影响，搬迁准备工作不足，突击撤迁造成人员及牲畜一定程度上的伤亡。这种顾全大局、舍己为公的爱国主义精神，同样为我国核事业发展做出了不可磨灭的贡献。

1961年11月，青海省委决定拨给厂两万多头牛羊，留下的牧民于次年元月组建了国营牧场，小史参加了牧场的组建，成立了农、牧各两个队，还开办了寄宿制的民族小学。

时任核工业部副部长的李觉将军，每当厂向他汇报工作时，他总是念念不忘青海人民当年拿出最好的草原作为厂址，禁区划分在一定程度上制约了当地经济的发展。李觉将军多次叫厂领导转达对青海省委、青海省政府和青海人民的敬意及问候。

童年的小史随父母留在了金银滩草原。由于工作中的出色表现，小史从农业队队长提拔为牧场副场长。望着曾经一起放过牧，为厂建设做出了个人牺牲的牧民朋友，他内心流淌着愧疚的泪水。

通过做工作和沟通,双方静下心来。第三天多杰书记带领牧民，带着行装、赶着羊群启程离开了金银滩草原，前往北山山口。

四十七

1990 年 6 月，118 任务全面交付。谢小凡将前往廊坊联建厂参加筹建工作，走之前，谢小凡与邱琴完成了简单的婚礼。

没有几大件，也没有结婚仪式，小凡和邱琴却把人生结婚的大事办得有滋有味。

这里是创业奋斗的地方，职工还要回到内地安家，这里没有买房之说。金银滩草原上简单的婚礼，正是 221 人对事业执着追求的真实写照。

新房布置得极为简单。窗户上贴着红双喜的剪纸，拉上金银红绿的剪纸拉花，床上放着女方陪嫁的绣花被、朋友们送的床罩等日常用品。虽然比不上现代年轻人结婚时的大气和排场，但比 221 第一代人在厂的结婚又要讲“排场”多了。

一个风和日丽的星期日上午，谢、邱两家人及叶老师、张老师、姜波等几个好友在一起，由谢国梁的老伴王工程师亲自主勺，为小凡和邱琴举办了陕西风味的家庭婚宴。

张老师目睹核二代的婚礼，萌发出一种羡慕的感觉，真是大不一样啊！

张老师至今仍然记得，20 世纪 60 年代初在厂结婚，到海晏县城民政局领个结婚证，请大家吃吃喜糖，两人的被子合到一起，挤住在自己修整的平房里，就成为一家人了。

也许，这就是两代核工业人的差别！他默默祝福谢小凡和邱琴，默默祈盼着这对年轻夫妇幸福美满！

开席了！大家一同来到餐桌前，一一进入席位，唯独田勇身边仍然空着一个位子。谢小凡正纳闷地问："怎么姜波还没来？"话音刚落，姜波就走了进来。田勇拉着姜波走进房间，谢小凡以极小的声音充满吃惊地说："你怎么才来？"

姜波十分抱歉地连声说："对不起！刚刚接到廊坊厂打来的电话，来晚了，我自罚一杯。"说完，田勇一把拉住姜波，将他按在身边的空位子上。

谢国梁代表家长首先站起来，举起手中的酒杯说："谢谢大家的光临！今天两家人与几位好朋友聚在一起，祝福我的儿子和邱琴新婚，我感到十分高兴！你们核二代都是在顺利环境中成长，很快就要回到内地融入社会，准备经受各种磨难。祝你们健康成长！祝小凡和邱琴新婚快乐！"谢国梁带头举起手中的酒杯说着："大家一同干一杯！干杯！"

分散安置办公室主任邱强满怀喜悦的心情，接着说："感谢大家的光临，今天这样简单没有仪式的结婚好！待我们搬过去了，到时欢迎大家到廊坊去做客。”

随即，姜波带头举起手中的酒杯说：“大家都有了，同祝新郎新娘事业有成，白头到老。”大家一起举起手中的酒杯一饮而尽。

张老师端起茶杯，站了起来真诚地说：“我不会喝酒，就以茶代酒，祝贺谢小凡和邱琴新婚大喜，你们是核二代人的骄傲。祝你们在新的工作岗位上作出更大的贡献。”在场的所有人纷纷站了起来，举杯喝酒以示敬意。

姜波主动站起说：“刚才晚来，自愿罚酒一杯！”他将杯中的酒一饮而尽，紧接着又给自己斟满酒，继续说：“祝新郎、新娘新婚美满，早生贵子。”当姜波将这一杯酒又一饮而尽后，酒桌上的气氛顿时活跃起来。有的说：“说得好，说得对。”姜波一下子说出了王工程师的心愿，她心里顿时乐开了花。大家交谈着，议论着……

大家纷纷为谢小凡和邱琴敬酒，为新人送上美好的祝福！

谢小凡代表邱琴说：“谢谢大家！我们不会忘记你们的嘱托和祝福。今天的聚会虽然没有婚礼和宴会，但有生我养我的父母，有教育我们成长的老师，有在我们前进道路上给予支持相助的朋友，人生知足者常乐！”

一时间，大家自然把话题转到廊坊联建厂的建设和人员安置上来。

大家最为关心的是工厂何时竣工？离退休人员何时能进驻？

姜波一边吃着，一边有板有眼地说："在中核总公司、军方大力支持下，廊坊厂采取了分期建设的办法，加快了联办厂的建设。"

"一期工程控制在中核总公司审批项目资金权限 3000 万内，由核工业第四设计院设计。二二一厂从 118 军工产品任务的利润中筹集 2950 万资金，银行专项贷款 2000 万，投入基本建设，解决了军工产品任务维修的难题。"

大家细心聆听着，连声说："这思路好，这思路好。"

姜波又称赞了基建指挥部的两位领导说："厂副总经济师于永宽和军方总代表张宝儒，发扬艰苦创业的优良传统，吃住在工地，协调好与地方的关系，本着生产、生活同步建设的原则进行。基本建设正在有条不紊地紧张进行。"

姜波最后说："明年职工和离退休人员将会进驻，工厂尽快投产，继续为国防建设服务。"

大家的心情顿时高兴起来，餐桌上不时响起一阵笑声。

大家的祝福，让新婚的谢小凡脸上露出灿烂的笑容。婚后，谢小凡将参与廊坊联建厂的筹建工作，邱琴暂留在厂内配合环境实验室的刘主任挑选仪器设备和包装运输。

四十八

职工安置工作的实施，让隐藏在深处的矛盾逐渐浮出水面，厂领导越来越感到压力和负担。

上海、烟台、临潼联营厂的移交进行得比较顺利。但在沿海某一开放城市进行的联营公司移交激起了狂风巨浪，引发当地媒体的关注，准备对簿公堂。

由于某市联营公司处于蓬勃向上的发展时期，效益好，成为地方争夺的对象。为落实中央40号文件撤销二二一厂的决定，所在地方的A区政府，希望厂方的股权、职工全部移交给他们，而厂在联营公司的职工却不同意。厂通过多方协调，并得到中核总公司的批准，将联营厂我方的权益，移交给秦山核电厂作为维修厂。

市主要领导认为秦山核电厂介入有助地方经济发展。而A区地方政府却认为二二一厂先与A区谈妥后，A区再与秦山厂谈。秦山核电厂的主要领导前去考察，A区政府采取了不配合的态度，导致移交考察工作搁浅。

加之地方区域重新划分，使两个区的矛盾愈演愈烈。联营公司原所在的 A 区，这次划归到 B 区管理，按理联营公司的人事管理权和税收，也应划分到 B 区，但却被人为地维持在 A 区，造成 B 区政府和 B 区某乡在联营厂参有较大股份的玻璃钢厂的不满（原来的 A 区政府只占小股）。

市里领导意见不统一，难以调解两个区的矛盾。B 区政府不得不上告到农业部乡镇企业局，局也有明确的意见，即市区重新划分后，人事管理权和税收应划归所在 B 区。然而 A 区对农业部乡镇局意见不服，市里一时难以执行。

《XX 法制报》也发表了调查报告，编者按中指出："在改革开放渐趋深入时，XX 市有关部门，却对属地内乡镇企业的正常经济活动粗暴地干预，造成企业无法正常开展经营达 10 个月之久。我们热切地希望 XX 省有关部门，能对此高度重视，这样一个与时代格格不入的不协调音符，是到终止的时候了！"社会舆论普遍支持 B 区乡的做法。

联营公司正常的运行受到干扰，二二一厂的权益受到冲击，矛盾有愈演愈烈之势。二二一厂夹在中间左右为难，职工万分焦急，二二一厂当即决断，把联营厂我方的股权处理与职工的安置分开办理。厂授权联营公司董事长刘智财和厂器材处驻上海办事处的许震贵董事全权处理股权转让事宜。

恰逢此时，B 区所属某乡玻璃钢厂的主要领导与当地乡领导来厂，洽谈我厂股权转移事宜。

犹如干旱的土地遇到了一场及时春雨，为解决股权处理提供了难得的商机。两家一接触，一拍即合，双方在二二一厂签订股权转让协议。二二一厂投入的股份（57%）全部转入玻璃钢厂。

联营厂我方刘智财董事长，为如何能尽快落实资金召开董事会。他首先找到B区某乡老耿私下谈起此事说："我想把厂的股份卖给你们。"后面的话就没有说下去,以怕说话不投机,反而误了事。老耿心领其意，没有直接点破，就回去了。

两天后，老耿落实了资金后找到刘董事长："你前天说的事，是不是57%股份变现的400万元给你们。"

"是！你们有钱吗？"刘董事长问。

"有！"老耿说。

"那好，我们来真的。通过工行汇票办。"刘董事长高兴地说。

厂也传来消息，B区某乡玻璃钢厂，与厂签订了股权转让协议。这边只要一开董事会认可并经公证，就能马上拿到汇票。刘董事长一看天时、地利、人和，水到渠成。事不宜迟，刘董事长当即决断马上召开特别董事会。

怕事情出现纰漏，他亲自将召开董事会的书面通知送往A区区长手里，区长对召开董事会并不在意。轻描淡写地对刘董事长说："我们区的副董事长就不参加了。听说秦山核电厂要接，我们就要与你们二二一厂和秦山厂分别谈。"并带有威胁的口吻说："听说二二一厂要撤了，你们连一块砖头也别想拿走！"

第二天，在联营公司所在地B区，召开了非常董事会（二二一厂为董事长单位）。除A区的两名董事一名缺席外，以绝对多数票通过二二一厂57%的股份，转让给B区某乡的第二大股东玻璃钢厂。组建了新的董事会，任命了新的总经理。

第二天，股权转让协议在当地公证处进行了公证，从法律上完成了股权转让手续。刘处长（原联营厂刘董事长）当夜派人将汇票带回厂，回收了厂的全部投资。

新董事长、总经理召开了联营公司中层干部会，宣布了新董事会的决定。

职工们奔走相告，拍手称快，心里犹如久旱逢甘露般滋润、舒畅。联营公司二二一厂的技术人员、工人，纷纷走到刘处长身边，满脸喜悦地握着他的手说："办得对，办得好！"

厂派出的联营公司的副总工程师查幼良高级工程师，兴奋地对刘处长说："现在是山重水复疑无路，柳暗花明又一村！"

老工人邢家栋师傅听到这个消息后，充满自信地说："早就该这么办了，要是事前通报当地政府，就办不成了。"

为确保股权转让的关键时刻不掉链子，支持前方孤军作战的刘处长，在临近该市不远的苏州市，厂派出党委副书记高桐淮、副厂长孙铁柱和分散安置办公室邱强等负责人坐镇苏州，不时前往与刘处长研究对策，做好厂职工的工作。形成前方、苏州和厂的快速反应机制。

股权转让后，联营公司职工情绪高涨，生产秩序井然有序。

这件事却引发 A 区个别领导的强烈不满，先后提出种种质疑：什么厂在联营公司的投资不是使用二二一厂的自由资金；董事长没有厂长的授权；二二一厂在当地落户，是政府行为，股权转让应得到政府的同意，等等。

市上一位副秘书长，也约见刘处长。这位秘书长向刘处长宣布了市关于昆仑公司（联营公司的名称）突发问题的五项决定，他说："6 月 26 日召开的董事会是错误的。违背了组织原则，违背了两家上级的会谈纪要。新成立的董事会，任命的总经理市不予承认。厂带走的汇票 400 万资金，不能动用，听候处理。今天下午召开公司大会，原班子人马进驻。"

还无理地以命令的口气说："今天你不能离开本市，钱拿回来才能走！"

刘处长以坚定的口吻回应说："我不是你市的人，你们没有权力约束我的自由。"说完转身离开，走出了办公楼。

邱强看见精神亢奋的刘处长说："看来，我们给他们的地方保护主义捅了一个大窟窿，还想把你作为人质呢！"

刘处长面对市和 A 区个别领导的刁难，不以为然，对邱强说："我们按董事会章程办，符合市场经济规律，没错！"

邱强理直气壮地说："邓小平南方谈话不久，一个对外开放的城市，如此强硬地行政干预市场经济运行，是不会得逞的。"

刘处长一时间成为该市法院的热点人物。

刘处长和邱强一身轻松地回到招待所，一位服务员小声对刘处长说："乡政府给我们布置了任务，要我们注意你们的安全。"

刘处长已做好被带走的最坏打算，回到房间将有关向厂和上级汇报的材料交邱强带往苏州，进行了必要的转移。

前方情况十分紧急，二二一厂领导连夜召开会议研究，大家一致认为："厂长授权的股权转让是市场行为，符合公司章程，合法也合理。厂股权转让的资金，不可能、也没有理由转回。"

上级也出具证明，联营公司的投资是厂的自有资金。

A 区仍不依不饶，派出工作组进入联营厂，强行宣布股权转让无效，恢复原总经理职务。

顿时，引发 B 区当地乡群众的强烈不满，此事闹得沸沸扬扬。在联营厂的大门外，聚集了愤怒的某乡村民，质问工作组，双方发生强烈的对峙。工作组组长眼神惊诧，他感到了无奈，为缓和矛盾，只得主动撤离了现场。

一波未平，一波又起。

1992 年 5 月，海北藏族自治州政府接收工作组一行 50 多人进驻二二一厂。

工作组与厂移交领导小组进行了洽谈，就中核总公司与青海省政府达成的移交热电厂、医院、文教局所属学校、交通运输处、动力处、国营牧场、总厂通讯电视广播等 13 项设施交换了意见。

双方约定：本着成熟一块、移交一块的原则，分设七个接收组进行。

首先，海北州接收了三分厂的制氧车间、乙区（海晏县城）

交通运输处的机动车修理厂。制氧车间、修理厂很快投入运行，为地方经济发展服务。

由于热电厂不能停运，为保证正常运行，在热电厂移交中，海北热电厂的干部、工人参与共同运行，为移交打下了基础，在运行中逐步移交。这也缓解了热电厂人员下山带来的人员不足的困境。

国家“八五”期间拟在西北建设一个大的纯碱厂，青海省早期计划利用青海的盐资源和充足的电力资源开发纯碱项目，与厂在转民中的想法不谋而合。厂与成都化工设计院共同编写了20万吨纯碱项目的可行论证报告，并初选了厂址（在热电厂后边）。青海计委向国家计委上报此项目，经中核总公司批准，厂拨付项目前期费用100万。但在向化工部立项时，由于缺乏竞争力而落选。

海北州在接收基地利用上存在一定的困难。厂移交组与州接收组在谈判中，由于对厂外运到职工集中安置点的设备不满，以及在国营牧场草库伦建设等资金支持的数额上有分歧，迟迟达不成协议。州个别领导决定在矿区发布公告。厂在向内地集中点运出的设备在县城检查站受阻，引发厂职工的不满，通过上级沟通，问题很快得到解决。

厂、矿办公会议及时研究认为：海北州把最肥美的金银滩草原作为厂址，被划定为国家禁区后，省、州、县在生产力布局、地区经济发展规划上，受到很大制约，同样为我国核武器的发展作出了无私奉献。建厂初期迁出的1279户牧民，因厂的撤销强烈要求迁回金银滩草原，对他们目前的困难必须给予适当解决。建议除中核总公司与青海省商定的向海北州无偿移交牧场、热电厂、医院、学校、运输、动力、通讯广播电视等13项厂房、设施、设备、牲畜外，敦请上级对海北州接收的厂房、设施，给予5年的管道、房屋维修费，牧场草库伦建设和1279户牧民生产、生活补助费共计2300万元。此次建议得到中核总公司的批准，大大加快了基地移交进程。

内地某市联营厂所处A、B两区，双方均不示弱，矛盾激化，引发当地新闻媒体高度关注。

社会舆论支持B区下属的乡玻璃钢厂的做法。A区不依，动作频频。B区乡政府准备召开新闻记者招待会。二二一厂被迫聘请律师准备对簿公堂。

此时，为缓解矛盾僵局，军用局尤局长与厂长、高副书记等，前往该市与市领导沟通。

在会谈中，高副书记阐明股权转让事出有因，是被逼出来的。股权处理，木已成舟，不可能退回到原点，希望市领导予以谅解。对在处理此事时事前未向市里汇报，表示了歉意。在表明我方观点后没有与对方进行更多的讨论，尤局长一行三人就离开了。

股权转让前后的日日夜夜，前方天天保持与厂的电话联系。邱强随厂长看望了在联营公司工作的厂职工。召开了联营公司里二二一厂职工大会。向职工介绍了厂撤销的形势和政策，希望职工与厂同心同德，做好股权转让和职工安置。厂要求他们不唱反调，不搞小动作，共同把厂在联营公司的资产转移做好。根据个别问题个别处理的原则研究处理，把同志们安置好。

邱强作为分散安置办公室负责人，会下与厂在联营公司的同志促膝谈心，听取他们对安置的诉求，耐心做好职工的安置。

有一位女同志含着眼泪对他说：“父亲早年在厂动力处离休回到上海，年迈多病，无人照顾，想回到上海照顾父母”。邱强听得很认真，听后对她说：“我们回去后尽快研究，尽快与上海取得联系”。这位同志听后感动地说：“谢谢！那就拜托了”。

最后，根据上海的落户政策，这位同志重新回到父母身边。

面对复杂的局面，上下共同努力，保持了厂方在股权转让上的主动权，顺利完成了股权转让，保证了国有资产没有流失。

最后，当地政府采取措施，平息了事态的发展，对联营公司厂方的职工，提供了相对宽松的安置条件，大家得到较好的安置。

四十九

华灯初上的北京，张开了她诱人的怀抱。

霓虹灯闪烁，街上流光溢彩，轰隆隆的汽车噪音，偶尔从音像店飘来的音乐，弥漫在城市上空……

厂长、谢国梁、安防处处长王炎明参加核设施退役工程国家验收会，住在南礼士路的中核总公司招待所。

吃完晚饭，在招待所门口，舒展一下身体。在招待所门口不远处，一位退休的老人伫立街头，脚下摆放着一个小火炉，上边支着一口小小的锅，堆得冒尖的盐茶鸡蛋 ，估计有十几个。旁边地上放着一个小的塑料袋，里面装着斤把水煮花生。老人两眼盯着过路人，耐心等待他们来购买。

谢国梁走到老人身旁，和这位老人拉起了家常。谢国梁问:“晚上站在这里卖东西很辛苦。”

老人无可奈何地说 :“退休了，老伴常年卧病不起，经常看病，工资不够花。只能在晚上出来，做点小买卖。”

谢国梁怀着同情问：“手头的鸡蛋、花生卖得完吗？”

老人听到此话，眼里充满兴奋的亮光，他连连点头说：“到晚上九点就卖完回家。一个盐茶蛋一把花生，一天卖下来，可赚十多元。一个月下来也能赚上三百多元，贴补家用。”

谢国梁猛然想到社会上流传的一句话，“搞原子弹的不如卖茶叶蛋的”。

真不是句开玩笑的话，果真如此。我们的厂长一个月的工资也只有300多元，比厂内职工最低工资也只高三倍多。

1984年，国家恢复了科学奖励办法。

原子弹、氢弹爆炸成功的20年后，厂荣获了原子弹、氢弹突破和武器化两项国家科技进步特等奖。当时，发给九院和二二一厂各一万元奖金。这对于一个特大型企业，可以说是杯水车薪。厂只得拿出15万元奖励基金，按15元、10元、5元三个档次标准，随经济责任制考核指标发放下去。

在西方核威胁的严峻形势面前，我国的科学技术人员在国家经济、技术力量十分薄弱的条件下，敢于担当、爱国奉献、艰苦奋斗、求是创新、顽强拼搏，依靠全国人民的支持，成功爆炸了我国的原子弹、氢弹，发射了人造卫星，才有今天中国在国际上的地位和话语权。如果说他们付出的是100%，那么他们得到的回报是1%。

1992年6月20日，中国核工业总公司二二一厂，核设施退役工程国家验收会，在北京新大都饭店召开。国家计委副主任甘子玉主持了验收会。国防科工委、国家环保总局、青海省、中核总公司的领导及国内环保专家出席。会上，与会者观看退役工程实况录像，中核总公司宣读了核设施退役工程总结报告和结论，而后进行了讨论。

与会者一致认为：二二一厂对核设施退役工程，是严肃认真的。本着对子孙后代负责的态度，从维护国家声誉大局出发，客观、公正、实事求是地做好了这件事。代表们纷纷在验收报告上签字。

核设施退役工程，包括非放射性和放射性两部分，历时 5 年，投入资金近 3000 万元，分别通过了部、国家验收。工程质量优良，达到“三级退役标准”，可交青海省安排利用，成为世界上第一个核武器研制基地退役工程。

国务院副总理邹家华对青海省省长田成平说：“世界核基地退役处理工作，做得最好的是二二一厂。”

221 人还金银滩草原一片净土和蓝天，为基地移交利用画上了圆满的句号。

五十

长期从事反华分裂活动的达赖集团，企图拿二二一厂的核设施退役处理说事，肆意制造混乱，误导世界舆论，给厂的核设施退役处理工程抹黑。

1992 年 6 月，达赖流窜到巴西里约热内卢，赶在联合国环境与发展首脑会议前，伺机制造麻烦，造谣攻击二二一厂。

达赖在接受国外记者采访时说 :“在西藏东北部靠近青海湖有一个核工厂。据一些碰巧到达那个地区的藏民说，有一位在汉人机关谋职的藏民参观了那个地方，不久后便神秘地死去了。这样的事发生过不少。”他还随意地猜测说:“倾倒核废料是我们的猜想，但猜想是有依据的……现在那个地区的绵羊出现畸形，可能是因为核辐射的缘故。”

青海湖北边 30 多公里处唯一的核工厂——就是二二一厂。上级把信息传到厂。

谢国梁刚从他心爱的爆轰试验场回到办公室，看到他的办公桌上摆放着厂长的批示意见。

陈总工程师紧急叫来了谢国梁和安全防护处王炎明处长到办公室一同商量。陈总铿锵有力地说："安防处全处要紧急动员起来，以实事求是的精神，以厂历年的环境监测数据为依据，写出有说服力的报告，尽快上报厂。"

第二天，安全防护处召开了处的扩大会议。谢国梁副总工程师参加了会议。

谢国梁强调指出："达赖集团对厂的环保工作和核设施退役处理工作抹黑，混淆视听，制造混乱。我们要以近三十年厂的监测记录为依据，写出实事求是的报告。同时，把正在进行的核设施处理工作做细、做好、做扎实，经得起科学和历史的检验，回击一切敌对势力对我们核事业的诽谤、污蔑，捍卫核事业的尊严。"

安全防护处同志们的责任感又一次被调动起来。他们连夜加班，查阅了30年的环境、空气、土壤、排水、牛羊等情况的取样记录，又来到矿区人民医院工业卫生科，查看从事放射性场所工作人员病历纪录，他们还走访了矿办国营牧场和牧工。

谢国梁下班后，吃完晚饭，也来到安防处办公室，和同志们一同查阅分析资料。

经过连续几天有效的工作，安全防护处将报告上报到厂，经厂领导审查后，很快上报主管局。

事实胜于雄辩。

填埋坑的选址，是根据有关水文地质勘探资料的实地测定，先后两次在不同地区钻探勘察、分析比较，经过评审论证，经国家环保总局批准，将填埋坑选定在六厂区 656 爆轰试验场以西 400 米处（离总厂区 10 公里）。

存放的放射性核素轻污染物，虽不是低水平放射性废物，但填埋坑仍按照低中放射性废物浅地层处置场的原则选址进行施工。填埋坑开挖成漏斗形，底层 0.5 米侧面 0.3 米，分别用 50 公里外的湟源县运来的黏土夯实，污染物填埋每层 200 毫米左右，逐层洒水碾压 8 遍，填埋污染物 25 层，坑内填埋的放射性污染物有：工号铲下的墙皮、各爆轰试验场表面层的土壤、工作中使用过的手套、工作服和少量砖石和沥青路面，没有填埋任何金属件，共 6158 立方米。顶层做了防渗工程处理。坑的顶部向四周倾斜，坑边设有排水沟，填埋坑上进行了植被种植，立有退役工程竣工纪念碑，实行严格的监督管理。

填埋坑工程，绝不是什么倾倒核废料，而是经科学论证、精心施工、符合环保要求的核设施退役工程。

国营二二一厂与青海省环保局共同努力，厂区辐射安全方面有着良好的纪录。厂安全防护处，定期对周围环境，包括对牲畜、大气、河水和土壤取样分析进行监测。

厂运行 30 年，没有对环境造成任何不利影响。厂直接从事放射性材料作业的人员无一人因超辐射剂量死亡，也无一人得放射性职业病。“藏民进入厂区神秘死亡，绵羊出生出现畸形羊羔”纯系子虚乌有的谎言。每年冬天，矿办国营牧场宰杀牛羊，分给职工食用，有力地证明了牧场牛羊是健康的。

达赖不顾事实制造的闹剧，不得人心，只能暴露他分裂祖国的险恶用心，永远不会得逞。

我国政府以不同的方式，向国外发布了对达赖有力回击的声明。

国营二二一厂的核设施退役处理，是世界上第一个核武器研制基地的核设施退役处理工程，221 基地遗址，达到了无限制可转为一般工业农牧业使用的全开放城市标准。

五十一

建立221基地是史无前例的，撤销二二一厂也是空前绝后的。

近万名221的创业者和后来人将离开他们为之奋斗、生儿育女、挥洒热血、留下青春奋斗的荣光和三代核工业人年少青春激情绽放的地方。那是在严峻的国际形势、艰苦的环境中，突破原子弹、氢弹工程科学、技术凝炼的“两弹”精神，也是他们永远难以忘怀的第二故乡。

自从1990年11月17日，第一批去淄博集中点人员离厂开始，一批又一批集中安置点的人员离厂时，进行保密教育，牢记保守国家机密，仍是我们一生不能忘记的。走向新的生活后，要继续发扬221人爱国、奉献、拼搏、创新的团队精神，在新的天地扎根、开花、结果。

每一次在俱乐部门前广场举行的热烈的欢送会，犹如老兵战士复员那样，人山人海、锣鼓喧天、鞭炮齐鸣，总厂工会侯主席临别时热情的赠言，深深的祝福，告别的热泪，依依的惜别，整个广场沉浸在浓浓的核事业情感中，至今让人难忘。

火工分厂总装车间老工人徐克章，退休后身患癌症，离厂前癌细胞已经扩散，他希望叶落归根回山东。离厂时，已是火工分厂工会主席的老同事邱强等人，用担架把他抬上汽车。他忍痛紧咬牙关，满面热泪，依依不舍地离开了奋斗二十多年的战友和故土。这位1958年从抗美援朝艰苦战场凯旋的英雄，转业来到国防战线的二二一厂，前往132厂培训，返厂后成为总装车间的一名工人，二十多年来，对党忠心耿耿，无私奉献，认真负责，圆满完成了多种型号核产品的装配，成就了他的光荣与自豪。有一次到罗布泊执行国家试验任务，女儿病危，他只能坚守岗位，保证国家试验任务完成。厂机动处通讯科的杨海虎同志，1948年在老家山西参军，加入西北野战军一军，所在连队参加了规模最大的扶眉战役，彻底消灭了胡宗南在扶凤和眉县地区的战部，瓦解了企图阻止解放大西北的阴谋并参加了解放青海省的战斗。1959年转业来到矿区邮电局参加筹建，是最早的筹建者之一。后调到机动处通讯科工作，直到退休，是享受离休待遇的工人老同志。虽然还是那些老“兵”，但当你与他们接触多了，就会感悟到：他们的品质是那么纯洁和高尚，他们的意志是那么坚韧和刚强，他们的气质是那么淳朴和谦逊，他们的胸怀是那么美丽和宽广！像刘洪林、李立荣、徐克章、杨海虎这样为新中国的建立和巩固浴血奋战，转业后又一直默默奉献，工作在221平凡的工作岗位上，他们是最可爱的人！

创业者的历史功绩，写在共和国的史册上。221 人核事业的情感永驻金银滩草原。那是一部记载着他们美好的回忆，值得他们永远翻阅的辉煌史册。

1993 年春，邱强一家和部分 221 职工及离退休人员一起迁往廊坊进行集中安置。

叶永波老师、姜波与爱人郝丽、桑巴等来到俱乐部广场，送别邱琴一家去往廊坊。

221，这是一片纯洁的社会主义净土，是一座精神的高地！

记得我们初来时，对你充满了神秘和畏怯；当我们离开你的时候，又充满如此的不舍之情！

你曾打开了一扇窗户，让我们进入核科学的世界去探索；你用生硬的手掌，拍打掉我们从学校带来的一身的书生气，把你充满油腻味的标志烙印在我们身上；这里留下了我们青春奋斗的记忆，这里埋葬着我们思念的战友；我们最爱的颜色是红色，红色是美丽的，它像血一般鲜艳，蕴涵着无穷的炽热、耀眼的光芒……

221 人眷恋这块土地，她的一草一木、一砖一石，无不唤起 221 人亲切、美好的回忆。

随着厂的撤销，人们更加懂得宽容，更加珍惜在艰苦创业、“两弹”突破岁月中结下的深厚友谊，过去在工作、生活中结下的疙瘩，“文革”“二赵”时期种下的隔阂，随着时间的流逝而慢慢融化了。

职工们相拥在俱乐部前广场散落的几辆大轿车前，依依惜别。有的热泪盈眶深情地诉说着祝福，有的流淌着热情的泪水紧紧拥抱在一起，此时此刻，激动而刻骨铭心的告别，凝聚着核事业情结和难以割舍的深情！

二分厂的赵师傅，低着头对郭师傅诉说着："'二赵'运动期间对不住你，让我留下毕生难忘的内疚和隐痛。"说着说着，两行泪水从眼眶里流出。郭师傅紧紧握住赵师傅的手，动情地说："我们相伴多年，见证了彼此的成长和变化，虽然你曾经伤害过我，但历史的伤疤已经抹平，我不憎恨你。过去不愉快的事，就让它过去吧！我们仍然是好朋友、好兄弟。"这感人的肺腑之言，正是核事业的情缘冲破了一切恩恩怨怨，把两个人的心紧紧联系在一起了。

汽车发动机发出了轰鸣，职工犹如一批复员的战士，即将奔赴社会主义建设的新战场。

再见了，221！再见了，金银滩！

廊坊联营厂，1991 年正式投入生产。

谢小凡在技术部门从事技术管理工作。邱琴又回到他身边，同在一个技术部门，为军工产品的技术服务工作忙碌着。

邱强入住廊坊联营厂内新建的二二一厂离退休人员居住的单元楼。当邱强步入楼内，长长地呼了一口气，深有感慨地说："我们这些好像长途跋涉之后归来的游子，终于有了一个家。有家的感觉真好！"

五十二

在这平凡的世界里，普通人的生活中，有多少朴素的生命之花，悄悄地开放并不为我们所知。

离休干部刘洪林，这朵花虽没有人注目，但它散发的芬芳却温暖了很多人。

坐落在西宁市城东区杨家庄的离退休人员居住点的建立，却经历了一段历尽沧桑的岁月。

20世纪50年代末，这里曾是早期来厂的单身职工的家属生活区，他们住着平房，烧着煤球，每周来往一次厂，是奔波于两地的上班族。

20世纪70年代，西宁杨家庄大院，随着矿办文教局西宁十七中学的教职员工、家属工厂的百余名职工和80多户离退休人员进住，急需建立为离退休人员服务的管理机构。

厂党委领导极为重视。在经历“文革”“二赵”破坏后，刚刚恢复不久的杨家庄大院，要找一位热心为离退休人员服务的党支部书记，真不容易。郑祖英书记把目光锁定在刚离休不久、居住在杨家庄的原器材供应处处长刘洪林的身上。

郑书记来到刘处长家看望，亲切地对他说："老刘，你刚从工作岗位离开，组织研究想请你出山，到新组建的西宁办事处杨家庄管理科党支部工作。"

"我身体不好，怕是难以胜任。"老刘婉言谢绝。

郑书记耐心地劝导说："你是一位有经验的、同志们信任的老同志。万事开头难，大家希望你站出来，把管理科党支部的架子搭起来，待工作走上正轨后就可以离开。"

老刘觉得不好意思，道出了难以说出口的原委："这里住有在西宁上班的西宁办事处、十七中学的不少职工，还有一个不小的家属工厂，有着不同的诉求。我已离休退出了工作岗位，工作起来很不方便。"

"是，工作难做，但这个家属院里的离退休人员会不断增加，现在就要抓紧做工作。"

老刘听着书记苦口婆心的话，想起组织对自己的信任，他不会忘记是组织把自己从死亡线上抢救过来的。

那是三年前的一个下午，在参加整理器材处的库房劳动后，刘处长拖着疲惫的身体回到63号楼宿舍休息。简单地把中午剩下的饭菜用电炉一热，吃完后就躺下休息。

深夜11点半左右，他突然感到四肢发麻，手脚也不听使唤，身子轻飘飘的没有一点劲。他挣扎着爬下了床，双手紧摸着墙壁，拖着双腿，打开了门，摸到隔壁，敲开了干部部宋言清部长的房门。宋部长打开门一看，是老刘，准是老刘的老毛病又犯了。宋部长赶紧穿好衣服，急忙把他送到医院，叫来院长和内科大夫组织抢救因脑血栓昏迷的老刘，病情很快得到控制，住了一段时间院，终于康复出院了。

他再次见到宋部长时，一股热辣辣的激流涌上心头。他紧紧握住宋部长的手，感激地说："是组织把我从死亡线抢救过来的，谢谢你！"

他再也难推辞了，他只能答应说："那就试试看。"郑书记没有继续深问，他知道老刘每次面对工作的变动，都是表示试试看。可这一试，老刘的工作劲头就上来了，一发不可收拾。

穿越历史与现实的沧海桑田，跨过战争与和平的岁月更迭。

20 世纪 30 年代，老刘参军转战南北，为民族的解放浴血奋战，60年代初转业来厂。在221，有数不清的老英雄，在战场上气壮山河，然而到了和平年代却被历史的尘埃掩盖，被世人所遗忘。他工作勤奋，生活俭朴，粗茶淡饭，如同垦荒的老黄牛，默默耕耘在工作岗位上。年岁大了，还自己动手修补桌椅板凳，活得自然、简单、清逸、滋润。老刘的身上处处有着闪光的人格魅力，是一位受人尊重、仰慕的老同志。

他勇敢承担起支部书记的工作，拖着病弱的身体，带领全科同志，顶着风言风语，大胆地工作起来……

一位退休工人家里因养鸡狗、孩子教育等问题闹离婚。刘书记来到他家，把两口子叫到一块儿，将心比心地谈着心，是那么体贴，那么温馨，心平气和地分析双方过失，说得两人心服口服，终于重归于好。

一位老工人张师傅的老伴瘫痪在床，他去探望并安慰鼓励张师傅，做好护理工作。他细心培养科里的年轻人，被职工誉为群众的贴心人，我们的好书记。在离休老干部老刘带领下，杨家庄大院从此焕发出生机，因陋就简办起了阅览室、游艺室、电视广播室……

时间过得真快，转眼间，到了 1984 年。

核工业部下达给厂的文件指出："厂地处高寒，职工离退休后，必须异地安置，宜采取分散和集中相结合的办法进行安置。""集中安置主要建设杨家庄安置基地。"

厂决定实施将杨家庄平房改造成单元楼的大规模改建工程。西宁办事处和管理科及离退休支部的处长张文彬、书记王建国和科长杨春城、副科长何世魁带领迟宝玉等人，做好职工的搬迁工作。改造工程得以顺利进行，平房全部拆除，改建成单元楼。

厂在撤销中，杨家庄又进行了电代煤的改造工程，将原来用煤炉做饭改为用电炉做饭。修建了蓄水池，解决了杨家庄因地势高，时常供应不上水的难题。修建了近千平方米的大型活动室和每户 90 平方米建筑面积的离退休楼，实施了大院的美化绿化工程。

西宁办事处招待所小楼，系 20 世纪 50 年代末建设，不符合抗震要求，需对建筑物地基进行加固。经多个地基加固方案论证均不理想，只得重建。厂投入 700 多万，1991 年开建，1994 年落成，对外出租，为离退休人员的管理增加了经费收入。

得益于老刘前期工作打下的基础，西宁杨家庄成为厂撤销后，二二一离退休人员的一个生活基地。

五十三

职工安置工作渐渐进入尾声，厂、矿领导干部的安置，提到了日程上来。

厂、矿领导也面临安置的选择。

记得 1990 年 11 月的那一天，在俱乐部前广场举行欢送第一批去集中安置点（淄博）人员的大会上，在俱乐部第二道门上，贴着一幅大红纸的欢送喜报，其中不点名地批评厂领导热衷建点，是想继续当官。组建了西北昆仑工业公司合肥筹建指挥部的主要负责人看到喜报，心里感到不悦，问厂长说 :“你去合肥？”

厂长踌躇了一下，说 :“我考虑，为了避嫌，我不能去。”

“你不去，合肥点难建成！”这位领导惋惜地说。

厂长是南方人，想叶落归根回到南方，本应是顺理成章的事。他也曾联系调走，当时的上海市主要领导同意接收后转到市的干部部门，分配到核工业上海 XX 研究设计院。中核总公司领导知道后，狠狠地批评他说："你怎么不给领导打招呼，就自己联系找单位。"（实际上是跟其他主管部门领导打过招呼取得同意的）这次调动受阻后，厂长希望转战到深圳和孩子居住在一起的愿望也落了空。

1993年5月23日，那是难忘的一天。

厂长、书记、吕副厂长说是前往北京开会，飞机在机场落地后，汽车把三人从机场接到总公司副总经理李定凡办公室，分别谈话。厂长是第一个接受谈话的，李副总经理向我宣布说："中核总公司党组研究决定，你担任计划与经营开发局副局长（正局级）兼二六一厂厂长。"

厂长面对这突然的决定，脑海仍然停留在工作了33年的二二一厂，反问道："是兼二二一厂厂长吗？"

"不是，是二六一厂厂长。"坐在一旁的军用局局长尤德良说。

李副总经理紧接着说："这个厂比较困难，你尽快到位，那里新的领导班子正等着你。"

第一次听到一个十分陌生的厂，毫无一点思想准备，厂长面对如此急的任命，只能表示说："我将尽力而为。"

李副总经理加重语气说："要全力以赴。"一场啃硬骨头的仗，正等待着厂长的到来。

厂长连二二一厂都没来得及回，没能与厂的老同事、老朋友做最后的告别，第三天中核总公司召开干部会，宣布了机关各职能局的干部任命。

第四天，我只身一人陪同中核总公司副总经理李定凡、人事局副局长范立、宝原仪器仪表公司副总经理陈格峰来到冷冷清清、几乎停产的二六一厂。在会议室与新产生的领导班子见面，听取了代厂长和书记的汇报后，李副总经理叫我说说自己的想法。仅听一次简单的厂情汇报，如同在厂长的头脑里闪过的一次闪电，还未来得及深思，就要表态，当然只能原则性地说："二六一厂曾为我国核事业的发展做出了重要贡献，虽然在改革年代落伍了，但只要班子团结，依靠群众，锐意改革和发展，一定能够打赢企业的翻身仗。"李副总经理最后的发言，肯定了厂长所说改革和发展的理念，同时提出了几点要求。

上班的第二天，在中层干部会上厂长宣布了三条措施："一、新产生的领导班子一个也不动。面对困境，只要大家团结一致，情况是会好转的。二、继续推行厂与各室、车间经济承包责任制，已签订的承包指标不变。三、开展社会主义劳动竞赛，各单位完成了经济承包指标，年底人人升一级工资。"虽然说起来简单，但稳定了干部队伍，明确了今年的工作目标，劳动竞赛一下子把职工的劲头渐渐鼓动起来。

厂长一上任，办公室每天坐着退休干部反映房子分配中的问题；热力公司人员来催交供暖费；当地派出所的民警等着要与新来的厂长面谈……厂长看在眼里，心里却在暗暗想着，在过去工作的老厂，就连公安局局长要汇报工作还要通过办公室安排，他心里一阵酸楚，但面临这种困境，只能调整好自己的心态。

从中核总公司贷来三个月的工资和医药费（90万），二室一笔光电倍增管的技术改造贷款（90万），算是中核总公司对自己工作的支持。随即购置了原材料，恢复科研生产，狠抓规章制度的落实和产品质量。

如何进行厂的改革和发展，从哪里下手？厂长翻阅了厂党委和离休支部向上打的报告，恍然大悟，原来是书记和代理厂长多次找到部主要领导，询问能否为厂提供一笔数目不小的拨款和贷款，偿还债务和启动生产。每次找到部主要领导，都只能拨付一个月的职工工资和医疗费。上级也曾派司局副职担任厂的副厂长，但也未能留下来继任厂的工作。于是，厂党委和离休党支部提出了带着厂的地产投奔北京市的建议。这就出现了前面的一幕，部下决心急调厂长去厂任职。看来又是一块硬骨头等待着厂长。解决困境的办法从哪里来？

只有到职工中去找。厂长连续召开了十多次各类人员座谈会听取建议。有的职工提出：我们不能捧着金饭碗，向上伸手讨饭吃！可以腾出办公楼和厂房对外出租，转让中日合资公司的部分股权……

厂长一听，有道理。现在是急需用钱的时候，启动生产、偿还银行到账的巨额贷款，靠有限的核仪器产品销售增长偿还债务，可以说是远水解不了近渴。

厂的困境中，有一件事深深地触动了厂长。一位离休干部住院要出院，厂需交足数万元住院费才能出院，而厂财务账户上仅有 1.5 万元流动资金，不够支付。厂长与总经济师杨有琏商量，厂出个证明，货款一到马上偿还。证明拿到医院，被无情拒绝。厂长不得不叫离休干部多住几天，待厂有钱时再出院。从一个特大型国防厂的厂长岗位，来到困难厂，几万元就把厂长难倒了。他第一次感受到市场经济的无情和诚信的危急。

面临 600 多万元即将到期的贷款还款的巨大压力，厂长冲破阻力，敢于拍板，首先由机关带头，腾出机关办公楼对外出租，盘活资产。这一招真灵，一下取得年租金 90 万元，大大缓解了企业流动资金的瓶颈，但也引来一些非议，说什么“新来的厂长就会卖厂！”厂长不因非议而动摇，针对中日合资多年，原有约定的合资公司分红只能用于合资公司发展，职工早就有意见。但中日合资公司是原核工业部 XX 局刘局长亲手牵线促成的，资金的转让怕给这位局长带来尴尬。厂长仔细地思量着，当前要的是里子，顾不上那么多面子。经厂务会议讨论同意，向日方转让 20%的股份（原来是各 50%的投资）获得了 600 多万元资金，还清了工商银行的巨额贷款。

职工尝到盘活资产的甜头，厂又腾空俱乐部对外出租，车间也纷纷提出合并车间，腾空部分车间对外出租。这样一来，一年有了 300 多万营业外的收入。大大支持了核电产品和核仪器的研发和创新。

但主产品的开发一时没有大的进展，职工还看不到企业发展的希望。上级想通过土地的置换，解决二六一厂的发展。

那是一天上午，中核总公司副总经理李定凡率多个司局领导，叫厂长一同来到河北省燕郊镇的23、24公司所属的空地去考察。在参观完后，李副总经理叫厂长谈谈土地置换的想法（即二六一厂腾出原有朝阳区大北窑黄金地段土地，搬到燕郊镇23、24公司的空地来），厂长早有思想准备，说:“假若厂有大型中外合资项目，搬过来有可能生存下去，否则简单地搬迁过来，企业只能是死路一条。”李副总经理一听，厂长的说法不是没有道理，土地置换已没有可能，就没有再讨论下去。经过这次考察，要改革发展，还得靠厂在核电领域有新的作为。

从此，厂长甩开臂膀团结领导班子和职工一同拼搏。转机的出现是厂长参加了一次关系二六一厂生存、激动人心的产品鉴定会。

中核总公司科技局将要在中国核动力研究设计院（简称核动力院）召开由该院设计，X市核电办公室下属企业研制生产的秦山二期60万千瓦逻辑保护系统技术鉴定会。厂长决定一人前往。从一进入会场，厂长就感受到巨大的危机感。此项任务若被X市抢走，就等于端走了厂的饭碗。在通过技术鉴定庆贺宴会上，X市核电办公室主任自信地端着酒杯，走到厂长面前，火药味十足地说：“让我们在发展核电控制技术上相互竞争吧！”厂长一听不是滋味，过去秦山一期30万千瓦核电站和出口巴基斯坦恰希玛30万千瓦核电站的四大控制系统都是二六一厂生产的。这次理应由二六一厂和X市核电办竞争投标，竞标承担秦山二期60万千瓦核电站的四大控制系统。但X市抢先一步，通过了技术鉴定。不服输的厂长端起酒杯，以坚定、自信的口气，应战似的说："还是发挥各自的技术优势为我国核电技术发展服务好！"这样的应战，有理、有节。此时，厂长的心思集中到一点，就是一定要把此任务夺回来。X市核电办主任许诺了合作生产的众多优惠条件，厂长越听越心急如焚，恨不得马上飞回北京。一回到厂，就与马书记、管总工程师、杨总经济师商量，决定自筹资金50万元，厂允诺X市答应的条件不变与核动力院合作研制60万千瓦核电站逻辑保护系统。企业生存危机一下子把大家的积极性调动了起来。经四室和全厂同志奋力拼搏，研制出了样机。邀请中核总公司科技委的专家，通过了技术鉴定。全厂又紧急动员投入质量培训，建立质量体系，通过了ISO 9001论证，这样就能与X市在同一起跑线上竞争。通过与中核总公司领导、宝原仪器仪表公司和核动力院领导多次沟通，终于赢来了厂与宝原仪器仪表公司签订秦山二期两台60万千瓦四种控制系统5000万的合同，扭转了几乎要被X市挤出核电市场的局面，保住了厂生产核电反应堆中四大控制系统的地位。在宝原仪器仪表总公司对下属厂的调整中，二六一厂保留在核工业系统内。

中核总公司任命原二二一厂厂长担任计划与经营开发局副局长兼二六一厂厂长，是要求他代表中核总公司将原二六一厂与外边签订的房地产项目由利润分成、安置职工协议，改为3∶7的物业分成。厂长多次听取常务副总经理陈肇博的意见，找来屠文祥等三位大学生，成立大三产办公室，从头学起，编制了可行性报告。通过多次激烈交锋，解除了原协议。其后与多家外商谈判，最终在中核总公司四楼会议室，厂长代表总公司与一家台商草签了 3∶7 物业分成的厂区项目开发协议，中央台办主任陈云林出席签约仪式。台商向二六一厂投入 1000 万的担保金，开始规划设计。但由于项目大，在压缩基建规模的大环境下，此项目需经国务院会议审定而搁浅。

厂当年就实现了承包经济指标，兑现了增加职工工资的承诺。其后经济指标年年加码，职工的工资和福利也年年增加，厂固定资产也随之增长，偿还了银行、上级贷款和拖欠职工的工资，改建、新建了职工住房。从此，二六一厂走上良性循环的发展轨道。

2006 年，该厂迁往北京新技术开发区，转制成中核集团成员单位中核控制系统工程有限公司。

二二一厂、矿的其他领导也按照自己的意愿，被安置到集中点，有的返回调出的城市，继续创业或安度晚年。

五十四

1994年6月15日，姜波与移交组的同志在文化宫忙着布置会场。中核总公司国营二二一厂在这里向青海省海北藏族自治州人民政府正式签署移交协议。

这里成为世界上第一个化剑为犁的核武器研制基地。

历经八年，本着“相对集中，合理分散”的原则，分散安置工作在全国27个省、直辖市和532个市县展开。在北京、上海、天津等市分散安置800多名职工，离退休人员1300多人。在合肥、淄博、廊坊、西宁市集中安置4000名职工，离退休人员1300多户。国营牧场牧工和家属1000多人，转入青海省海北藏族自治州国营同宝牧场。

二二一厂近万名职工和离退休人员及家属三万多人，将“两弹一星”精神带到祖国各地，创业者的历史功勋，写在共和国的史册上，也印记在辽阔的金银滩草原上。

在基地移交、人员基本安置完成后，国务院副秘书长石秀诗与有关部门协调后，中央编办批准成立核工业二二一离退休人员管理局，留在核工业系统内，按事业单位管理。并对早期按有关政策领取自建公助费已安置的1771户离退休人员，采取发放补助和解决住房相结合的办法，对要求解决住房的特困户，通过调查研究逐个解决问题。

1995年5月15日，新华社向全世界宣布："我国第一个核武器研制基地已全面退役。这个基地位于青海省，曾为我国研制第一颗原子弹和氢弹作出了历史性贡献。这个基地环境的整治，符合国家有关环保法规的要求，并已通过国家验收。目前基地原址已移交地方政府安排利用。"

至此，国办〔1987〕40号文件赋予厂的使命圆满完成。

基地移交两年后，中核总公司审计局、财务局组成审计组，对二二一厂1987年至1995年底撤点工作中国家的拨款和专项贷款的使用情况进行财务收支审计，并对暂存在军用局的二二一厂的资金收支情况进行了审计。

审计报告指出：二二一厂撤销资金的来源清楚，开支比较合理。撤销期间各种资产的处理符合国家的规定，流动资金的回收较好。在审计中，未发现重大违纪问题。厂撤销共使用国家财政拨款、国拨流动资金变现、争取国家拨款和低息贷款共计约10亿元。

一次，在北京核工业医院看病排队候诊时，原二二一厂厂长与中核总公司审计局局长张孝浩排队等候。这位局长深情地谈起上次去厂审计的情景，感慨地对老厂长说："上次去二二一厂审计，给我们参加审计的人员留下了深刻的印象。你们的账目，每笔款项都记得清清楚楚，一目了然。到了西宁杨家庄，听到职工对厂领导的一片赞扬声，你们把厂撤销做到大多数职工满意，真不容易！"

"那是因为有一个团结、干事的厂、矿领导班子和一位一身正气、廉洁奉公的红色管家——叶总会计师。"厂长感激地说。

五十五

转眼间，10个年头过去了。2009年的夏天姗姗来迟。

夏天，是金银滩草原充满魅力的季节。群山环抱，草地吐绿，气候环境清爽宜人。廊坊6916厂组织职工返回金银滩，开展重温历史的革命传统教育。

现在已是廊坊6916厂总工程师的谢小凡和妻子邱琴，有幸成为其中的成员来故地重游，他们感到特别亲切和兴奋。谢小凡与221的核二代挑起了廊坊6916厂技术、生产的重任，出色地完成了军工产品任务的更换和维修。

从北京登上飞往西宁的飞机的那一刻起，谢小凡和邱琴归心似箭，心脏仿佛装上了一副弹簧，随时都可能跳出胸膛。

金银滩，他们钟爱的那片土地，对他俩依然有着神奇的魅力。

飞机降落在阔别十多年的高原古城西宁曹家堡机场。

金银滩——第二故乡近在眼前。谢小凡、邱琴和廊坊6916厂的职工下了飞机，在西宁市休息一天，以适应高寒缺氧的气候，并游览了西宁古城。

原来东西大街沿街的土坯房旧址上已建起高楼大厦，西宁市已经成为充满生机的现代化城市。由于西宁市独特的地貌构造，赋予了这里独特的气候优势，夏无酷暑。每年七八月份，全国大多数城市正处于酷暑难熬之际，西宁市却清风习习，凉爽宜人。2016 年，西宁市入选全球避暑名城百佳榜，排名 42，称为昆仑夏都。

2009 年 5 月 26 日，天气晴好，天空碧蓝，清澈如洗，朵朵白云悠然地漂浮着。

青海省中国原子城，国家爱国主义教育示范基地纪念馆落成典礼在这里隆重举行。

典礼开始前，前来参加纪念馆开馆仪式的西宁市杨家庄退休老工人代表李振基师傅看到了老厂长，他快步走上前去，与厂长热情拥抱着，深情地说："很高兴见到厂长，大伙想念你！在厂时你为大家办了那么多好事，真不容易！"

"有你这份情谊我就知足了，感谢大家对厂工作的支持！其他代表在哪？"老厂长怀着感激说。

李师傅拉着老厂长的手来到不远处的代表们身旁，代表们一见到老厂长，急忙前去与老厂长握手。张凤城师傅走到老厂长身边，两人又紧紧拥抱在一起。

望着张师傅那熟悉的模样，顿时想起老厂长 47 年前和大家一同搞技术攻关的情景。

当时，为突破原子弹技术，赶在1964年爆炸我国第一颗原子弹，在一分厂101精密加工车间尚未建成的情况下，上级决定将机械二厂（后来的三分厂）木工车间临时改造成512精密加工车间。老厂长与组长宋国庆、陈树梅技术员等共同负责221基地原子弹第一个关键部件——聚焦元件的工艺攻关。聚焦元件是实现“内爆型”原子弹爆轰向心、同步聚焦的关键部件，通过聚焦元件同步聚合立生的冲击波，从而压缩铀–235达到超临界，中子适时点火而产生裂变反应。聚焦元件部件形位和尺寸精度要求高，是形状特殊的薄壁A零件和B型框薄壳多个零件组成的部件，铸造、加工、测量都十分复杂。机械二厂副厂长宋光洲（后任九院副院长），组织511（铸造）和512车间的工程技术人员、工人，开展联合技术攻关。

老厂长深情地回忆说：“当时B部件铝合金簿壳件框体与上盖组装后，由于零件加工变形，接触面有缝隙，大家讨论提出，减少加工量，增加一道热处理，消除内应力。”

“当时回义和师傅提出了用一种工艺的办法解决接触面的缝隙。”张师傅紧接着说。

经过技术人员与工人师傅的攻关，终于研制出221基地的第一个核武器中的关键部件——聚焦元件。八一电影制片厂还拍摄了影片向中央领导汇报。

“我虽然离开了厂，但我仍然惦记着厂，没有忘记我们的友谊。”李师傅拉着老厂长的手说。

历史就是情怀！历史越是艰辛，核事业结下的友谊就越深。核事业的情缘，将会永远传承下去。

开馆仪式上，青海省委、中宣部理论局、中核总公司、中核建设总公司等领导做了简短的祝贺致辞后，开幕式结束。人们纷纷走进展览馆参观。

高大、宽敞、明亮的展览大厅内，人员涌动，热情洋溢，感动绽放。

老厂长、谢国梁等被新闻记者团团围住接受采访。

说者平静，闻者动容不已。老厂长、谢国梁慢慢地向记者介绍说：故土难离，故园难别，这里是我们魂牵梦绕的第二故乡，在这里我们接受了核事业的锤炼，有幸参加了第一颗原子弹、氢弹研制，这是我们最大的幸运。

221 基地走过了 36 年，她的历史贡献：

——1964 年 10 月 16 日，我国成功爆炸的第一颗原子弹在这里研制出厂试验；

——1966 年 10 月 27 日，我国首次“两弹结合”（原子弹和导弹）试验成功的原子弹在这里研制出厂，结束了我国核武器有弹无枪的历史；

——1967 年 6 月 17 日，我国爆炸成功的第一颗氢弹在这里研制出厂，仅用 2 年零 8 个月，就实现了从原子弹到氢弹的跨越式发展；

——16 次国家试验产品在这里研制，出厂试验；

——我国第一代核武器主要在这里研制，并实现武器化批量生产，装备部队；

——我国第一个型号核武器在这里退役处理，完成了“东风-X号”核武器的贮存、延寿、工艺研究；

——我国第一批中近程地对地导弹常规弹头在这里研制、生产、出口，实现了核、常兼备的武器研制、生产；

——为新的核武器研制基地储备了科研和管理人才；

——这里是荣获“两弹一星”功勋奖章的王淦昌、彭桓武、郭永怀、朱光亚、邓稼先、于敏、周光召、陈能宽8位科学家工作、生活过的地方；

——这里是“两弹一星”精神与“四个一切”核工业精神孕育、形成的基地之一。

时过境迁，许多事情都发生了变化，时光不再，一切都不再是从前的模样，但核事业的情缘却时时荡漾在谢国梁的心里。

老厂长接受媒体采访后与等在那里的221杨家庄的代表一同来到纪念馆大厅，在“东风-2A”导弹产品前合影留念后，依依不舍地分手。

参观完纪念馆，老厂长和谢国梁驱车来到退役工程竣工纪念碑前，正巧遇上省环保局的小邢，老厂长走上前去，小邢正在这里取水样，他笑着对老厂长和谢国梁点头示意。取完样，谢国梁问小邢说：“这么多年了，取样情况怎么样？”

小邢自信地说：“填埋坑周边已经修了排水槽，我们定期在周围的井下提取水样，对周围的土壤草皮和牛羊取样进行分析，总的情况比较好，未造成环境的污染。”

谢国梁关心地问：“原拨的经费够用吗？”

小邢说：“已经用完，后来省计委又拨了款。”

老厂长和谢国梁向小邢告别时说：“你们辛苦了，代向老高他们问好！”

而谢小凡和邱琴重新踏上这块热土时，顿时感到自己沉浸在一片迷蒙的湖蓝色的梦幻之中……

望着这片熟悉、让人触景生情的土地，他们仿佛又回到了十多年前在金银滩工作、生活的情景。这里有“文革”期间中学时代的回忆，有开发常规军品青春奋斗的联想，也有他们核二代恋爱成家的往事。这里是一所大学校，让年轻的核二代受到核事业和常规军品技术突破的磨炼。这里是核武器发展的摇篮，是让中国人实现梦想扬眉吐气的地方。这是一段遥远而甜蜜的记忆，让他们沉浸在对第二故乡的温馨回忆之中。

在纪念馆内，谢小凡两口子碰到应邀前来参加庆典的姜波，他现在已是青海省某州的人大常委会主任。

当久别的两双手紧紧握在一起时，两人激动得眼眶都湿润了，一转眼十年的光景过去了。故人叙旧，对那些遥远的往事仍记忆犹新，他俩忽然像入了梦一般。虽说细节难以记起，但核事业的情结，核事业的气息，金银滩上那令人感到苦涩的岁月，又都汇聚到一起，仿佛一眼甘甜的清泉，从他们心中涌出来。千言万语

汇成一句话 :“分别后身体怎么样？孩子多大了？”

他们感叹着时光，感叹着一切变化，畅谈着 221。这片沃土是让每一个走向成功的年轻人施展才华创造辉煌的圣地。几个人不知不觉来到纪念碑前，在张爱萍将军题写的“中国第一个核武器研制基地”纪念碑前留影。

来到名人墙前，他们寻找到了自己的名字。

走出纪念馆，驱车来到二分厂，回忆起青春奋斗难忘的记忆，亲吻着金银滩的热土，他们放声地呼唤 :“我回来了，我的第二故乡！”

36 年的岁月沧桑，原来红红火火的二分厂，四周围墙上的电网和四个角的岗楼、办公楼、炸药配方实验楼的门窗已不复存在了。围墙内错落有致的护土墙内的车间显得格外冷落，有一份苍凉之感。

来到一分厂，首先映入眼帘的是，粉刷一新的 105 大楼外墙上写的红底白边的“用毛泽东思想武装一切,全心全意为人民服务”的大标语。他们径直走过去，远望过去，分厂围墙外北边新建的有黄红相间外墙的热电厂，高高的烟囱冒出滚滚的白烟。它已取代了过去的热电厂，正在运行中。

104 车间已是西北电力设计院西海电厂的办公楼，各车间外墙已按原貌粉刷一新。

他们步行来到 105 大楼四楼，这是当年谢小凡所在的系统室。虽然室内空空荡荡，但那宁静的科研环境似乎依然存在。一种强烈的成就感油然而生，谢小凡不由自主地大声呼叫：“系统室，我又回来了！”他激动地抱起邱琴，在室中央快速旋转起来。邱琴舒心地笑了，他俩的心里喷涌出无法用言语形容的幸福与甜蜜！

最后，大家来到神秘的地下指挥中心参观。在厂时，只听老同志说过，在档案馆和南操场有地下掩体，从未曾听说过邮局下面还有个地下掩体。

当时，某个西方大国，多次叫嚣要对我国的核设施实施“外科手术”。为防万一，由工程兵建造了这个能经受重磅炸弹轰炸的地下掩体。一旦遭到敌人空袭威胁时，基地的科学家、领导能在这里继续保持与部的联系，原计划还有地下通道与办公楼和招待所相通。

地下掩体在20世纪60年代初曾进行过战备演习。设计部等部分技术人员转到附近的湟源县城，在厂的职工进入一分厂马路旁的防空洞，感受当时国际环境的严峻。他们没想到邮局后院还有个地下掩体。

9.3米深的地下掩体内，没有粉刷和装修，有会议室、发报室，内装有载波机、发报机，有发电机房、排风、配电室等设施，承担着基地战备通信联络和指挥的职能。

参观完地下指挥中心，他们又来到昔日的“王府井”，这里新增了不少商业网点，走出商业楼，他们来到街边的小摊，买了几串火烤羊肉串、几杯酸奶品尝起来。

啊！金银滩的羊肉串，独特滋味的金银滩酸奶，是那么美味，那么清香，那么诱人！

幸福的相聚时间总是短暂的。谢小凡、邱琴与姜波恋恋不舍地分别，登上返回西宁的轿车，汽车在高速路上快速行驶。陷入往事回忆中的谢小凡微闭着眼睛，想起与姜波一起在厂的快乐时光，那遥远的思绪久久挥之不去。

二二一厂在共和国核武器发展史上留下了自己的足迹，完成了自己光荣的历史使命后，庄严地落下了厚重的帷幕！

金银滩，永远叫人想念和动情的地方！

五十六

二二一厂的撤销，是空前绝后的一件大事，结果和过程是较为完美的。虽然二二一厂撤销了，但我国核武器研制事业仍在延续！

二二一厂36年的短暂历史，是一部为核事业奋斗的情结史，因她的艰辛、震撼、悲壮、圆满而载入史册，成为世界上第一个化剑为犁的核武器研制基地。

现在基地易名为海晏县西海镇，成为海北藏族自治州首府，州的政治、经济、文化中心。是“全国重点文物保护单位”“全国爱国主义教育示范基地”“全国民族团结进步教育基地”“青海省高原现代生态畜牧业示范区”“全国卫生城镇和特色旅游名镇”，入选中国工业遗产保护名录（第一批）。

新建的雄伟壮观的原子城纪念馆，以丰富、准确的图片、模型、实物和现代电、声、光技术，再现了当年原子弹、氢弹突破的壮丽情景。纪念广场最为醒目的标志——名为《聚》的雕塑，竖立在入口东侧。主题雕塑《聚》，既有核聚变的写实，更有集纳聚合全中国人民的力量，谱写宏伟诗篇之意。螺旋上升的形象则象征着中国人民凝心聚力、不屈不挠、坚忍不拔的精神。雕塑《聚》当之无愧成为原子城壮美的地标。

纪念馆开馆至今，党和国家领导人曾专程到原子城纪念馆参观。从 2009 年 5 月至 2019 年底，纪念馆累计接待参观者 341.7 万人次，平均每年 30 万人次。2019 年新建的青海省理想信念教育学院，开办两年以来，2020 年被授予中核集团首批党性教育基地；2021 年被授予中国科协、共青团中央党性教育基地。每年为全国和青海青年干部进行短期培训，成为全国重点并最具影响力的爱国主义教育基地之一。新建体育馆，山东省援建的生态博物馆、藏医养生中心等。

西海镇，是一个多民族传统文化、宗教文化以及草原文化在汇聚融合的地方，形成了海北人自信开放、务实创新的独特人文景观。这里曾举办了五届王洛宾音乐艺术节、两届优良畜种展示会、中国原子城“两弹”研制基地精神研讨会。西海镇是一座生机盎然、充满希望的热土，它将成为我国具有特色的红色旅游景区之一。每年夏季，分散在全国各地的核二代人结队驱车来到金银滩草原故地重游，感受当年学习、生活、工作的情景。

岁月是条不归的河，没有人能够从河的另一端再返回到这个世界。当我们为核事业献出了宝贵的青春年华，皱纹悄悄地爬上了眼角的时候，我们才会真正懂得生命实际上意味着什么……

221人很坦然，因为最后的夕阳是属于他们的。

等待，为谢国梁、邱强的晚年生活增添了丰富的精神内涵。最后的燃烧、最后的喷射、最后的灿烂，他们为之奋斗的核事业装点着他们丰满的人生。

谢国梁、邱强在退休后，分别回到了北京和河北省廊坊市，与孩子们住在一起安度晚年。他们作为“两弹一星”历史研究会成员，经常接受中央、各省电视台，中国军网等媒体的采访，仍然精神抖擞地到各地进行宣讲教育。

一次，谢国梁在宣讲时，两个小小的故事令听者感慨万千，我们怎能忘记，在221这个温暖的大集体里，沉淀着多少真情，托举着多少梦想！

2011年夏天，一位身材清瘦、戴着眼镜、两鬓斑白的老人，手捧着一张遗像，神情凝重地向我国第一个核武器研制基地纪念碑缓缓走去。原来她的丈夫是221基地的一名科研人员，新婚不久便回到基地，从此夫妻二人只能依靠一个信箱号码诉说两人的思念。

如今221基地已退役，她来到这里，看看让自己的爱人一辈子钟爱、惦记、为之奋斗一生的地方。她把相片放在纪念碑前，诉说着：“我知道你去世前一直惦记着这里，记得那天我问你，死了我们合葬在一起吧？而你的回答是要和221在一起，到最后你还是选择了这里”。

“你生前一直惦记着这里，死后我想与你合葬在一起，你却一定要和 211 在一起。”

一位老工人早年退休，回到山东农村老家。他一直保守着一个秘密，在弥留之际，才把埋藏在内心的心愿向孩子诉说：他曾在二二一厂工作过，死后在他的墓碑刻上“二二一厂职工”的字样。

有着30年历史的“29联谊会”，成为曾在核工业部九局系统工作过的在京、沪、苏等地离退休人员的群众组织。联谊会定期出版的《二九简讯》这本刊物，成为221人情感、信息交流的平台。

每年的10月16日（我国第一颗原子弹爆炸成功的日子）和6月17日（氢弹爆炸成功的日子），是221人的节日。围绕原子弹、氢弹突破，举办各种纪念活动——参观河北省怀来县长城脚下的爆轰试验的17号工地，举办院士的学术报告会，原子弹、氢弹研制的专题汇报会，原子弹爆炸成功50周年座谈会，走访延安革命圣地，参观廊坊6916厂……

每次老同志相见，都是那么亲切、真诚、朴实、温暖。

大家一见面总是亲切地叫着彼此当年的小名，什么“大象”“豆豆”……对领导，仍然叫着当时的职务名称。一谈起当年艰苦创业，“原子弹、氢弹”草原大会战时，大家的情绪一下子就被点燃起来，争先恐后地发言。

一位曾参加原子弹、氢弹工程科学、技术突破的老技术人员，深情地说：“在221工作的科研技术人员，他们心里只装有国家和民族，唯独没有自己！”那真是一种永远不能遗忘的温馨回忆和感动。

核事业是阳光，是雨露，她净化了221人的灵魂。221人永远感恩核事业，感恩221基地，感恩老一辈无产阶级革命家和科学家，是他们带领年轻人开创了我国的核武器事业，孕育出221人的人格魅力，让221人活出了一种朴实、一种自豪、一种尊严。

虽然他们大多已经离退休，默默无闻地生活在全国各地的城市和乡村，经济上虽然并不富裕，但他们的精神世界却是富有的。至今，他们仍然过着有血、有肉、有情感的生活。他们燃烧了自己，强盛了伟大的中华民族。现在他们仍然纵情挥洒夕阳红，播撒“两弹一星”精神，他们的一生充满着阳光。在河北省廊坊市新建生活区的“金银滩”花园里，居住在这里的221离退休职工分享着三代同堂的天伦之乐。

谢小凡、邱琴、小曹等在廊坊厂，继续为国防建设默默地工作着，221基地“两弹”研制精神在这里传承。廊坊6916厂的培训中心，成为分散在全国各地的221核二代人、不同年代矿区文教局所属中学、不同班级学生的聚会场所，成为二二一离退休人员管理局、廊坊6916厂离退休人员文体活动、新闻采访、信息交流的中心。

在二二一离退休人员管理局、青海省海北州委、廊坊6916厂共同举办的庆祝原子弹爆炸成功50周年的联欢会上，谢小凡再一次登上舞台，淡定、自信、激昂地演唱起由西部歌王王洛宾在金银滩创作的《在那遥远的地方》，激起221人对第二故乡金银滩草原的思念之情，歌声赢得了阵阵掌声。

221人的事业在延续，221人的精神在传承，他们将把心里流淌着的往事和221的故事传颂下去。

邱强怀念曾在一起工作，现已退休的原二分厂副厂长李立荣，他安置到浙江省东阳市后，随即投身到核工业精神的宣传中。演讲了近二十场，听众达两万多人。老李还发动四百多位抗美援朝的战友捐款，在市政府和社会各界支持下，建起了抗美援朝纪念碑。

上海市浦东区西营路原二二一厂退休人员党支部，在街道办事处支持下，在原二二一厂计划处处长陈栋标、公安局局长陶瑞宾带领下筹建起上海浦东新区“两弹一星”爱国主义教育基地。当年参加原子弹、氢弹突破的设计人员——研究员级高级工程师刘克钦、高级工程师王钰德等主动担任义务讲解员。18年来接待参观者已超16万人次，应邀讲座近百场，受到当地政府和居民的赞扬。上海市浦东新区上钢新村街道“两弹一星”爱国主义教育基地党支部，荣获2019年全国离退休先进集体称号。参加了2019年12月16日在人民大会堂金色大厅举行的全国离退休干部先进集体和先进个人表彰大会。二二一厂浦东区西营路原二二一厂退休人员党支部书记陈福良（原二二一厂二分厂党委副书记）受到习近平总书记接见，并在大会上发言。陈福良说，习近平总书记希望我们“珍惜光荣历史，永葆政治本色”。我们要始终坚持退休不褪色，离岗不离党，用自己的方式弘扬“两弹一星”精神。2020年浦东新区上钢新村街道“两弹一星”爱国主义教育基地，被授予中核集团首批党性教育基地，增添了新的活力。

居住在北京朝阳区秀园的二二一厂离退休人员组成老年合唱

团，有留苏归来的八十多岁的研究员级高级工程师宋国庆，高级工程师杨笃自编长诗的集体朗诵，张志芳指挥演唱的歌曲《祖国不会忘记》，唱出221人奉献、创新、拼搏、乐观、向上的气质，唱响了时代的最强音，多次参加中核总公司的演出，还参加了北京市抗战胜利70周年大型演唱活动。

还有不少老同志积极融入社会，结伴组成自行车远行队，周游全国各地，游览祖国大好河山，感受祖国日新月异的变化。

221核二代梁益福、徐金环等人开发的APP梁子故事，为221人提供了弘扬“两弹一星”精神的交流平台，五年来发表文章和作品500多篇，近600万字。

无论在哪里，221人都可以自豪地说：“我们为国家和民族的核事业发展，做出了历史性的贡献，我们无怨无悔！”

36年来，221基地孕育形成了艰苦奋斗、无私奉献、勇于开拓、精益求精、团结协作的良好风尚。

这是221人特有的“名片”，是221人感情的依附，精神的归宿，她将永远在221人的血脉里奔涌激荡！

第一稿 2016.3. 14　于深圳
第二稿 2016.7. 5　于北京
第三稿 2016.11.16　于深圳
再版修订稿 2019.1.24　于北京
第三次再版修订稿 2021.1.31　于深圳